AF197478

Stephan Claus-Kröger

Rhealistische Zeiten

Roman

Impressum:
Verlag: tredition GmbH, Hamburg
             www.tredition.de
Copyright © 2015 Stephan Claus-Kröger
Alle Rechte vorbehalten
Umschlaggestaltung: Bernhard Gumb
Printed in Germany
Bezug über tredition Buch-Shop und den Buchhandel
ISBN: 978-3-7323-5299-9 (Paperback)
            978-3-7323-5300-2 (Hardcover)
            978-3-7323-5301-9 (e-Book)

Gewidmet
meiner lieben Frau Wiebke
und
meinem besten Freund Bernhard

Inhalt

Perspektive

Schier endlos in den Himmel ragende Bäume.

Erfüllt von der stoischen Ruhe des Waldes
konzentrierte ich mich auf die Rundungen, die
Längen,
den geraden Wuchs einzelner Exemplare.

Welcher würde den Kräften des Windes und den
Urgewalten
der See zu trotzen vermögen,

wenn das Schiff in den Wellen hin und her geworfen
wird
und aufgeblähte Segel daran reißen?

Elastisch und formstabil müsste der gewachsene
Stamm
seine Haltung bewahren können.

Bis ich ihn gefunden hatte,

den Schiffsmast,
der schier endlos in den Himmel ragte.

In der Hitze der Nacht

Es ist keine dieser sternklaren Mittelmeernächte. Umhüllt von tiefster Finsternis sucht sich das Schiff seine Bahn, legt es sich mit jeder schräg heranrollenden Welle ächzend auf die Seite. Unheimlich knatternd schlagen die Segel gegen die Wanten: knarrendes Holz, gurgelndes Rauschen der Wellen, die schäumen, spritzend gegen die Bordwand klatschen, den Rumpf anheben und darunter durchlaufen. Mit festem Griff steuere ich Welle für Welle aus, den schwach leuchtenden Kompass im Blick, um wieder und wieder angestrengt in die Dunkelheit vorauszuschauen, ob irgendetwas zu erkennen sei. Doch zu sehen sind nur backbords einige Positionslichter anderer Schiffe, Fischer vermutlich, die ihre Netze durch das nächtliche Meer ziehen.

"Haben wir es bald geschafft?", rufe ich Hardy zu.

Der holt sein GPS-Handgerät aus der Jacke, fingert daran eine Zeitlang herum und ruft mir dann in seinem Mannheimer Dialekt zu: "Alles klar, sind schon im griechischen Hoheitsgebiet. Die türkischen Gewässer hab'm wir schon lang hinner uns gelasse. Noch knapp zwee Meile bis zur Nordosthuk der Insel Symi."

Schulterklopfen. Die Anspannung der letzten Stunden weicht aus unseren Gesichtern.

"Endlich, wir haben unsere Rhea zurück."

Doch hallt da nicht ein lauter werdendes Motorengeräusch hinter uns heran? Irritiert drehen wir uns um. Nichts zu sehen. Schwarze Nacht.

"Sicher ein griechischer Fischer, der heim nach Symi will."

Hardys Vermutung nehme ich dankbar auf. Doch ich spüre, wie Nervosität in mir aufsteigt, merke, dass ich mich wieder umblicke, weiter nach achtern lausche. Kein Zweifel, ein röhrendes Motorengeräusch schwillt an, kommt dichter. Es ist, als würden wir verfolgt werden. Ratlos schaue ich mich erneut um. Alles dunkel. Nur die Kompassnadel weist mir den Weg.

Plötzlich schiebt sich schemenhaft ein großer Schiffsrumpf backbord dicht neben uns; Such-Scheinwerfer blitzen auf, leuchten unser Schiff ab. Die Lichtkegel wandern gespenstisch durch die Takelage, heften sich dann auf uns, blenden uns. Dann geht alles ganz schnell. Aufheulendes Motorengeräusch, dazwischen Wortfetzen aus einem Lautsprecher: "Stop sailing", im nächsten Moment ein harter Rums. Beide Schiffe sind längsseits gegeneinandergestoßen. Wie angewurzelt stehen Hardy und ich auf unseren Plätzen. Im Streulicht eines Scheinwerfers sehe ich es plötzlich - die türkische Flagge - ein türkisches Patrouillenboot, der Alptraum, den wir gerade schon glaubten, hinter uns gelassen zu haben. Drei Mann springen zu uns an Deck - Uniformierte; vorne und achtern werden Festmacherleinen belegt.

Der Dritte kommt schnurstracks auf mich zu: "Kapitan?"

Bevor ich antworten kann, klicken Handschellen um meine Handgelenke: "You are arrested."

Preston Court

Kurz hinter dem Ortsausgang des kleinen, verschlafen wirkenden Fleckens Preston wies uns eine kaum leserliche Inschrift auf einem verwitterten Stein den Weg zu unserem Ziel: "Preston Court".

"Stop for a moment please", rief meine Beifahrerin. Ich bremste scharf, bog in den schmalen Weg ab und hielt an. Sie stieg aus und befestigte vier rote und weiße Luftballons, sowie ein Schild mit der Aufschrift: *"Welcome to the Wedding of the year 2012!"*, setzte sich ins Auto, und die Fahrt ging weiter. Der Weg schlängelte sich zwischen sanften Hügeln, gesäumt von üppig wachsendem Knickgehölz, durch weitläufige Felder. Dann lud uns ein geöffnetes, schmiedeeisernes Tor zur Einfahrt in eine Allee ein. Die Natur war hier in eine perfekt gestaltete Parklandschaft verwandelt. Der zur Durchfahrt freigegebene Weg endete zwischen Stallungen und Scheunen.

Zu Fuß das Terrain erkundend eröffnete sich uns ein frisch in Farbe gebrachtes Herrenhaus, in dessen Mitte ein mit schneeweißen Säulen eingerahmter Eingangsbereich mit einer steinernen Freitreppe die Blicke auf sich zog. Das stilvolle Anwesen thronte auf einem Hügel, eingefasst von kurz geschnittenem englischen Rasen, auf dem sich die ersten Hochzeitsgäste gruppiert hatten. Sie warteten auf den Beginn der Ereignisse, die männlichen Gäste in dezent gehaltenen Anzügen oder im sommerlichen Smoking mit weißem

Jackett, einer pinkfarben aus der ansonsten einheitlichen Kleiderordnung heraus leuchtend, die Damen in langen Abendkleidern mit aufwändig hergerichteten Frisuren unter kleinen, phantasievoll gestalteten Hütchen.

Ich hielt Ausschau nach meinen englischen Freunden Elliot und Seren, die mich zu diesem Event eingeladen hatten. Da sah ich, wie Elliot aus einer der Gesprächsgruppen heraustrat und mich heranwinkte. Es folgte eine Vorstellungsrunde. - Mit höflichen Redewendungen wurde ich willkommen geheißen, bis wir vor einer stämmigen Person verharrten.

"Das ist Malcolm, ein alter Seebär. Den musst Du unbedingt kennenlernen", stellte Elliot ihn mir vor und an mein Gegenüber gewandt, fuhr er fort: "Das ist Kalle, hat sich auf einem Frachtensegler Seebeine wachsen lassen. Ihm gehörte eine 100 Jahre alte, dänische Galeasse."

Malcolm trat einen Schritt dichter an mich heran. Seine wachen Auge näherten sich meinem Gesicht.

"Und warum, *gehörte*? Hast Du die nicht mehr?", fragte er forschend nach.

"Ach, das ist eine lange Geschichte, ist uns im Mittelmeer abhandengekommen", entgegnete ich.

Doch das reichte Malcolm, dessen Interesse durch meine Antwort offensichtlich erst recht geweckt worden war, ganz und gar nicht.

"Was heißt abhandengekommen? Ist sie auf Tiefe gegangen, abgesoffen, oder hast Du sie verkauft?"

"Nee, beides nicht."

"Dann gibt es das Schiff also noch. Wie heißt es?"

"Rhea, schwimmt vor der türkischen Küste", blieb ich weiter etwas einsilbig.

"Aber wenn Du das Schiff nicht verkauft hast, wie hast du ..."

"Sie wurde gekapert", rief Elliot dazwischen.

"So kann man das auch wieder nicht sagen", relativierte ich, "aber die Schiffspapiere hab´ ich noch alle im Original."

Malcolm wurde merklich skeptischer.

"Gekapert von einem Engländer", heizte Elliot die Neugier von Malcolm erneut an.

"Dann auf nach London. Lass Dein Schiff an die Kette legen und verklag den Engländer auf Rückgabe!"

"Ob das erfolgversprechend wäre", wiegelte ich zweifelnd ab und fügte dann hinzu: "Überlegt hatten wir das schon, aber wenn wir damit bei Gericht durchkämen und das Schiff beschlagnahmt würde, läge es wohl erstmal längere Zeit in einem türkischen Hafen an der Kette. Über kurz oder lang würde es ausgeplündert und wäre am Ende ein alter Schiffstorso ohne Wert und Nutzen."

Malcolm schaute nachdenklich schweigend in die Weite, so, als müsse er über meine Erklärung erst einmal nachdenken.

Da erklang eine Glocke. Die Hochzeitsgesellschaft wurde gerufen. Die Zeremonie sollte beginnen.

Wir alle begaben uns in einen festlich geschmückten, ehemaligen Stall, dessen Stirnseite von einer überdimensionierten, drei Meter hohen, historischen Spieluhr beherrscht wurde. Davor erwartete der Bräutigam unruhig auf und abgehend die Ankunft der Braut. Diese fuhr schließlich mit vornehmer Verspätung in einem knallroten Oldtimer-Jaguar E-Type vor. Der

Brautvater geleitete sie mit würdevollen Schritten in den Raum. Bezaubernd, wie sie so daher kam.

Die Trauung ging mit eindringlichen Reden, vielen Glückwünschen und einem nicht enden wollenden Blitzlichtgewitter über die Bühne.

Später, zu fortgeschrittener Stunde - Malcolm hatte mit seinem Dudelsack aufgespielt - trat er mit geheimnisvollem Lächeln zu mir an den Tisch und hielt mir sein Smartphone unter die Nase:

"Die gibt es ja wirklich, die Rhea, hab´ einfach bei Google "*rhea sailing ship*" eingegeben. Schau mal. Ist sie das?"

"Ja, unverkennbar, die gedrechselte Holzreling rund um das Poopdeck. Die hatte sie schon damals."

Und Malcolm setzte mit triumphierendem Lächeln fort: "Als ich diese Bilder sah, kam mir sofort in den Sinn, meine Kumpels anzurufen. So ein Abenteuer wollen die sich sicherlich nicht entgehen lassen. Wir werden das Schiff aus den Fängen des Engländers befreien."

"Wie bitte?", fragte ich überrascht nach.

"Na ja, Du bist hoffentlich dabei oder gibst uns die Schiffspapiere mit. Dann geht´s auf in die Türkei. Einer säuft den englischen Skipper unter den Tisch, die anderen kapern das Schiff und segeln schnell in griechische Gewässer. Dort hissen wir die deutsche Flagge, den *Adenauer*, wie ihr, glaube ich, sagt, und klarieren mit den Original-Schiffsurkunden im Hafen von Rhodos ein, so, als wäre es niemals unter englischer Flagge gefahren. Und zwei Monate später liegt die Rhea wieder in Deinem

Heimathafen."

Ich lächelte versonnen.

Doch Malcolm wartete eine Antwort in seinem ungestümen Aktionismus gar nicht erst ab. Für ihn stand der Plan, als hätten er und seine Freunde die Seesäcke schon gepackt.

"Auf in die Vorbereitung. Bist Du noch ein paar Tage da? Du musst mir alles über die Rhea berichten. Ich will mich mit dem Schiff vertraut machen."

"Okay. Das könnte ich machen. Ich bin noch eine Woche lang hier," entgegnete ich mit einem leisen Zögern im Unterton. "Wo kann ich Dich treffen?"

"Kennst Du den Hafen von Whitstable, etwa fünfzehn Meilen von hier?"

"Ja natürlich."

"Dort findest Du mich auf meiner Jacht, der "*Iolaire*". Morgen früh ist Niedrigwasser. Dann liegt das Schiff neben den Fischerbooten tief unten im Schlick. Da siehst du allenfalls die Mastspitze. Musst ganz dicht an die Kaimauer herantreten, um mein Boot zu sehen."

Im Schein der Petroleumlampe

10. September 2012, Montagmorgen, Beginn einer neuen Woche. Das Preston-Court-Party-Wochenende hatte ich gut überstanden. Also machte ich mich auf den Weg zu Malcolm.

Sein Schiff hatte ich schnell gefunden. Es war der einzige hochseetüchtige Segler im Hafen von Whitstable, eine knapp neun Meter lange Mahagoni-Jacht mit einem elegant wirkenden, positiven Decksprung, einem hochgezogenen Bug und einem flachen, breiten Heck. Gebaut in Cork auf Irland, wie Malcolm mir später nicht ohne Stolz berichtete.

Über drei schmale Stufen kletterte ich in das Innere des Segelbootes. Ich folgte Malcolm in sein kleines, maritimes Reich. Augenblicklich umgab mich ein vertraut wirkendes Gefühl behaglicher Gemütlichkeit. In gebückter Haltung mit dem Kopf knapp unter der niedrigen Decke schaute ich mich vorsichtig um. Von der Decke hing eine messingfarbene Petroleumlampe, die leicht schwankend den Raum beleuchtete. Sanft fauchte sie vor sich hin.

Die aus dunkelbraunem Holz gezimmerte Kajüte strömte eine eigentümliche Geborgenheit aus. Auffallend viele Stöße, Kanten und Eckbereiche hatten schwärzliche Färbungen, die durch die glänzenden Klarlackflächen hindurchschienen. Augenscheinlich waren schon unzählige Lackierungen auf die Oberflächen aufgebracht worden, offenbar aber nicht immer rechtzeitig, um den ständigen Angriffen von Feuchtigkeit und eindringendem Wasser standzuhalten. Dies gab dem gesamten Gepräge des Raumes ein antikes Aussehen, das durch die Vielzahl der Gerüche verstärkt wurde, einer Mixtur aus Seetang, Salzwasser, Holzpech, Hanfwerg, Modder, verwoben mit menschlichen Ausdünstungen und leicht spakigen Kleidungsstücken.

Ich fühlte mich auf Anhieb zurückversetzt in die Zeiten der Rhea, der *Eole*, *Hernil* und *Dimple*. Das waren die Zeiten, in denen mich alte Holzschiffe begeisterten und wir uns über Plastiksegler nur herablassend als reizlose "Joghurtbecher" ausgelassen hatten, als ich mich noch Stunde um Stunde, Tag um Tag, nein, Monat für Monat der Bootspflege hingegeben und noch nicht die Effektivität des zeitlich begrenzten Urlaubserlebnisses am Freizeitwert des Segelns gemessen hatte.

Malcolm hatte seinen Petroleumofen angeworfen und hieß mich, auf einer der beiden gepolsterten und mit grobem Segeltuch bespannten Längsbänke Platz zu nehmen. Auf den Tisch, der mittschiffs durch einen langen Schwertkasten in zwei schmale, längliche Hälften geteilt war, stellte er einen Pott frisch gebrühten Kaffee vor mich. Dieser duftete verführerisch. Aber damit nicht genug. Er öffnete hinter sich die Tür eines Schapps und beförderte daraus eine Flasche Single Malt Whisky hervor. Mit kräftigem Schwung füllte er zwei Wassergläser und prostete mir selbstgefällig zu:

"Cheers! Das ist der gute "*Talisker 57° North*" von der Isle of Skye, in rauer Natur, im Torf gereift. Schmeckst Du das? So etwas Feines gibt es nur bei uns in Schottland."

19

Ich versuchte, dies angemessen zu würdigen, konnte aber wohl doch nicht ganz verbergen, dass ich im Grunde hell entsetzt war, schon am frühen Vormittag derart geistige Getränke zu mir nehmen zu müssen. Immerhin lockerte dies meine Stimmung, und ich legte los, die Geschichte der Rhea zu erzählen.

α

Die Idee

Nichts ist stärker
als eine Idee,
deren Zeit gekommen ist.

Victor Hugo

Vollmond, die weiße Scheibe am nächtlichen Himmel überzieht die Meeresoberfläche mit einem glitzernden, tausendfach leuchtenden Schimmer. Die Segelyacht "*Quo Vadis*" hebt sich im Gleichklang unaufhörlich heranrollender, breiter Wellenberge und taucht nach jedem Anstieg mit zunehmender Fahrt ab ins folgende Tal, während sich schäumende Wogen zu beiden Seiten hoch auftürmen. Das Echolot verwirrt mit Flackern und ständig wechselndem Aufleuchten. Längst hat es aufgegeben, eine verlässliche Tiefenangabe anzuzeigen. Ein Blick in die Seekarte bringt Klarheit. Wir befinden uns gut 20 Seemeilen südöstlich der Insel Ile du Levant. Die Meerestiefe liegt bei 1800 m. Das Echolot zeigt Tiefen bis 240 m. Ich schalte es aus, diese Batterieleistung können wir uns mit gutem Gewissen sparen.

Am Morgen des 7. September 1981 hatten wir in der verträumt wirkenden Bucht Port Man der Ile de Port Cros den Anker gelichtet, als die Sonne soeben durch die

21

ausladenden Äste der Pinien blinzelte und erste Strahlen auf die noch schwarzgraue Wasseroberfläche warf. Glasklares, türkisfarbenes Wasser bis auf elf Meter Grund.

Dort hatte der Anker gelegen. Mit dem Rasseln der Ankerkettenwinsch war Spannung auf die Kettenglieder gekommen. Die Ankerflunken hatten sich aus dem Algenkraut gelöst. Dann hatte das Boot Fahrt aufgenommen. Wie eine Spirale schraubte sich der Anker langsam hoch bis an die Oberfläche, ein Griff über die Reling, das Ankergeschirr im Bug verstaut. Die Reise ging weiter, Start zu neuen Zielen nach friedlich durchschaukelter Nacht. Der venezianische Wachturm am äußeren Ende der Bucht säumte still das Kielwasser. Gemächlich zog die westliche Nachbarinsel Ile du Levant an Steuerbord vorbei.

Es war ein Segeltag wie aus dem Bilderbuch. Die *Quo Vadis*, eine "Gipsy 36", hatten wir in Toulon für zwei Wochen gechartert.

Die Crew: Hardy, Bärbel, Niklas, Janina und ich. Kein Zweifel, ich war von einer bunten Truppe ausgeprägter Persönlichkeiten umgeben.

Hardy zog überall die Blicke auf sich. Seine durchtrainierte Figur, sein kräftiger, schwarzer Haarwuchs, markanter Bart, Goldring im linken Ohr wirkten augenblicklich präsent. Er trug in aller Regel Leder-Klamotten und verlieh sich damit ein cooles Rocker-Outfit. Sein Auftreten empfand ich immer als lässig. Dabei liebte er es gar nicht, sich in den Vordergrund zu schieben, blieb eher zurückhaltend bescheiden. Aber in seinen braunen Augen blitzte es unternehmungslustig. Rasch wanderten sie hin und her, erfassten schnell jede Situation, um dann einfühlsam und warmherzig in den faszinierten Blicken erstaunter Frauen zu verharren.

Und das war genau das Problem von Bärbel. Sie war nämlich seine Ehefrau, groß, blond, vollbusig, fröhlich, aber keineswegs oberflächlich. Engagiert nahm sie die Spannung aus den ersten Sekunden solcher Begegnungen, zog die Aufmerksamkeit auf sich. Man könnte fast meinen, sie hatte stets einen Eimer kaltes Wasser zur Hand, mit dem sie schnell die aufglühenden Gemüter abkühlte. Denn sie verstand es meisterlich, den weiblichen Neuankömmling sofort in ein lockeres, entspanntes Gespräch zu verwickeln.

Niklas war ein ruhiger Pol in der Gruppe. Auch er trug Vollbart. Es war schon fast wie bei "*Jan und Hein und Klaas und Pit, die haben Bärte, die fahren mit*". Niklas war ein überaus geselliger Mensch. Er spielte gerne Gitarre und inspirierte uns zu einem engen, freundschaftlichen Miteinander. Dabei war ihm das Wohlergehen und der Zusammenhalt der Gruppe überaus wichtig. So verbreitete er eine Aura der Geborgenheit und des Vertrauens. Das war nicht nur sozialpädagogische Zauberei, sondern überzeugend gelebte Vision jenseits materiell bestimmter Beschränktheiten.

In diesem Kokon wirbelte Janina in ihrer natürlichen Lebendigkeit über das Charterschiff. Mit ihrem Afrolook a la *Angela Davis* und ihrer eigentlich ständig lauten Fröhlichkeit weder zu übersehen noch zu überhören, sorgte sie burschikos und herzlich für Feierlaune an Bord.

Behände brutzelte sie bei Schräglage des Schiffes herrliche Gerichte, sprang an Deck, um die Segelstellung im Wind zu optimieren, und animierte uns ein ums andere Mal zu spannenden Doppelkopfrunden.

Unser Ziel war Korsika. Noch befanden wir uns bei den Iles d´ Hyères in Sichtweite der Küste. Wann sollten wir den Törn über die offene See wagen? Sofort? Die Wetterlage schien stabil. Windstärke vier bis fünf Beaufort aus Nordwest. Keine Wolke am Himmel.

Um 18:00 Uhr fiel an der Nordost-Huk der Ile du Levant die Entscheidung. Wir starteten zur Überfahrt. Achterlicher Wind. Sechs bis sieben Knoten Fahrt durchs Wasser. Wir steckten den Kurs ab auf die korsische Hafenstadt Calvi. Morgen früh müssten wir die ferne Insel erreichen.

Allmählich war es Nacht geworden, mit Vollmond Romantik pur. Vor zwei Stunden hatte ich das Ruder übernommen.

Ich konzentrierte mich auf meinen Atem, holte langsam in tiefen, ruhigen Zügen Luft und brachte ihn so in Einklang und Rhythmus mit den von achtern heranrollenden Wellen. Unglaublich diese Kraft, diese Unmittelbarkeit der Natur. Nur kurzzeitig unterbrach die Ratio mein Hochgefühl. Unsere kleine Nussschale mit ein paar Leutchen tanzte zuversichtlich über das Meer. Fernab von jeder Zivilisation befanden wir uns in den Gewalten der Natur, unter uns kilometertiefes Wasser, das uns in seiner Unendlichkeit einfach aufsaugen könnte. Doch dieser Gedanke überkam mich nur Bruchteile von Sekunden. Dann überfiel mich wieder die unglaubliche Faszination der See, der Vollmondnacht, das Gurgeln, das Rauschen, das Gleichmaß des Auf und Ab über die silbrig glitzernden Wellenberge.

Im Hochgefühl dieser phantastischen Segelnacht gerieten wir immer mehr ins Schwärmen.

Hardy kramte in seiner Erinnerungskiste und in seinem unnachahmlichen Mannheimer Dialekt brach es aus ihm heraus:

"Weescht noch im letschde Sommer uff de Hernil? Meine harten Rocker warn uf eemal ganz zahm. Und überhaupt, so begeischtert hab' isch die noch nie erlebt vorher. Als isch noch Leiter des Mannhemer Jugendzentrums der Schwetzingerstadt war, hatte die immer nur den Harte raushänge lasse, musst isch immer auf der Hut soi, dass die net de nächste Streit aazeddelte. Und uf eemal uff dem Segler uff de Ostsee braucht isch denne nur noch zu sage, jetzt an denne Leine ziehe, jetzad do arbeite. Gehorsam und brav wie kleene Schuljungs habe die alles gemacht, was wir ihne gesacht habbe, und waren glücklisch und zufriede."

Dazu war es gekommen, weil Hardy sich überlegt hatte, wie er seine vom trostlosen und monotonen Alltag gelangweilten und zunehmend gewaltbereiten Jugendlichen auf andere Gedanken bringen könne. Das Stichwort hierfür hieß Erlebnispädagogik, ein Segeltörn auf einem Oldtimer, bei dem alle mit anpacken müssen.

Gehört hatte er von dem Projekt "*Hernil*" auf der Ostsee von mir. Ein guter Freund hatte in Haugesund in Norwegen einen Logger gekauft, 1911 als Lotsenkutter gebaut, bis vor wenigen Jahren als kleiner Frachter an der norwegischen Küste in Fahrt, inzwischen als Motorschiff, achtern ein Ruderhaus, Frachtraum, davor ein kurzer

Eisenmast mit Kran in Handbetrieb. Lothar hatte die *Hernil* in deutsche Gewässer überführt und Laboe als neuen Heimathafen auserkoren. In monatelanger Arbeit hatte er einen Segler nach historischem Vorbild so, wie er vielleicht mal ausgesehen haben könnte, daraus gebaut. Hütte (Ruderhaus) runter, zwei gerade gewachsene Douglasien im Sachsenwald mit dem Förster ausgesucht und per Langholztransport nach Laboe bringen lassen. Das wäre fast schief gegangen. Der gut zweiundzwanzig Meter lange, größere Stamm wollte im Oberdorf zunächst nicht um die Ecke. In Millimeterarbeit, nach mühseligem Hin- und Herrangieren, dem Abbau eines Verkehrsschildes und einem mittelprächtigen Verkehrsstau hatte es schließlich geklappt. Ein Jahr später im Winterlager waren die Bäume geschält, geschliffen und lasiert worden. Dann kamen Beschläge dran, und mittels Autokran wurden die Masten in die vorgesehene Mastspur auf dem Schiff eingepasst. Nach weiteren gut tausend Arbeitsstunden war wieder ein Segler aus dem alten Logger geworden. Mit zwölf Mann Crew, Schiffsführer Lothar und einem Decksmann (oft war ich das) Segeln auf der Ostsee. Charterfahrten mit Jugendgruppen und deren Betreuern, die auf dem Segler angeheuert hatten.

So war auch Hardy mit seiner Rockercrew dazu gekommen und schwärmte nun von seinen überraschenden Erlebnissen. Auch ich steuerte ein paar Anekdoten von meinen Fahrten auf der *Hernil* bei.

So dauerte es nicht lange, und eine Idee war geboren: "Was meint ihr, das, was Lothar da macht, das könnten wir doch auch oder?"

26

Ich war Feuer und Flamme. Warum eigentlich nicht.

Schnell steigerten wir uns in die neue Idee hinein. Die Phantasien schlugen Kapriolen. Bärbel, Niklas und Janina schürten kräftig das auflodernde Feuer der Begeisterung, bis Hardys Miene sich leicht verfinsterte und er mit einem resignierenden Zucken in den Schultern fragte:

"Aber wovon sollen wir denn so ein Schiff kaufen? Ich hab´ kein Geld und ihr, glaube ich, auch nicht."

Allgemeines Schweigen, Nachdenken, weiter hob und senkte sich der Rumpf. Mit jeder anrollenden Welle strebte unser Schiffchen der korsischen Küste zu.

"Warum gründen wir nicht eine Reederei?", brachte ich unsere Gedankenspielerei wieder in Gang. "Verkaufen Anteile am Schiff? Eine Abschreibungsgesellschaft. Dann kann jeder die Verluste des Schiffsprojekts in den ersten Jahren steuermindernd geltend machen."

"Aber was sollte jemand bewegen, uns dafür Geld zu geben?", zweifelte Hardy immer noch.

"Zum Beispiel Mitfahrrechte. Jeder könnte pro Jahr soundso viel Tage oder Wochen mitfahren dürfen," spann ich den Faden weiter.

Jetzt waren wieder alle dabei. Wir übertrafen uns gegenseitig mit neuen Ideen. Und Hardys Ehefrau Bärbel sinnierte bereits, sie könne ihren Krankenschwesterjob ja jederzeit kündigen. Das käme ihr ohnehin gerade Recht. Die herrliche Seeluft sei doch tausendmal besser als die sterile Atmosphäre im Operationssaal, wo sie bei Neonlicht und unangenehm warmer, drückender Luft als grünes Wesen verkleidet ständig das OP-Besteck parat halten müsse. Sie geriet darüber so richtig ins Schwärmen und hatte, glaube ich, im Geiste schon gekündigt.

Und als im ersten Morgengrauen das Leuchtfeuer von Calvi ein Strich Steuerbord voraus seine Blitze so gerade eben über die Kimm schickte und uns signalisierte, dass wir uns auf richtigem Kurs befanden, war das Schiffsprojekt von Hardy und mir bereits beschlossene Sache.

Bärbel nickte, ohne zu zögern: "Ich bin dabei".

Wir hatten den rechten Kurs gefunden. Das Rhea-Projekt war geboren. Wir steuerten rhealistischen Zeiten entgegen.

Malcolm lächelte mir zu.

"Okay, auf dem Mittelmeer bist Du also auch schon gesegelt, allerdings nicht mit der Rhea. So eine Idee ist ja ganz schön und gut. Aber es muss Euch doch irgendwie gelungen sein, sie umzusetzen. Das scheint mir viel schwieriger. Und den Dialekt Deines Freundes, also den hab´ ich nicht verstanden, aber erzähl ruhig mal weiter."

β

Kiekeboe

Zwischen Kiel und Mannheim liefen die Drähte heiß. Der Traum war präsent, wurde zum Plan. Immer mehr Details waren Thema zwischen Hardy, Bärbel und mir. Ich besuchte wöchentlich die Seefahrtsschule, paukte bei Kapitän Prüsse - der war in Hamburg längst eine Legende - alles, was ich für den Sporthochseeschifferschein benötigte, ließ mich in die Geheimnisse der Astronavigation einweihen.

Und ich studierte alle einschlägigen Anzeigenmärkte, fragte hier und dort, wo wir denn ein geeignetes Schiff finden könnten. Bis mir eines Tages eine kleine Annonce in die Augen sprang:

Segler "Hinnerk von Hooge" mit SBG-Zulassung, rotbraune Gaffelsegel, unternimmt von Hörnum/Sylt Fahrten zu den Seehundbänken, zu verkaufen, 150.000,00 DM Festpreis.

Ob das unser Schiff werden könnte? Das musste sich ja in tadellosem Zustand befinden, wenn es sogar die höchsten Weihen der Seeberufsgenossenschaft besaß und für die gewerbliche Seefahrt zugelassen war. Es ratterte in meinem Kopf. 5.000,- DM pro Schiffsanteil hatten wir überlegt. Das wären dreißig Kommanditisten für unsere Reederei, nein halt, mein Bausparvertrag brachte 16.000,-

DM, wenn ich den verkaufen würde. Das waren schon drei Anteile, also siebenundzwanzig Miteigner müssten wir finden. - Sofort rief ich Hardy an. Unser Optimismus ließ sich nicht mehr stoppen.

Doch galt es, erst einmal das Schiff zu besichtigen. Das war schnell organisiert. Am folgenden Samstag saßen Hardy und ich im Zug. Die Fahrt ging über den Hindenburgdamm. Grau, fast unbewegt lag sie da, die Weite des Wattenmeeres. Irgendwo da hinten im Süden der Insel Sylt, da musste das Objekt unserer Begierde liegen. Im Bahnhof Westerland stiegen wir aus und nahmen den Bus nach Hörnum. Knapp zwanzig Minuten später bog er in das Hafengebiet dieses südlichsten Inselortes ein.

Ich hörte mein Herz klopfen. Zwei Masten überragten nebeneinander den Deich. Das musste es sein. Das war es. Kurze Zeit später standen wir davor und betrachteten es neugierig. Ehrfürchtig schweigend, fast etwas erstarrt vor Aufregung, wanderten unsere Blicke vom Bug zum Heck und zurück. Tatsächlich, ein alter hölzerner Segler, Rumpf ca. zweiundzwanzig Meter lang, schwarz, am Bug ein relativ kurzer Bugspriet. Drei rotbraune Vorsegel angeschlagen, Mast mit Baum und Gaffel, dazwischen das Großsegel sauber aufgetucht, auf dem Ladeluk eine doppelseitige lange Sitzbank in Längsrichtung - Beobachtungsposten für zahlende Gäste zu den Seehundbänken, nach achtern hin ein großes, stählernes Ruderhaus auf einem Art Poopdeck mit Besanmast - nicht besonders schön und passend für einen Segler, aber drum herum eine wahrlich ins Auge springende, gedrechselte Reling.

Am Spiegelheck prangte der Schiffsname in geschwungenen Lettern *"Hinnerk von Hooge"*. - Hardy gab sich als Erster einen Ruck, trat an den Rumpf heran, streckte seinen Arm über die Mole und klopfte laut gegen die Reling. Drei Möwen flogen kreischend auf, kreisten über unseren Köpfen. Sonst Stille, es tat sich nichts. - Nach einer kleinen Ewigkeit des Wartens bewegte sich etwas im Ruderhaus. Langsam öffnete sich die Tür, heraus schaute eine völlig verschlafen wirkende, bärtige Gestalt:

"Kommt doch an Bord. Hab 'ne Mütze Schlaf gehabt."

Schnell griffen wir nach den Wanten und sprangen an Deck. Uns gegenüber stand der Kapitän, der uns mit seiner Verkaufsanzeige angelockt hatte, aber in Wirklichkeit sein Schiff am liebsten gar nicht verkaufen wollte.

Rundgang auf und unter Deck, dann stiegen wir durch ein Luk im Innern des Ruderhauses in die Wohnkammer des Kapitäns. Es war eine winzig kleine, liebevoll ausgebaute Kajüte, an jeder Seite eine Kojenöffnung, wie Alkoven ausgebaut, in der Mitte ein kleiner Tisch, darum herum in den Rumpf eingearbeitete Bänke, auf denen wir Platz nahmen. Ein paar Erklärungen zu dem Schiff, kaum Fragen an uns. Das Gespräch verlor sich schnell in Monologen des Kapitäns. Wir hielten uns an der uns angebotenen Flasche Bier fest. Unser Gegenüber war schnell bei der dritten, vierten, fünften Buddel. Jetzt kam die Rumflasche auf den Tisch. Wir hörten Geschichten einer gescheiterten Ehe, über Geldsorgen und die Liebe zum einzig Gebliebenen, dem Schiff. Verstohlen musterte ich alles um mich herum und sog in meine Gedanken auf, was ich beobachten konnte. Hatte ich das eiserne, große Ruderhaus noch für sehr segelfeindlich gehalten, so zog mich die urgemütliche, kleine Kajüte im Heck des Schiffes hinter dem Maschinenraum vollends in ihren Bann. Da war er - unser Traum.

Irgendwann zogen wir beide wieder los, nicht ohne uns zuvor für einen zweiten Besuch mit dem Kapitän verabredet zu haben.

Auf dem Rückweg zunächst langes Schweigen. Wir brauchten uns nichts mehr zu sagen. Die Sache war klar. Wir hatten unser Schiff gefunden. Später im Zug, da brach es dann doch aus uns heraus. Im raschen Wechsel warfen wir uns die Bälle in schwärmerischer Begeisterung zu. Wir hoben das Schiff in unsere Traumwolke.

Von diesem Ausflug zurück berichteten wir Bärbel von unserer Mission. Sofort ließ sie sich von den Schilderungen einfangen. Irgendwelche Vorbehalte waren nicht angesagt. Sie schwamm einfach auf unserer Welle mit.

Doch jetzt, wo es langsam ernst wurde, zögerte ich nochmals einen Moment. Ein Zweifel schoss mir ob unserer verwegenen Ideen und Pläne in den Kopf:

"Aber wie mach´ ich das denn mit Hannah? Ihr wisst ja, jedes zweite Wochenende ist sie bei mir. Da sind wir ein eingespieltes Team. Das kann ich doch nicht einfach aufgeben."

"Aber das ist doch kein Problem. Die kann auch mit auf dem Schiff leben. Wie alt ist sie jetzt?"

"Drei."

"Das ist doch schön. Außerdem gibt´s Schwimmwesten und so ein kleines Boot wollen wir auch nicht kaufen", gab sich Hardy weiter locker.

"Und wenn wir im Mittelmeer sind?"

"Dann kommt sie eben öfter mal ein paar Wochen am Stück mit."

Auch Bärbel sah kein Problem: "Also ich find´ Hannah sowieso süß. Kann ich mir superschön vorstellen, mit der Kleinen an Bord rum zu tütern, zu spielen, ihr vorzulesen, sie einfach als viertes Crew-Mitglied dabei zu haben."

Die Skepsis verflog. Warum nicht? Eigentlich kann Hannah das nur spannend finden, mit an Bord zu leben. So weit war alles geklärt. Wir waren "dreieinhalb" Mitglieder der Stamm-Crew. Es galt, das Projekt voranzutreiben.

Da hakte der mir interessiert zuhörende Malcolm ein: "Aber wie wolltet ihr das bewerkstelligen? Wer war der Kopf eures Unternehmens, euer Kapitän?"

"Na, wir im Team natürlich", antwortete ich arglos.

"Auf jedem Schiff gibt es nur einen Kapitän. Und wenn ihr euch streitet, teilt ihr euer Boot dann in dreieinhalb Teile?", versuchte mich Malcolm zu provozieren und setzte dann fort: "Und überhaupt, was gab dir die Gewissheit, mit einem Ehepaar ein Team zu bilden?"

"Nun, Hardy war schon seit einigen Jahren ein guter Freund von mir. Ich halte ihn für absolut zuverlässig. Freundschaft ist für ihn Ehrensache; dafür geht er durch dick und dünn. Außerdem hat er eine ganz ähnliche

Einstellung zum Leben und Umgang mit seinen Mitmenschen wie ich, keinerlei hierarisches Denken, kein Unterdrücken des Anderen, einfach völlig machtbefreit, klar, ehrlich, direkt."

"Und seine Ehefrau Bärbel?"

"Auch geradeaus, bodenständig, neugierig."

Malcolm schien nicht sonderlich überzeugt, fragte aber nicht weiter. Ich nahm den Faden meines Berichts wieder auf.

Schnell hatten wir Freunde und Bekannte von unserem Bazillus angesteckt. Die ersten Anteilseigner waren mit "im Boot". Es folgten ein Notartermin, sowie die Eintragung der Reederei als Rhea-Kommanditgesellschaft im Handelsregister. Ein Geschäftskonto wurde eröffnet. Alles lief wie am Schnürchen.

Der Plan konkretisierte sich: Ein Charterunternehmen mit einem Oldtimer-Segelschiff, Chartern mit uns als fester Crew im Mittelmeer, Griechenland, genauer gesagt, mit Kreta als Startbasis. Für diese hochgesteckten Ziele schien uns die "*Hinnerk von Hooge*" exakt das Richtige. Zwölf Charterkojen würden darauf Platz finden. Die Seetüchtigkeit und Eignung für Charterfahrten ist amtlich bescheinigt. Was wollten wir mehr?

Malcolm sinnierte vor sich hin. Er schien unkonzentriert, hörte wohl nicht mehr richtig zu. Offenbar beschäftigte ihn gerade etwas gänzlich anderes. Ich stoppte meinen Redefluss und schaute ihn an. Stille.

Da hob Malcolm seinen Kopf und hub an: "Du, was ich Dich fragen wollte. Hast Du eigentlich den Engländer, den wir uns vorknöpfen wollen, schon mal getroffen?"

"Du meinst, nachdem er sich die Rhea unter den Nagel gerissen hat?"

"Nee, so überhaupt mal."

"Und ob, aber das ist schon lange her. Ende der Sechziger in Peterborough."

Malcolm schaute mich erstaunt an.

Der Seesack

Gedankenversunken zogen Horst und ich mit unseren Rucksäcken die schnurgerade, leicht abschüssige Straße entlang.

"Gibt es hier denn nur einen einzigen Architekten weit und breit?", murmelte ich vor mich hin.

Rechts und links der Straße je eine Kette gleich aussehender Reihenhausscheiben, soweit das Auge reichte, viktorianische Architektur, wie ich später erfuhr.

Wir hatten uns am Abend zuvor - es war der 12. Juli 1969 - in London getroffen. Als ich nach einer ausgedehnten Wanderung durch die Londoner Straßen erfüllt mit Eindrücken in den Dormitory des Hostels im Westend zurückkehrte, saß Horst schon am Tisch, umringt von Backpackern, Australiern, Amerikanern, Franzosen, und tauschte Tramper-Erfahrungen aus. Freudige Begrüßung, Planung der verabredeten Reise. Schnell zwei Schilder gemalt, das eine mit "*German Students*", das andere "*Edinburgh*", unser erstes Ziel, dann noch auf beide Rucksäcke kleine Fähnchen Schwarz-Rot-Gold gebunden und so konnte es am nächsten Morgen losgehen.

Mit der Tube District Line zur Station Edware Road. Positionierung am Straßenrand, wir streckten unsere Daumen raus. Der Startplatz schien gut gewählt, beginnt doch ein kurzes Stück weiter die Autobahn M 1. Vielleicht würden wir ja einen guten Lift nach Norden bekommen.

Nur einen Augenblick später hielt schon eine dunkelblaue Vauxhall-Limousine. Eine Stimme fragte "Where you are heading for?"

"Up to North", antwortete Horst.

"Allright, you are welcome".

Erfreut griffen wir unsere Rucksäcke, sprangen ins Auto und los ging´s. Doch alsbald merkten wir, dass unser Fahrer keineswegs auf die M 1 einscherte, sondern eine Straße etwas östlicher wählte. Und schon knapp fünf Meilen weiter hielt er an und bedeutete uns auszusteigen mit den Worten: "I`m living here. I'll drop you now. Good luck!"

Wir standen noch mitten im Londoner Häusermeer. "*Camden North*" las ich auf einem Schild. Es half alles nichts. Daumen raus. Wieder ein paar Meilen. Viele Stunden brauchten wir, um uns aus dieser unglaublich großen, weitläufigen Stadt zu befreien, bis wir uns endlich zwischen Feldern und Wiesen in einer sanft hügeligen Landschaft befanden, immer noch im Nahbereich von London. Ein Farmer nahm uns auf der Ladefläche seines Pick-ups mit und ließ uns am Rande des Städtchens Peterborough absteigen.

In der Abenddämmerung zogen wir in Richtung Zentrum auf der Suche nach einer Übernachtungsmöglichkeit. Aufrechten, zielgerichteten Schrittes kam uns ein drahtiger, junger Mann mit einem gewaltigen, dunkelgrauen Seesack auf dem Rücken entgegen.

Horst sprach ihn an: "Is there any parc around here?"

"Do you look for a place to stay overnight?", verstand unser Gegenüber sofort.

Kopfnicken. Kunstpause. Dann: "Allright then.-

Kommt mit! Ich hab´ Platz für Euch bei mir zu Hause. Bin auf dem Weg zu meiner Mom. Ihr kommt doch von da oben. Habt ihr ihr Haus schon gesehen?"

"Die sehen alle gleich aus", widersprach ich, seinen feinen Humor nicht verstehend.

"Mein Name ist Oliver, Oliver Brown".

In dem Moment sprang Malcolm auf und beugte sich über den Kajüttisch.

"Wie war sein Name? Oliver Brown?"

"Ja, wieso? Kennst du ihn?"

"Äh, lass man gut sein! Erzähl weiter!"

Malcolm ließ sich auf die Bank zurückfallen und schaute Löcher in die Luft. Ich ließ die Unterbrechung auf sich beruhen.

Oliver blickte uns erwartungsvoll an.

"Kalle",

"Horst", stellten auch wir uns vor und stiefelten mit unserem neuen Begleiter die Straße zurück, die wir gerade gekommen waren.

Nach kurzer Wegstrecke bog Oliver zu einem Hauseingang ab.

"Sind wir da?"

"Not yet. Hier wohnt meine Schwester. Hab' sie lange nicht gesehen. Kommt, wir besuchen sie."

Leicht irritiert trotteten wir willig hinter ihm her.

"What a surprise."

Freudige Begrüßung. Wir stellten uns vor. Fragen nach dem Woher und Wohin. Eine knappe halbe Stunde später ging es wieder die graue Straße entlang. Es war nun schon nahezu völlig dunkel.

Schließlich überquerten wir die Fahrbahn und bogen nach links zu einem weiteren Hauseingang ab, ebenso unscheinbar wie alle anderen, fast beliebig erscheinend, kein Namensschild, verwittert eine Hausnummer. - Wir hatten von Oliver erfahren, dass er an der Universität Birmingham im College Betriebswirtschaft studiere und von Zeit zu Zeit bei seiner Mutter zu Besuch einkehre.

Mit einem leicht reserviert erscheinenden Lächeln stand sie in der Tür, eine große, stattliche, würdevolle, aber bescheiden wirkende Erscheinung. Liebevoll nahm sie ihren Sohn in die Arme und nach kurzer Erklärung Olivers, dass er zwei deutsche Studenten aufgegabelt hätte, wurden auch wir von ihr freundlich begrüßt und in die Stube gebeten.

Der Raum wirkte eher düster, dunkle, massive Möbel, eine Anrichte, überladen mit kitschigen Porzellanfiguren, ein gerahmtes Bild mit einem Frachtensegler, an dessen Reling sich ein Seemann, offenbar der Skipper, positioniert hatte, der dem Betrachter des Bildes mit ernstem Blick entgegen schaute, in der Ecke eine Schiffslampe, weitere kleinere Seefahrtsutensilien, schwere Vorhänge. Wir ließen uns auf ein abgenutztes, dunkelgrünes, mit Samt bezogenes Sofa komplimentieren, zeigten Zurückhaltung und harrten der Dinge, die da kämen.

Als ich aufstand und mich vor das große Bild stellte, um es näher zu betrachten, stand Oliver augenblicklich neben mir.

Auf den Seemann deutend erklärte er: "Mein Vater, sein Schiff, aber leider, leider alles vorbei, er ist verstorben, der elegante Frachtensegler in Faversham bei der Werft abgewrackt. Vater, Großvater, Urgroßvater, alle waren sie die britische Küste auf und ab gesegelt, in tiefster Seele verbunden mit der See, dem Wind und den Gezeitenströmen."

Währenddessen versuchte ich, Einzelheiten auf dem Bild zu erkennen. Am Heck undeutlich ein Schiffsname. Ich konnte ihn nicht entziffern.

Malcolm murmelte etwas unverständlich dazwischen.

Ich fragte ihn: "Was meinst du?"

"Ach, nichts Wichtiges", antwortete er und bekräftigte dies mit einer abwehrenden Handbewegung.

Ich maß dieser erneuten Unterbrechung meiner Erzählung keine weitere Bedeutung bei und fuhr fort.

Immer noch auf das Bild an der Wand deutend spann Oliver seine Gedanken weiter: "Freidenkende, hart arbeitende Männer, deren Schiff ihre Lebensader, ihr ein und alles war. Sturm, Wellen, die Sände vor der Küste, das waren ihre Konkurrenten, mit denen sie sich messen konnten."

Immer mehr geriet er ins Schwärmen, bis Mrs. Brown dazwischen funkte.

"Are you hungry?", fragte sie in die Runde. Sie habe ein großes Stück Fleisch in der Pfanne, das würde für drei Personen gut und gerne reichen. Dankbar nahmen wir ihre Gastfreundschaft an. Alsbald waren wir herrlich gesättigt, dazu eine Flasche Brown Ale. Überrascht und zufrieden zugleich tauschten Horst und ich die Blicke.

Olivers Mom erklärte uns, sie habe oben zwei kleine Kammern, in denen sie Schlafstätten für uns vorbereitet hätte. Ich reagierte beschwichtigend, sie solle sich keine Mühen machen, wir seien gut ausgerüstet und hätten unsere Sleeping-bags. Scharf, fast empört schnitt sie mir das Wort ab, ich solle mir darüber mal keine Gedanken machen, wir seien schließlich ihre Gäste.

Als Horst half, das Geschirr in die Küche zu tragen, bedeutete sie mir, ihr die Stiege hinauf zu folgen. Schnell griff ich mir im Flur meinen Rucksack, meine Habe wollte ich doch lieber bei mir wissen, und folgte ihr. Im Halbdunkel erwartete mich in einer winzigen, mit holzverkleideten Wänden ausgestatteten Kammer ein frisch bezogenes Bett, eine Ecke der Bettdecke einladend zurück geklappt. Als ich noch staunend die Szenerie betrachtete, spürte ich plötzlich die feuchten Lippen der Gastgeberin auf meiner Wange, ein Gute-Nacht-Kuss, und im nächsten Moment war sie auch schon verschwunden, hatte sie die Tür zu meiner Kammer von außen geschlossen. Irritiert, verstört verharrte ich in meiner Position. Das war fast zu viel des Guten. Misstrauen kam auf. War das Ganze inszeniert? Sollten wir nur in Sicherheit gewogen werden? War das ein Judaskuss? Angestrengt lauschte ich nach draußen. Wo blieb mein Reisegefährte? Sollten wir getrennt werden?

Gerade wollte ich nachgucken, da hörte ich wieder Schritte auf der knarrenden Holztreppe. An den Stimmen erkannte ich Horst und Mrs. Brown.

Scheinbar fröhlich und locker öffnete ich die Tür und rief: "Hallo, Horst, hier bin ich abgeblieben."

"I'll show you the room on the left", wandte sich Mrs.

Brown an Horst und verschwand mit ihm hinter der bezeichneten Tür, von mir nicht weiter Notiz nehmend.

Also trat auch ich den Rückzug an. Wieder Geräusche vor meiner Tür auf dem Flur, eine Person ging die Treppe hinunter. Ich wartete einen Moment. Dann öffnete ich vorsichtig und schlich mich zum Nebenraum, dessen Tür ich ebenfalls leise einen Spalt öffnete.

"Horst", flüsterte ich.

"Ja", hörte ich es aus der dunklen Kammer.

Erleichtert trat ich ein. Auch Horst berichtete, dass er einen Kuss bekommen habe. Auch er war skeptisch. Wir verständigten uns, auf der Hut zu bleiben. Keiner sollte ohne den anderen nach unten gehen. Nur in einem Raum konnten wir unmöglich übernachten. Dafür waren die Kammern einfach zu klein. Es folgte eine angespannte, weitgehend schlaflose Nacht.

Malcolm lächelte mir zu. Ich fühlte mich nicht ganz ernst genommen, setzte aber meine Erzählung unbeirrt fort.

Am nächsten Morgen, bereitliegende, frische Handtücher, warme Dusche, ein traumhaft üppiges, Original-englisches Frühstück - wie im 5-Sterne-Hotel. Wir fragten uns, wie es dazu hatte kommen können. Warum wurden wir beide, zwei wildfremde Menschen vom Kontinent, nur so verwöhnt? Bei der Verabschiedung konnte sich Horst nicht mehr zurückhalten und fragte nach.

Die Antwort war simpel: "Ich möchte, dass mein Sohn in anderen Ländern genauso willkommen aufgenommen wird, wie ich es euch habe bieten können".

Es war entwaffnend. Im Stillen schämten wir uns unseres Misstrauens. Wir tauschten mit Oliver die Adressen.

"Ihr müsst mich unbedingt auf eurem Rückweg von Schottland in Birmingham besuchen kommen. Promissed?"

"Okay".

Handschlag, Winken, wir zogen weiter. Ich ahnte damals noch nicht, dass Oliver mir noch Jahrzehnte später immer wieder über den Weg laufen würde.

Raining cats and dogs. Es schüttete wie aus Kübeln. Ein wenig entschlusslos standen wir unter dem Vordach des Central-Station von Birmingham und warteten, ob der Regen nicht endlich ein Ende finden könnte. Horst kramte in der Außentasche seines Rucksacks.

"Wo hab´ ich nur die Adresse von Oliver? Da könnten wir jetzt doch gut einschauen."

"Ja, we promised that," fühlte ich mich nach den ereignisreichen, vergangenen Wochen schon fast etwas heimisch.

Waren wir doch bis zur Nordspitze Schottlands, bis Thurso, und noch ein Stück darüber hinaus gekommen. Dort hatten wir in dem kahl und unwirtlich wirkenden Hafen von Scrabster dem geschäftigen Treiben der Seeleute zugeschaut, bis direkt neben uns ein stämmiger, mürrisch dreinblickender Fischer sein Schiff bestieg. Einer spontanen Eingebung folgend, rief Horst ihm hinterher, ob wir an einer Fahrt zu den Fischgründen teilnehmen könnten. Der Angerufene reagierte jedoch nicht, sondern verschwand in der Kajüte seines Trawlers. Mit einem Achselzucken nahmen wir unsere Rucksäcke auf und wollten gerade weiterziehen.

Da erschien der Kopf des Fischers in der Luke, und er rief uns zu: "Allright then."

Mit einem Wink lud er uns ein, an Bord zu kommen. Das ließen wir uns nicht zweimal sagen. Blitzschnell sprangen wir an Deck.

Mit den Worten "I´m Dennis Simpson" hielt er uns seine Klodeckel große, rechte Pranke hin.

Auf seinem Kutter liefen wir zum nächtlichen Fischen aus. Während das Schiff immer heftiger in den Wellen schaukelte, beobachteten wir, wie Netz und Fanggeschirr außenbords gehievt wurden. Nachdem diese Schwerstarbeit getan war, gesellte sich der Skipper zu uns, schwieg zunächst, den Blick in die Weite über See gerichtet.

Dann begann er unvermittelt: "Kennt ihr das?

Auld lang syne.

Should auld acquaintance be forgot
And never brought to mind?
Should auld acquaintance be forgot
And days of auld lang syne?

For auld lang syne, my dear
For auld lang syne
We´ll tak a cup o´ kindness yet
For the sake of auld lang syne.

Ein Gedicht und berühmtes Lied von Robert Burns."

Mit Inbrunst und Überzeugung rezitierte er stundenlang weitere Gedichte dieses schottischen Nationaldichters und schimpfte dazwischen kräftig auf die Engländer. Seit der Niederlage von Maria Stuart würden die sich wie eine Besatzungsmacht über Schottland aufführen.

Währenddessen drehten wir innerhalb der Drei-Meilenzone mit dem Schleppnetz eine um die andere Runde, nämlich dort, wo die Fischschwärme am dichtesten durchzogen.

Dennis warnte: "Wenn uns die Engländer erwischen, kommt die gesamte Crew in den Knast."

Schüttelfrost. Wegen der Warnungen? - Wohl eher wegen der nächtlichen Kälte auf dem Meer. Der Fischer zog seinen dicken, schon halbwegs verfilzten, dunkelblauen Pullover aus und reichte ihn mir. Er hatte alles im Blick. Seine Gastfreundschaft war ehrlich und direkt, rau und herzlich.

Dennis Simpson servierte uns im Morgengrauen in seiner Kajüte ein opulentes Mal. Sein Smutje hatte in der Kombüse in einem großen, Fett triefenden, braun verkrusteten Topf zartes Lammfleisch gekocht. Fisch käme bei ihm grundsätzlich nie auf den Tisch.

Dennis Simpson, der uns zum Abschied eingeladen hatte, wir sollten ihn wieder besuchen, wenn wir Frau und Kinder und einen dicken Mercedes hätten.

Malcolm unterbrach mich: "Weißt du, dass Ihr euch

auf dem Fischerboot in einem der gefährlichsten Seegebiete bewegt habt, nämlich am westlichen Eingang zum Pentland Firth? Der Gezeitenstrom presst sich dort mit bis zu zehn Knoten und haushohen Wellen durch die Meerenge."

"Ja. Das habe ich Jahre später in dem Roman *"Der keltische Ring"* gelesen. Björn Larsson beschreibt dort eindrucksvoll mit einem Logbucheintrag, wie lebensgefährlich die Passage für Segler sein kann. Aber davon haben wir damals nichts mitbekommen. Wir hatten Glück. Vielleicht waren die reißenden Gezeitenströme ja der wahre Grund, warum Dennis Simpson dicht unter der Küste und im Schutz der weit nach Norden ragenden Landzunge mit dem Leuchtturm Dunnet Heat seine Schleppnetze ausgebracht hatte."

"Da ist sie, die Adresse. Auf zu Oliver," rief Horst mich aus meinen Gedanken zurück zum Bahnhofsvorplatz von Birmingham.

"Und der Regen?"

"Der hört hier sowieso nicht mehr auf."

Also machten wir uns auf den Weg. Auf unser Klingeln und Rufen zunächst keine Reaktion. Die Eingangstür fest verschlossen. Dann ging im Obergeschoss ein Fenster einen Spalt auf. Olivers Kopf erschien langsam mit ernster Miene. Als er uns erkannte, hellten sich seine Gesichtszüge auf. Fröhlich winkte er uns zu.

"Kommt zur Rückseite des Hauses. Ich mach euch da das Fenster auf. Da könnt ihr reinkommen. Die Haustür ist von innen verbarrikadiert."

Verwundert schauten wir uns an und folgten seinem Rat. - Wir erfuhren, dass Oliver in einem besetzten Haus wohnte und ständig Angst vor einem Rollkommando des Hauseigentümers hatte.

"Bei uns ist das so. Ein Räumungsprozess dauert dem Eigentümer zu lange. Und zu teuer ist ihm das auch. Da holt er sich lieber einen Schlägertrupp und prügelt die Hausbesetzer kurzerhand mit Baseballschlägern raus. Wir wissen nicht, wann die kommen. Aber irgendwann sind die plötzlich da. Das kennen wir schon von anderen Häusern, die besetzt worden sind", erläutert uns Oliver mit einer scheinbaren Lockerheit und Non-chalance.

Wir waren entsetzt und bemüht, uns nichts anmerken zu lassen.

Aber ehe wir uns eine Ausrede ausdenken und zum Aufbruch starten konnten, fügte Oliver mit einem Seufzer der Erleichterung hinzu: "Es ist gut, dass ihr hier seid. Da haben wir zwei Mann Verstärkung gegen die Schlägerbande, falls die heute Nacht kommen."

Wir blieben. In dieser Nacht schlief ich sehr schlecht. Dann, um halb fünf morgens, drang von draußen ein rumpelndes Geräusch in mein Ohr. Augenblicklich stand ich senkrecht im Bett. Schritte liefen rasch ums Haus. War es jetzt so weit? Sollte ich Alarm schlagen? Jemand ging durchs Haus, ins Badezimmer. Das konnte kein Schläger sein. Es war ein Mitbewohner, der nach einer Party heimgekommen war. Mein Pulsschlag beruhigte sich.

Am neuen Tag demonstrative Gelassenheit, aber zügiger Aufbruch und Weiterreise.

γ

Eisgang

Seit einer halben Stunde ratterte der Zug mit Hardy und mir über den Hindenburgdamm. Schon geraume Zeit hatte ich mir Gedanken gemacht, ob der Name dieses Eisenbahndammes nicht endlich geändert werden müsse. Was sollte die Reminiszenz an diesen unseligen Namensträger, der seinen unrühmlichen Anteil bei der Machtergreifung Hitlers hatte, der das Naziregime als Gesinnungsfreund und Nationalist tatkräftig unterstützt oder zumindest keinerlei staatsmännisches Rückgrat gezeigt hatte? Bis mich ein Blick aus dem Abteilfenster auf andere Gedanken brachte.

Rechts und links des Dammes zeigte sich die weite Wattenmeerfläche gleichmäßig von einer geschlossenen Eisdecke überzogen. Es war der 7. Januar 1982, ein frostig kalter, sonniger Wintertag.

Also wohl kein Probetörn heute, dachte ich so bei mir. Und Hardy brummte mit bekümmerter Miene: "Da können wir gleich wieder heimfahren."

In Hörnum angekommen kletterten wir in skeptischer Erwartung auf die *Hinnerk von Hooge*. Im Hafen alles voller Eis. Rechts und links der Hafeneinfahrt und in den Randbereichen des Beckens türmten sich stellenweise dicke Eisschollen ungestüm auf, in der Mitte treibende Eisbrocken und dünnere Schichten. Neu gebildete Flächen versuchten, das Treibeis zu verbinden und zu fixieren.

Na, das wird wohl heute nichts, wollten wir gerade loslegen, aber der Käpt'n begrüßte uns mit "Moin Jungs, keine Sorge, natürlich fahren wir zu den Seehundbänken."

Offenbar hatte er unsere zweifelnden Blicke richtig gedeutet.

Er zeigte uns den Bugbereich der *Hinnerk von Hooge*: "Das Schiff hat einen stabilen Eisschutz.*"*

Wir sahen, dass beiderseits Eisenplatten bis ca. 20 cm oberhalb der Wasserlinie auf die Eichenplanken aufgenagelt waren. Der Bug am Vorsteven wurde durch ein zusätzliches Blech, der Bugform angepasst, geschützt.

*"*Dem kann das bisschen Treibeis nichts anhaben."

Wir vertrauten dem Optimismus des Käpt'ns, in unserer Naivität nicht wissend, dass wir die Folgen dieses Draufgängertums noch zu spüren bekommen würden.

Also, Maschine an, die klammen, steifgefrorenen Festmacher losgeworfen, und tatsächlich vermochte das Eis dem Schiff keinen ernsthaften Widerstand entgegenzusetzen. Der umgerüstete und mit einer Seewasserkühlung ausgestattete MAN-LKW-5-Zylinder schnurrte leise und gleichmäßig. Ein besonderer Kraftakt schien es nicht zu sein, als der Bug das in der Fahrrinne neu gebildete Eis zerschnitt und der Rumpf des Schiffes die dickeren Eisschollen nach Steuer- und Backbord wegdrückte.

In langsamer Fahrt gelangten wir bis zu den Seehundbänken, die Amrum vorgelagert sind. Immer häufiger tauchten zu beiden Seiten Seehunde auf und schwammen bis dicht ans Schiff heran. Offensichtlich genossen sie es, dass jemand größere Löcher ins Eis brach, die sie zum Ein- und Auftauchen bestens nutzen konnten. Neugierig schauten sie zu uns hoch. Eine faszinierende Ablenkung von unserer Mission.

Eine gute Stunde später liefen wir wieder in den Hafen ein, zwei, drei kräftige Schübe mit der Maschine vor- und achteraus, die Eisschollen glitten knirschend zur Seite. Das Schiff legte sich sanft gegen die Kaimauer.

Unser Fazit: Starker Schiffsmotor, gutmütige Manövriereigenschaften, leicht steuerbar, Probefahrt bestanden, Note eins.

Unterwegs hatte uns der Käpt'n viele Funktionen erklärt, so das Furuno-Radargerät, mit dem das Seegebiet um unseren Kurs herum in geradezu phantastisch exakter und detaillierter Weise abgebildet wurde. Kein Wunder, denn an der Rückwand des Ruderhauses war ein Radarmast montiert, auf dem sich ein Scanner befand, der so groß dimensioniert war, dass er jedem Fischerboot zur Ehre gereicht hätte. Die Konsequenz ist sehr einfach: großer Scanner, gutes Bild auf dem Radarschirm. Das ist das Handicap für die meisten Segler, die dafür wegen der Segel nicht genügend Platz haben und deshalb kleine Scanner wählen mit der bitteren Folge, dass Bildschirmauflösung und Bildschirmschärfe zu wünschen übrig lassen.

Von unserer Begeisterung für das Schiff und seinen Details mitgetragen und beflügelt zeigte uns der Käpt'n weitere Eigenheiten, zum Beispiel die Bedeutung von zwei Drahtschlingen. Diese ragten links und rechts des Motorraumes aus der Außenwand so eben heraus, dass man den Zeigefinger durch die Schlinge stecken und an dem Draht ziehen konnte. Eine simpel umgesetzte

Forderung der Seeberufsgenossenschaft, die einen Not-verschluss der beiden Dieseltanks im Brandfalle für nötig gehalten hatte. Dieses Eigenbau-"Patent" des Käpt'ns sollte uns später noch Blut und Wasser schwitzen lassen. Vorerst aber lobten wir in unserer Ahnungslosigkeit den Einfallsreichtum des Käpt'ns.

Eine Woche später fand die Inspektion des Unterwasserrumpfes auf der Husumer Schiffswerft statt, dort, wo heute gewaltige Windkraftanlagen gebaut werden. Hierfür verholte der Käpt´n das Schiff nach Husum. Hardy fuhr als "Decksmann" mit. Ein Werftkran hievte den schweren Segler an Land und setzte ihn behutsam in einen für Fischereifahrzeuge bereitstehenden Slipwagen mit seitlichen Stützen.

Ich reiste mit zwei von uns ausgewählten Experten an. Der eine war Lothar, der Eigner und Skipper des norwegischen Loggers *Hernil*, der durch Kauf, Restaurierung und Betrieb seines alten Frachtenseglers viele Erfahrungen gesammelt hatte. Der andere war Klaas, seines Zeichens Kapitän auf großer Fahrt, der das Seefahrtshandwerk von der Pieke auf gelernt hatte, später Erster Kapitän auf dem Hochseeschlepper "*Oceanic*" der angesehenen Hamburger Reederei Bugsier war, jenes Schleppers, der am 16. März 1978, als Klaas dort schon abgemustert hatte, unter seinem Nachfolger den Tanker "*Amoco Cadiz*" wohl nicht schnell genug von den gefährlichen Klippen der bretonischen Küste weggezogen hatte.

"Ja, ja, daran erinnere ich mich", unterbrach Malcolm

meinen Redefluss. "Hatte das nicht zu einer Ölkatastrophe unvorstellbaren Ausmaßes geführt?"

"So war das. 223000 Tonnen Rohöl waren damals aus dem Tanker ausgelaufen. Das hatte bei uns den Karikaturisten Klaus Staeck zu einem Plakat mit dem bissigen Text animiert, die Küstenbewohner könnten ihre Ölheizung jetzt direkt ans Meer anschließen", ergänzte ich.

"So etwas kann heutzutage überall und jeden Tag wieder passieren", sagte Malcolm. "Aber lass uns lieber Deine Geschichte weiter hören. Das ist erbaulicher."

Klaas war Hausmann. Er betreute seine beiden Kinder, bastelte und baute unermüdlich an den Räumen der Kieler Kindergruppe im Knooper Weg, während seine Frau Dagmar mit ihrer Berufstätigkeit als Krankenschwester für den Familienunterhalt sorgte. Seine Seefahrtszeit lag mittlerweile lange zurück. Vergessen hatte er sie nicht.

Mit diesen beiden Freunden reiste ich also nach Husum. Ich freute mich, dass sie beide den Schiffsrumpf mit geschäftiger Gründlichkeit von innen und außen inspizierten, und anschließend wohlwollend nickten. Allerdings zeigten sich hier auch die Folgen unserer winterlichen Probefahrt durch das Eis. Die Flunken des Propellers waren stark ausgefranst. Als wir den Käpt´n darauf aufmerksam machten, versprach dieser sogleich einen Ersatzpropeller, den er uns mitgeben könne. Er hätte da noch einen. So schien uns dieses Problem gelöst.

Mit milden Worten wurde unsere Schiffswahl von den beiden Experten abgesegnet.

"Aber jetzt lass uns erstmal eine Pause einlegen. Ein Pint of Bitter kann nicht schaden", beschloss Malcolm, löschte die Petroleumlampe und kletterte aus der Kajüte. Ich war damit nur zu einverstanden, folgte ihm auf dem Fuße und lotste ihn zu einem mir bekannten Pub am Ende der Highstreet im Zentrum von Whitstable.

Ich öffnete gerade die Eingangstüre, da packte mich Malcolm am Arm und zog mich zurück auf den Gehsteig. Verwundert drehte ich mich um. Er deutete auf das Namensschild des Pubs über der Tür und sagte mit harter, entschlossener Stimme:

"Sorry, aber da geh´ ich nicht rein."

Verwundert fragte ich: "Wieso denn nicht? Der "Duke" ist doch ein uriger Pub. Ich hab´ da mit Elliot schon ein paar gemütliche Stunden verbracht".

"Aber lies doch mal weiter. Wie heißt der Pub?"

"Duke of Cumberland", las ich arglos vor.

"Never to the butcher of Culloden. Das geht gegen meine Ehre.

"Kannst du mir das bitte erklären?", hakte ich mit skeptischem Unterton unwissend nach.

"Der Duke of Cumberland hat den heroischen Freiheitskampf des schottischen Prinzen Charles Edward Stuart mit seinen Jakobiten blutig niedergeschlagen, 1746 in der Schlacht bei Culloden. Das hat noch kein Schotte vergessen."

Mit leichtem Schulterzucken lenkte ich ein. "Dann lass uns hier gleich um die Ecke in der Horsebridge Road in den Pub "The Pearsons Arms" gehen."

Gesagt, getan. Wenig später standen wir beide mit

einem Glas Bier am Tresen dieses Pubs und lächelten uns an. Die momentane Anspannung war aus dem Gesicht meines Trinkkumpanen gewichen.

"Sag mal, Du sprachst doch vorhin über den Studenten aus Peterborough. Wie hast Du den eigentlich wieder getroffen?", regte Malcolm meine Erzählfreude jenseits schauriger Historien wieder an.

Die Fri

"Opstappen op de trein naar Duitsland! Let op! De deuren sluiten automatisch!"

Soeben wurde das Abfahrtsignal im Centraal Station, dem Hauptbahnhof von Amsterdam, gegeben. Gerade hatte ich noch einsteigen können. Langsam setzte sich der Zug in Bewegung. Ich ließ mich im ersten besten Abteil nieder. Mir gegenüber ein großer, stämmiger, junger Mann, der neben sich einen gewaltigen, prallgefüllten Seesack platziert hatte. Eine freundlich wirkende Erscheinung, die mit flinken Augen aufmerksam das allgemeine Geschehen beobachtete und mich musterte.

Irgendwie scheinen mich Leute mit Seesäcken magisch anzuziehen, dachte ich so bei mir und wandte mich dem Fenster zu, um letzte Blicke meines geliebten Amsterdams zu erhaschen. Die Bahnstrecke führte zunächst entlang der Hafenanlagen, dem "Ij". Gleich neben dem Bahnhof lag eine Gruppe von Binnenschiffen. Eng gepackt füllten sie ein kleines Hafenbecken, das Oosterdok, aus. Linker Hand folgt langgestreckt der Passagierhafen, im Hintergrund Industrieanlagen, Ladekräne, Seeschiffe.

Davor entdeckte ich plötzlich an der Ruijter-Kade die *"Rainbow Warrior"*, unverkennbar an ihrer großen, seitlichen Regenbogenbemalung.

Unwillkürlich beugte ich mich vor, um Genaueres zu erkennen, als mein Mitreisender anhob: "Das ist das Schiff von Greenpeace."

"Oh, ich weiß. Deshalb schaue ich so interessiert. Ich wollte da selbst mal mitmachen. Ist noch gar nicht so lange her," reagierte ich auf die wohlgemeinte Erklärung und ließ mich in den Sitz zurückfallen.

Der Zug war an der *Rainbow Warrior* vorbeigerauscht. Wir Reisenden hatten unser Gesprächsthema.

Nachdem wir uns wechselseitig versichert hatten, wie wertvoll und wichtig die Arbeit von Greenpeace sei, berichtete ich von meinem Entschluss, bei Greenpeace aktiv zu werden. Ein paar Wochen zuvor war ich nämlich kurzerhand nach Hamburg gefahren. In einem unscheinbaren Kontorhaus am Zollkanal gegenüber der Speicherstadt hatte ich die Büroräume von Greenpeace Hamburg aufgesucht und den beiden dort angetroffenen Personen meine Bereitschaft zur Mitarbeit offeriert. Zu meiner Enttäuschung war mir völliges Desinteresse entgegen geschlagen. Irgendwie hatte ich mich wohl nicht überzeugend, vielleicht nicht genügend kämpferisch, dargestellt. Auch als ich die zusätzliche Karte zog, dass ich Rechtsanwalt sei und in rechtlichen Dingen wirkungsvoll beistehen könne, hatte man mich abblitzen lassen. Enttäuscht und unverstanden war ich von dannen gezogen. Die Aktion, meinem politischen Gusto zu folgen, war gescheitert, der Tatendrang ausgebremst.

Mein zufälliger Reisegenosse hörte der Erzählung milde lächelnd zu.

Animiert durch meinen Bericht übernahm er das Wort: "Und ich bin gerade auf dem Weg zu einem ganz ähnlichen Projekt, ist aber radikaler und deshalb glaubwürdiger als Greenpeace."

Staunend schaute ich ihm ins Gesicht.

"Was? Das musst du mir unbedingt erzählen," schob ich das Mitteilungsinteresse meines Gesprächspartners an.

"Ich bin übrigens Henk," wurde er vertraulicher und fuhr fort: "Bin Flussschipper. Hab' einen Binnenfrachter, die *"Vrije Leverantie uit A'dam"*, fahr auf eigene Rechnung, auf dem Rhein, der Maaß, den Kanälen, wo mich der nächste Auftrag gerade hin verschlägt. Jetzt hab ich mein Schiff im Päckchen vertäut, am Oosterdok, hättest du sehen können, als wir vom Hauptbahnhof losfuhren. Aber wusstest du ja noch nicht."

"Ich kenne den kleinen Hafen an der Prins-Hendrik-Kade. Da gehe ich manchmal spazieren, ist ja direkt am Amsterdamer Zentrum."

Henk fuhr unbeirrt fort: "Also, ich habe noch keinen neuen Frachtauftrag angenommen. Mach' einfach mal Urlaub. Und heuer auf der *"Fri"* an. Sie liegt in Bremerhaven. Da fahr' ich jetzt hin."

"Und was zieht dich da so an?", fragte ich nach.

"Die *Fri* ist ein alter Frachtensegler, etwa achtzig Jahre alt. Original restauriert, kein Plastik an Bord, kein Polypropylen oder Nylon-Tauwerk. Baumwollsegel - eben glaubwürdig für ihre Umweltaktionen. Keine halben Sachen."

"Und wer fährt da mit?"

"International. Die Crew kommt von überall her. Der Skipper und einige andere sind Amerikaner, Australier, Neuseeländer, Europäer, ganz bunte Mischung. Hab´ sie vor drei Wochen in Amsterdam kennengelernt. Ich war sofort begeistert. Der amerikanische Skipper, ein Engländer und ich, wir drei saßen eine ganze Nacht lang an Deck des Schiffes und überlegten, was man gegen die Verschmutzung der Meere tun könne. Der Engländer wurde immer militanter. Mit kleinen Sprengsätzen könne man Hafeneinfahrten sperren. Der Skipper der *Fri* hatte ihn beschwichtigt. Das sei ja Krieg und würde die Meere noch mehr zerstören. Außerdem sei das ja wie Don Quichotte auf dem Wasser, was Oliver da vorhätte."

"Oliver?", stutzte ich. "Wer ist Oliver?"

"Das ist doch der Engländer, von dem ich gerade sprach. Ich treff´ ihn in Bremerhaven wieder."

Nun war ich vollends erstaunt. Sollte das etwa der Oliver sein, dem ich vor Jahren in Peterborough begegnet war? Ich stocherte nach und fragte Henk weiter aus: "Wie alt ist er? Wie sieht er aus?"

Allmählich zeichnete sich immer klarer ab, dass er es sein musste. Auch meinem Gegenüber blieb nicht verborgen, dass er mich mit seiner Fri-Story in den Bann gezogen hatte. Henk schlug vor, ich könne sie doch auf dem Schiff besuchen kommen. Er könne mir schreiben, wenn er wisse, wo das nächste Fahrziel läge.

Eine Woche später fand ich eine Karte im Briefkasten.

"Kiekeboe, wij starten morgenochtend. Op onze weg naar Kopenhagen vijf dagen later stop in Vordingborg. Is deze plaats bekend voor jou? Stap op! Groetjes, Henk."

Das war's, was ich mir erhofft hatte, in meiner Unternehmenslust aber schon kaum noch hätte glauben können. Eine Einladung von Henk, in fünf Tagen im dänischen Hafen von Vordingborg zuzusteigen, wenn die *Fri* dort auf ihrem Weg nach Kopenhagen stoppt. War das nicht ein bisschen verrückt? Was wollte ich da eigentlich? Ohne lange darüber nachzudenken, packte ich ein paar Sachen zusammen und zog los.

Mit klopfendem Herzen lief ich alsbald entlang der Kaimauer Vordingborgs. Meine Neugier hatte gesiegt. Mildes Sonnenlicht, Windstille. Ein paar kreischende Möwen stürzten sich auf die Fischreste, die ein vorbeiziehender Kutter über Bord warf. Noch konnte ich nicht alle Hafenbereiche überblicken. Scheinbar endlos zog sich der Schiffsanleger hin. Kein alter Segler in Sicht. Nur zwei Kümos lagen einsam vertäut am Anleger. Bald kam die Gewissheit - von der *Fri* keine Spur.

Nachfrage beim Hafenmeister.

"Ja, die *Fri* war bei uns im Hafen, lag gleich hier unten, hat heute morgen früh abgelegt, hat die leichte Brise aus West ausgenutzt und ist unter Segeln in den Kalvestrom entschwunden."

"Wissen Sie, wohin?"

"Nee, der Kapitän erkundigte sich nach dem Hafen von Præstø. Vielleicht will er dorthin."

Jetzt hatte ich ein neues Ziel. Aber auch in dem kleinen Hafen von Præstø war weit und breit keine *Fri* zu sehen. Sicherlich hatten sie abgedreht, als sie das schmale Fahrwasser und rundum flache Gewässer vor Præstø passieren sollten, oder waren bei Flaute vor Anker gegangen.

Also entschloss ich mich, weiter bis Dragør am Südausgang des Øresunds zu fahren und dort Beobachtungsposten am Strand zu beziehen. Wenn die *Fri* nach Kopenhagen wollte, musste sie irgendwann dort vorbeikommen.

Zwei Tage wartete ich vergebens, immer wieder ermutigt durch hoffnungsvolle Äußerungen des Hafenmeisters, bei dem sich die Crew offenbar mehrmals über Seefunk gemeldet hatte.

Dann gab ich meine Suche nach der *Fri* auf und quartierte mich im Seemannsheim am Nyhavn in Kopenhagen ein. Enttäuscht spazierte ich durch die Straßen. Das bunte, großstädtische Treiben blieb außerhalb meiner Wahrnehmung. Pläne, Wünsche, Vorstellungsbilder verwoben sich zu einer undurchdringlichen, allmählich diffuser werdenden Masse.

Das unbekannte Schiff meiner Träume - war es die *Fri* oder würde es mir erst noch begegnen? Es segelte derweil in fernen, für mich vorläufig unerreichbaren Gewässern. Mit einem Lächeln auf den Lippen hielt ich mich an meinen Träumen und Idealen fest. Ich gab mir einen Ruck. Entschlossen bestieg ich den Zug und fuhr nach Hause.

Ein halbes Jahr später: Das Telefon klingelte.

"This is Oliver. Do you remember me?"

"Natürlich. Vor einiger Zeit hörte ich von Dir über Henk. Wie geht es dir?"

Oliver erzählte, welch glücklicher Zufall ihm meine Adresse verschafft hatte, als er in Bremerhaven auf Henk getroffen war.

"Bin gerade in Århus von der *Fri* abgemustert. Dachte, ich könnte dich besuchen."

Am nächsten Tag saß er mir im "Wubbke", einer verräucherten, gemütlichen Studentenkneipe in der Kieler Holtenauer, gegenüber.

"Wonderful, Guiness vom Fass", Oliver prostete mir zu.

Wir tauschten Erinnerungen, erzählten Erlebtes, vertraut wie zwei alte Freunde.

Irgendwann wirkte Oliver stiller, nachdenklicher.

Dann hub er an: "Wenn ich mit Henk beisammen bin, macht mich das immer melancholisch. Ich muss dann weg von ihm, kann das nicht mehr ertragen."

"Wieso?", stutzte ich ob dieser unvermuteten Wendung des Gesprächs.

"Er hat genau das erreicht, was ich immer wollte, die Tradition seiner Vorfahren weiterführen, Kapitän auf einem Frachtschiff, wie sein Vater, wie sein Großvater. Hat zwar keinen Frachtensegler, wie noch mein Vater, aber lebt ganz ähnlich in einer bescheidenen, gemütlich eingerichteten Kajüte auf seinem Schiff, heute hier, morgen dort. Ich bin mal eine Woche mitgefahren, die Maaß hoch bis Liège oder Lüttich, wie ihr sagt. Die Faszination dieses Lebens auf dem Wasser hat mich neidisch werden lassen."

Nach einer Weile nachdenklichen Schweigens fragte er mich, ob ich mich an das große Bild im Wohnzimmer seiner Mutter erinnern würde. Und als ich mit dem Kopf nickte, setzte er fort: "Das Vermächtnis meines Großvaters lässt mich einfach nicht mehr los. Als ich an seinem Sterbebett saß, musste ich ihm versprechen, einmal seine Position am Ruder zu übernehmen. Der konnte ja nicht wissen, dass mein Vater das ererbte Schiff nur wenige Jahre später wirtschaftlich gegen die Klippen setzen würde."

"Na, und hat dir eine Fahrt auf der *Fri* wenigstens etwas Nostalgie verschaffen können?", fragte ich nach.

Das Stichwort "Fri" verhalf unserer Unterhaltung zur Entspannung. Oliver berichtete von den Vorhaben der Crew und ihren Aktionen zur Rettung der Meere. So hätten sie auch auf der Ostsee spektakuläre Auftritte geplant. Aber dann hätten sie sich nicht einigen können, welche Objekte am Dringlichsten in das Blickfeld der Öffentlichkeit zu rücken wären. Sollte dies nun das Atomkraftwerk direkt gegenüber von Kopenhagen im schwedischen Barsebäck sein oder die Vergiftung weiter Ostseebereiche durch Verklappung von Munition und chemischer Kampfstoffe aus dem Zweiten Weltkrieg, einfach verstreut auf dem Meeresboden? Oder die massenhafte Einleitung von Düngemitteln aus der Landwirtschaft entlang der gesamten Küste? In welchem der vielen Länder an der Ostsee mit dem Protest anfangen? In einem der Ostblock-Staaten, deren Ausdehnung damals bis zum Priwall gegenüber von Lübeck-Travemünde reichte? Würde man dort mit einem einzelnen Protestschiff lange fackeln? Letztlich blieb die scheinbare Demokratie an Bord auf eine Person fokussiert, den amerikanischen Skipper, der seine *Fri* dann doch lieber wieder in Richtung Atlantik lenken wollte. Oliver begründete seinen Abgang vom Schiff wortreich politisch. Seine Meinung sei nicht hinreichend berücksichtigt worden.

Wie ich später von Henk erfuhr, war er hochkant von
Bord geflogen, weil er versucht hatte, die Freundin des
Skippers hinter dessen Rücken anzubaggern. Nicht
einmal zum nächsten Hafen hatten sie ihn mitgenommen,
sondern ausgesetzt auf der kleinen Insel Ven im
nördlichen Bereich des Øresundes, mit dem Beiboot an
den Strand gepullt. Immerhin hat die Insel eine
Fährverbindung zum Festland. Oliver nusste kein
Robinson-Leben fristen. Das hat er mir gegenüber wohl
nicht zugeben wollen. Sei es drum.

Ich mochte seine lebendige, engagierte Art.

Malcolm schüttelte bei diesen Worten missbilligend
seinen Kopf. Ich glaubte, er baue sich wohl langsam ein
Feindbild auf und bereite sich schon mental auf die
Kaperung der Rhea vor.

δ

Kreuzknoten

Schweigend saßen wir uns gegenüber. Spannung lag in der Luft. Bitte kein offenes Licht! Explosionsgefahr! Auf uns wartete die Entscheidung. Der Kaufvertrag musste geschlossen werden.

Also fuhren wir ein weiteres Mal nach Sylt. An Deck der „*Hinnerk von Hooge*" saß ein Männlein mittleren Alters, bekleidet mit einem Seemannspulli und grauer Arbeitshose, auf dem Kopf eine dunkelblaue, halb aufgekrempelte Pudelmütze. Vor sich hatte er eine Schüssel, in die er mit flinken Händen ein um die andere Krabbe pulte. Geradezu klischeehaft diese Szenerie. Unwillkürlich schaute ich mich um, ob diese wohl ein Fernsehteam filmen wolle. Aber im Hintergrund stand nur der Käpt´n, dem angesichts der erwarteten Mahlzeit das Wasser im Munde zusammenlief.

Verstohlen musterte uns der emsige Decksmann neugierig. Offenbar hatte er bereits von meiner Profession gehört. Denn völlig unvermittelt ließ er uns wissen, dass er vormals Bürovorsteher einer Anwaltskanzlei gewesen sei, nun aber die frische Seeluft dem alltäglichen Büromief vorziehen würde.

Ein paar wohlwollende Worte über das Schiff, dann, wie konnte es anders sein, unisono vom Käpt´n und seinem Decksmann wehmütiges Bedauern. Schnell schritten wir zur Tat. Schwungvolle Unterschriften besiegelten den Schiffskauf.

In plumper und simpler Feierlichkeit machte die Rum-Buddel einmal die Runde, um danach fest in Händen des Käpt´ns zu verbleiben, der so seinen Kummer runterspülte. Dann griff er zu seiner Ziehharmonika und stimmte Shantys an. Wir sahen zu, dass wir uns verdünnisierten - stolz, doch auch ein wenig bange, dass wir mit einem solch großen Projekt Nägel mit Köpfen gemacht hatten.

Nun konnte es endlich für uns losgehen.

Eroberung des Olymp

"So Kalle", ergriff Malcolm das Wort, "der Tag geht allmählich zur Neige. Lass uns für heute langsam zum Schluss kommen. Aber eine Frage hätte ich noch. Wie seid ihr eigentlich auf den Namen Rhea gekommen?"

Ich antwortete: "Klar war, wir brauchten einen neuen Schiffsnamen. Mit welchem Namen das Schiff im Baujahr 1900 zuerst getauft worden war, konnten wir nicht zuverlässig in Erfahrung bringen, nur, dass es unter dänischer Flagge mal Kjerstine, mal Anna und auch Martha hieß. So gelangte es sogar als "*Das gute Schiff Martha*" in einer Familiensaga zu dänischer Fernsehberühmtheit. Später folgte die Umbenennung durch den Käpt´n aus Hörnum, der den Frachtensegler von Århus in die nordfriesische Inselwelt nach Deutschland geholt hatte. Jetzt waren wir an der Reihe. Das angepeilte Fahrtgebiet: die griechischen Gewässer."

Und nach einer kurzen Kunstpause fuhr ich fort: "Also Malcolm, das musst du dir ungefähr so vorstellen:

„Versteckt in einer Höhle des weitläufigen Ida-Gebirges brachte eine fürsorgliche Mutter heimlich ihren Sohn zur Welt. Offenbar wirkte genau dieses, die Insel Kreta beherrschende Bergmassiv, als ein so verschwiegener Ort, dass nur dort eine Geburt sogar den Göttern hätte verborgen bleiben können. Denn dieses Baby war kein Geringerer als Zeus persönlich, der zukünftige Gottvater der Antike. Kronos war bis dahin der mächtige Herrscher der Titanen. Ihm war jedoch prophezeit worden, dass er von seinem Sohn vom Thron gestoßen und umgebracht würde. Deshalb hatte er seiner Frau befohlen, ihm ihren frisch geborenen Sohn auszuliefern. Rhea überlistete ihn in ihrer Mutterliebe, indem sie ihm stattdessen einen Stein zum Fraße vorlegte und Zeus heimlich in den kretischen Bergen groß zog, bis dieser die Prophezeiung erfüllen, sich selbst an die Spitze der griechischen Götterwelt setzte und auf dem Olymp residierte.

Also, es ist dir wohl klar: Nur "Rhea" kann unser Schiff heißen. Zugegeben, die Götter der Antike waren nicht gerade zimperlich miteinander umgegangen. Aber das ist hier nicht weiter von Bedeutung. Uns reichte, dass Rhea die Mutter des Zeus ist, dessen Geburtsort Kreta war, und last but not least Poseidon, der Schutzheilige der Meere, schließlich ein Bruder des Zeus ist. Mit dieser Hommage an die Mutter Rhea, dachten wir, müsste es uns eigentlich gelingen, dass uns die Götter wohl gesonnen sind."

"Akzeptiert", gab Malcolm dem Schiffsnamen kurz und bündig seinen Segen, als habe man ihn darum gebeten.

Wir prosteten uns zu und verabredeten uns für den nächsten Tag.

ζ

Scylla und Charybdis

Es war Dienstagfrüh. Erneut fand ich mich an Bord der Segeljacht *Iolaire* ein. Wieder öffnete Malcolm die Whiskyflasche und ölte erstmal meine Stimme.

Ich fuhr mit meiner Erzählung fort, drehte das Rad der Geschichte um dreißig Jahre zurück und versetzte Malcolm in die Zeiten der Rhea.

Wohlwollend lächelnd reichte mir der Banker am Schalter der Kieler Commerzbank den letzten Kontoauszug über den Tresen: Stand 150.000,- DM per 16.03.1982. Freudig überrascht schob ich das Papier in meine Tasche.

Alles klar. Wir hatten, sage und schreibe, 27 Anteile zu je 5.000,- DM eingeworben. Zusammen mit den eigenen Einlagen lag der Kaufpreis auf dem Konto bereit.

Mir ist heute noch schleierhaft, wie wir es geschafft hatten, nicht nur so viele Freunde und Bekannte zu motivieren, in unser Projekt zu investieren, sondern auch, dass alle ihren Anteil pünktlich und vollständig gezahlt hatten, sodass wir unseren Part des Kaufvertrages ohne Probleme erfüllen konnten.

Jetzt mussten wir nur noch unseres Schiffes habhaft werden. Und wer von uns sollte die Rhea verantwortlich führen? Wir zusammen im Team? So hätte es eigentlich unserer Überzeugung entsprochen. Ging hier aber nicht.

Wenn es auf See dringende Entscheidungen zu fällen gab, musste einer zuständig sein, ohne Hin und Her.

Hardy deutete auf mich: "Mach du das im ersten Jahr, hast mehr Erfahrung. Später bin ich an der Reihe."

Abgemacht.

"Aha", unterbrach mich Malcolm triumphierend. "Jetzt kommst du langsam selbst darauf."

"Nein, nein. Es ist nicht so, wie du denkst", fuhr ich ihm grob dazwischen. "Das gilt nur für die Schiffsführung auf See. Sonst herrschte bei uns strikte Gleichberechtigung."

Doch mir schien es zweifelhaft, ob Malcolm diese feine Unterscheidung wahrhaben wollte. Jedenfalls grinste er selbstgefällig in sich hinein.

Dieses Mal Anreise nach Hörnum auf Sylt mit einer Handvoll Freunden. Samstag, der 20. März 1982. Es war der Tag unserer Jungfernfahrt.

Auch Klaas, der ehemalige Kapitän, war mit von der Partie; das gab uns zusätzliche Sicherheit.

Der Zeitplan wurde vom Tidenkalender bestimmt. Wir wollten so weit wie möglich mit ablaufendem Wasser durchs Fahrwasser auf die freie Nordsee, vor allem aber mit auflaufendem Wasser in die Elbe bis Brunsbüttel kommen. Das hatten wir uns nach Marschfahrt von sieben bis acht Knoten unter Motor ausgerechnet. Das hieß frühzeitige Anreise bis spätestens 8:00 Uhr mit ungefähr drei bis vier Stunden Zeit bis zur Abfahrt.

Also legten wir nach unserer Ankunft sofort los.

Letzte Formalitäten mit dem Käpt´n wurden geregelt. Sicherheits- und Funktionscheck, Schwimmwesten waren für alle Crew-Mitglieder in ausreichender Zahl an Bord, außerdem Rettungsinsel, Rettungsfloß, Seenot-Signalmittel (neu gekauft in unserem Handgepäck). Öl, Diesel, alles reichlich vorhanden.

Die Maschine sprang auf Anhieb an und surrte gleichmäßig. Wetter klare Sicht, zwei bis drei Beaufort Wind aus Nordost.

Studium der Seekarte, insbesondere machten wir uns mit dem gewundenen Fahrwasser von Hörnum Hafen bis zum Seegatt in die freie Nordsee vertraut. Wir konnten starten.

Letzte Instruktionen an die mitfahrenden Freunde, dann um 11:45 Uhr mein Kommando am Steuerstand:

"Vor- und Achterleine los, Vorspring los, Achterspring noch fest, Fender achtern an Backbord."

Meine Nerven waren wie Drahtseile gespannt. Äußerlich gab ich mich cool, innerlich klopfte mein Herz vor Aufregung, als wenn es gleich aus meiner Brust springen wollte.

Ich gab der Maschine einen kurzen, kräftigen Schub achteraus. Die Achterspring spannte sich, der Bug klappte langsam von der Pier weg. Ich konnte ohne weiteres in einem Winkel von etwa 30° voraus ablegen. Das Ablegemanöver gelang vorzüglich, und das alles unter den kritischen Blicken des Verkäufers. Erleichterung machte sich bei mir breit. Ich steuerte nun schon eher mit Stolz geschwellter Brust aus der Hafeneinfahrt, dahinter scharf Steuerbord und dann durch die mit Pricken und Tonnen markierte Fahrrinne des Vortrapptiefs, vorbei an der Südspitze Sylts in südlicher Richtung bis zur Nordspitze der Insel Amrum, die östlich an uns vorbeizog. Wieder sahen wir Seehunde faul auf dem gerade trocken fallenden Jungnamensand. Erst etwa in Höhe des Amrumer Leuchtturms machte das Fahrwasser einen Schwenk nach Südsüdwest. Wir liefen in das Seegatt, die ausgetonnte Fahrrinne zwischen den Sandbänken, hinein, das Nadelöhr, das gefunden werden musste, will man zwischen offener See und Wattenmeer wechseln.

Diese "Durchfahrten" haben es in sich. Durch den Wechsel der Gezeiten, die jeweils ein- und ausströmenden Wassermassen, aber auch durch Stürme und Seegang verändern sie ständig ihre Position. Ihre Betonnung muss stets der aktuellen Fahrrinne angepasst werden. Für kleinere Schiffe sind sie ohnehin in aller Regel nur bis fünf oder sechs Windstärken befahrbar. An den Sänden, die sich rechts und links anschließen, bauen sich schnell gefährliche Grundseen auf, die ein Segelschiff innerhalb kürzester Zeit kurz und klein zu schlagen vermögen.

Ich erinnerte mich an den Segeltörn von Helgoland nach Norderney zwei Jahre zuvor, als wir mit dem kleinen, 8,70 m langen Gaffelsegler *"Eole"*, einer Dundee-Thornier, einem 1929 gebauten ehemaligen bretonischen Thunfischkutter, bei nur vier Windstärken mit aller Gewalt durch das Seegatt zwischen Norderney und Juist hindurch geschleudert worden waren. Hilflos und ausgeliefert wie in einem Nussschälchen hatten wir uns gefühlt. Rechts und links tosend brechende See, überall schäumendes Wasser. Wir konnten nur versuchen, das Schiffchen möglichst in der Mitte oder überhaupt zwischen den Begrenzungstonnen grün an Steuerbord und rot an Backbord zu halten. Erschöpft, aber glücklich mit dem Hochgefühl einer quasi bestandenen Prüfung waren wir schließlich in den Hafen von Norderney eingelaufen.

Ich glaube, Homer hatte etwas Ähnliches vor Augen, als er die Durchfahrt des Odysseus durch die Meerenge von Skylla und Charybdis wortgewaltig beschrieb, auch wenn sich Odysseus bestimmt nicht zwischen den ostfriesischen Inseln bewegt haben mochte, sondern, wie Thukydides zu deuten wusste, in der Meerenge von Messina. Diese hatte nämlich eine ganze Reihe von Überraschungen für die damaligen Seefahrer parat und wies so durchaus Parallelen mit den Bedingungen in den Seegatten des Wattenmeeres auf.

"Na, na, ist dieser Vergleich nicht etwas verwegen?", unterbrach Malcolm meinen Erzählfluss.

Ich ließ mich von meinem Zuhörer nicht beirren und antwortete: "Keineswegs. Denn jene Meerenge von Messina ist eine der ganz wenigen Orte im Mittelmeer, in der es Gezeitenströme gibt. Die Ursache dafür ist der Temperaturunterschied zwischen dem kälteren und salzigeren Ionischen Meer auf der Südseite und dem Tyrrhenischen Meer im Norden. Flut- und Ebbstrom verbunden mit dem Düseneffekt der Meerenge, durch die die See hindurchgepresst wird und alles Schwimmende zu wehrlosen Spielbällen der Natur werden lässt, sind dann hier wie dort in höchstem Maße Furcht einflößend."

Auf dieser Fahrt mit der Rhea war es im Seegatt des Vortrapptiefs erheblich ruhiger, aber immer noch Respekt einfordernd. Weiße Schaumkronen links und rechts, die See grummelte. Starker Ebb-Strom trieb unser Schiff zur Eile. Wir waren gerade mittendrin in diesem wunderbaren Naturschauspiel, als plötzlich der Motor nicht mehr rund lief. Jäh wurden wir in die Realität, in die nüchterne Welt funktionierender oder streikender technischer Geräte zurückgeholt: Zuerst stotterte der Motor leicht, dann einzelne Aussetzer. Er ging aus. Stille. Rundherum Meeresrauschen. Instinktiv drückte ich den Anlasser. Er sprang wieder an, zeigt aber weitere kurze Unterbrecher. Wir waren gerade mitten in der engen Durchfahrt zwischen den Sänden, die der Südspitze Hörnums und der Insel Amrum vorgelagert sind.

Was wäre, wenn die Maschine jetzt gänzlich streiken würde? Mit Sicherheit säßen wir binnen Minuten auf einer Sandbank bei zwar mäßiger, aber immer noch vorhandener Brandung auf. Sofort würden die Malsände ihr zerstörerisches Werk aufnehmen und unsere Segelträume im wahrsten Sinne des Wortes zerplatzen lassen.

Hardy sprang auf und verschwand augenblicklich durch die schmale Klapptür zum Maschinenraum. Bange Sekunden, dann lief der Motor wieder rund. Ich wusste nicht, ob Hardy mit perfekten Handgriffen die Situation gerettet oder das Schiff sich von selbst besonnen hatte. Mir war es egal. Hauptsache, es ging weiter durch das gefährliche Riff. Allerdings hatten wir fortan unsere Sorglosigkeit verloren. Stets hingen wir mit einem Ohr am Sound der Maschine.

Dann waren wir draußen auf der freien Nordsee. Die Erleichterung war spürbar. Graue See, blaugrauer Himmel, mattes, diffuses Sonnenlicht, gefiltert durch eine dünne Hochnebelschicht.

Fasziniert beobachtete ich das Radarbild. Wie auf der Seekarte bildete sich die Nordseeküste darauf ab. An Backbord waren erst die Halligen, dann die Halbinsel Eiderstedt, darüber, an der Ecke einer weiteren Ausbuchtung der Küstenlinie, der Büsumer Hafen, an Steuerbord Helgoland mit der vorgelagerten Düne deutlich zu erkennen. Dazwischen leuchteten auf dem Radarschirm einzelne Punkte - Schiffsverkehr, bis am oberen Rand zwei Punktreihen auftauchten, die sich gegenläufig, wie an einer Perlenschnur aufgereiht, von rechts nach links und darunter von links nach rechts bewegten, drum herum drapiert von feststehenden weißen Punkten. Es war das Elbfahrwasser mit den ein- und auslaufenden Schiffen, eingerahmt von den Fahrwassertonnen.

Etwas später tauchten die Schiffe am Horizont auf. Wir kreuzten den seewärts führenden Fahrweg und reihten uns entlang dem grünen Tonnenstrich in die Kette einlaufender Schiffe ein. Schließlich passierten wir die Kugelbake, das Wahrzeichen Cuxhavens, und bogen nach weiteren neunzehn Seemeilen in Richtung Brunsbüttel-Schleuse zum Nord-Ostsee-Kanal ab. Inzwischen war es etwas aufgebrist; Wind rückdrehend auf Nordwest.

Die blinkenden Signallichter bedeuteten für uns die Vorbereitung der Einfahrt in die rechte Schleusenkammer. Also steuerte ich das Schiff am rechten

Fahrwasserrand entlang der Wartedalben, etwas die Fahrt aus dem Schiff nehmend. Dann waren wir schon dicht vorm Tor. Es hatte immer noch nicht geöffnet. Einfahrt nicht freigegeben. Der letzte, im Wasser stehende Festmacher-Pfahl näherte sich. Ich stellte den Gashebel auf Leerlauf, gab dann einen kurzen, kräftigen Schub, einen wohl etwas zu kräftigen Schub zum Aufstoppen zurück. Das Schiff stoppte abrupt. Durch den Schraubeneffekt drehte sich das Heck leicht nach Backbord. Gleichzeitig drückte der Wind den Bug des stehenden Schiffes nach Lee steuerbords gegen den Festmacher-Pfahl. Es krachte. Splitterndes Holz. Der Pfahl hatte sich mit seinem oberen Ende in das Schanzkleid, die hölzerne Seereling, hineingedrückt. Die mit 6 cm starken, massiven Planken des Schanzkleides hatten dem punktuellen Druck der Schiffsmasse nicht standzuhalten vermocht. - Leinen über, Schiff fest, Schadensbegutachtung. Ein großes Loch mit einem Durchmesser von ca. 50 x 50 cm klaffte in der Schanz.

Zum zweiten Mal war mir das Herz in die Hose gerutscht. Erneut war ich belehrt worden, dass wir es hier mit ganz anderen Dimensionen zu tun hatten als mit unseren bisherigen kleinen Segelschiffchen. Erste bange Zweifel schossen mir durch den Kopf, ob wir uns nicht doch vielleicht etwas übernommen hatten.

Langsam öffnete sich vor uns das Schleusentor. Zwei Frachter verließen Fahrt aufnehmend die Schleuse und zogen dicht an uns vorüber. Auf einmal leuchtete weißes, unterbrochenes Licht vom Signalmast. Schnell warfen wir die Festmacher los. Bedächtig steuerte ich unser Schiff zu dem mir zugewiesenen Platz in der

Schleusenkammer. Das schwere Tor schob sich hinter uns in die Einfahrt und verschloss die Kammer. Wenig später fing das Schiff an, unruhig an den Festmacherleinen zu zerren, strebte es vor und zurück wie ein sich aufbäumendes Pferd. Ablaufendes Wasser versuchte die Rhea anzusaugen, mit zu ziehen.

"Etwas Lose in die Festmacher geben", rief ich nach vorne und nach achtern.

In dem Moment bemerkte ich in der Ferne auf dem Schleusengelände eine Person, die uns heftig zuwinkte. Ich beachtete sie zunächst nicht weiter, denn soeben setzte sich das vordere Schleusentor in Bewegung. Mein Einsatz war gefordert. Ich brachte das Schiff in langsame Vorausfahrt, drehte das Ruder.

"Vorleine los, Achterleine auffieren."

Da sah ich im Augenwinkel, wie sich dieser Mensch inzwischen von der Kaimauer hastig die Sprossenleiter hinunter hangelte und auf die Holzbohlen sprang, die entlang der Schleusenkammerwand als schwimmende Fender für die Schiffe montiert waren. Dort nahm er Anlauf und wollte an Bord springen, hatte mit einer Hand die Reling schon fest im Griff, als seine Füße auf der grünlichen Algenschmiere, mit der die ständig im Wasser liegenden Holzbohlen überzogen waren, unter ihm weg glitschten und er außen an der Bordwand der Rhea bis zur Hälfte im Wasser hing. Geistesgegenwärtig sprang Hardy herbei, griff beherzt zu und zerrte den ungebetenen Passagier an Deck. Dieser rappelte sich stöhnend auf, drehte sich zu mir um.

Wie vom Donner gerührt stammelte ich völlig verdutzt: "Unbelievable, Oliver, what are you doing here?"

Eine Antwort wartete ich nicht ab. Die Rhea forderte meine volle Aufmerksamkeit. Vorsichtig steuerte ich sie aus der Schleuse.

Dahinter Anlegen an der Kaimauer von Brunsbüttel. Unsere erste Nacht an Bord, Feiern, Ausgelassenheit. Mittendrin Oliver. Wie hatte der mich nur aufgespürt? Wie war er zu meinem Schiffsprojekt gestoßen? Ich hatte ihm doch gar nichts davon berichtet, und unser letzter Kontakt war auch schon wieder vier Jahre her. Jetzt stand er plötzlich auf halbem Wege der Überführungsfahrt mir gegenüber. Das war mir fast etwas unheimlich.

Doch aktuell nahm mich ein ganz anderer Gedanke gefangen und stimmte mich nachdenklich. Denn immer noch hatte ich das unangenehme Geräusch zerberstender Holzplanken im Ohr. Es ließ mich nicht mehr los. In der Nacht verfolgte es mich im Traum unerbittlich weiter.

Am nächsten Tag Kanalfahrt. Oliver an meiner Seite voll des Lobes über unsere neue Errungenschaft.

Sorgfältig hielt ich Abstand von dem steinigen Kanalufer an Steuerbord, aber auch von der Großschifffahrt an Backbord, immer auf der Hut, nicht zu dicht und keinesfalls in den Sogbereich der großen Frachtschiffe zu geraten. An Deck herrschte aufgeräumte Fröhlichkeit.

Wir waren schon nahe Kiel, etwa in Höhe von Klein-Königsförde, als plötzlich und ohne jede Vorwarnung der Motor seinen Dienst verweigerte und ausging. Ein eiskalter Schauer lief mir über den Rücken. Wileder verschwand Hardy mit einem Satz im Maschinenraum. Nichts tat sich. Sämtliche

Start-Versuche waren vergeblich. Das Schiff verlangsamte allmählich seine Fahrt. Da tauchte ein Stück weiter voraus der schmale Anlegesteg einer ehemaligen Ölpier vor uns auf. Würden wir es noch bis dorthin schaffen? - Ansonsten Ankern verboten, spitze Steine entlang der Uferböschung, Berufsschifffahrt. - Wir schafften die Wegstrecke gerade noch mit dem letzten Schwung Fahrt. Ich steuerte auf den Steg zu. Sobald dieser in Höhe des Bugs war, sprang Hardy hinüber, übernahm die Vorleine und zog mit aller Kraft, bis wir fest und sicher an der Pier vertäut waren.

Ein Stein fiel uns vom Herzen. Glück im Unglück. In diesem Moment war ich überzeugt, dass wir trotz der sich häufenden Probleme ein gutmütiges Schiff gefunden hatten. Die Götter hatten uns nicht verlassen - die Ratten auch nicht. Wir hatten viele Prüfungen durchzustehen. Schließlich konnte auch Odysseus nicht einfach schnell nach Hause fahren und kam doch an sein Ziel.

Was war geschehen? Wir fanden heraus, dass der Steuerbordtank komplett leer war. Irgendeiner unserer lieben Mitfahrer, wir wissen bis heute nicht wer, hatte seiner Neugier freien Lauf gelassen und an der Metallschlinge an der Backbordaußenseite des Maschinenraums gezogen, jenem Notverschluss des Tanks, den die Seeberufsgenossenschaft für den Brandfall gefordert und den der Verkäufer so genial wie simpel mit einer kleinen, aus der Kajütwand herausragenden Schlinge konstruiert hatte. Irgendein Spieltrieb hatte jemanden dazu verleitet, einen Finger in die Schlinge zu stecken und mal eben ein wenig daran zu ziehen, ohne den Effekt dieses Tuns zu bemerken.

Hardy hatte während der Kanalfahrt etwa in Höhe von Rendsburg eine Dieselstandkontrolle vorgenommen, dafür aber zufällig den Backbordtank ausgewählt. Er hatte den Tankverschluss aufgeschraubt, den Messstab hineingehalten und festgestellt, dass der Tank noch reichlich Diesel enthielt. Da beide Tanks normalerweise geöffnet sind und die Maschine parallel mit Diesel versorgen, enthielten sie regelmäßig auch die gleiche Menge Vorrat. Hardy hielt daher eine Prüfung des Steuerbordtanks für überflüssig. In Wirklichkeit war der Backbordtank verschlossen und hatte die Restmenge Diesel bewahrt, während sich der Steuerbordtank zügig leerte, bis in Höhe von Klein-Königsförde der letzte Tropfen Sprit aus diesem Tank in die Maschine gelaufen war. Der Motor blieb stehen. Also musste nur der Backbordtank geöffnet werden, Dieselleitung entlüften, starten, die Fahrt ging weiter.

"So hat Oliver also den Weg zu eurer Rhea gefunden", resümierte Malcolm zufrieden den weiteren Gang der Ereignisse.

"Ja, so klein ist die Nordsee", ergänzte ich.

"Und seid ihr dann gemeinsam ins Mittelmeer weiter?"

"Nee, nee, weder noch. Oliver war da nur eine Fata Morgana. Wer vermag schon auf Anhieb seine Träume zu verwirklichen? Eben wie Odysseus. Uns standen zunächst einmal viele Prüfungen bevor. Es herrschten widrige Winde."

"Gut, ich bin ganz Ohr," entgegnete Malcolm.

η

Schoten und Fallen

Spät abends Einlaufen in Kiel, ein erhebendes Gefühl, Begeisterung an Bord. Die kleinen und mittleren "Katastrophen" unseres ersten Törns waren schnell vergessen. Natürlich legten wir mitten in der Stadt gleich neben dem Bahnhof an. Nachts Feiern im "Club 68". Olli verschwand irgendwann mit einer mir unbekannten Dame im Arm. Die Crew verabschiedete sich peu à peu nach Hause. Hardy, Bärbel und ich kehrten spät aufs Schiff zurück. Erschöpft fielen wir in die Kojen, in unsere neuen Kojen auf unserem Schiff.

Am frühen Morgen stieg ich schlaftrunken den Niedergang in den Salon hinunter. Dort traf ich Hardy an, der sich gerade tief über den Tisch beugte, beide Hände abstützend, vor sich ein kleiner, weißer Zettel, den er zu entziffern versuchte. Offensichtlich fiel ihm das noch schwer. Er hatte sich wohl ebenso wie ich gerade erst aus der Koje gerollt. Mit zusammengekniffenen Augen und sichtlich schwerem Kopf strengte er sich an, die Lage zu peilen. Da lag nun diese seltsame Message auf dem Tisch. Als er mich die Stiege hinabsteigen hörte, drehte er sich langsam um, grimmig drein blickend.

"Sag mal, was soll denn das? Da spinnt aber einer gewaltig."

"Wieso, was ist?"

"Dieser Merkwürden aus England hat hier ´ne

Nachricht hingelegt. Er schreibt da: Endlich hab´ ich mein Dreamship gefunden. Bye, Oliver."

Während ich noch meine Gedanken sammelte und über Oliver nachdachte, erboste sich Hardy weiter: "Hast du das gehört? *Mein Traumschiff* schreibt der Depp. Wie kommt der denn dazu? Soll doch bleiben, wo der Pfeffer wächst."

"Vielleicht meint er ja die Fregatte, mit der er gestern Abend im Club 68 turtelte."

Unwirsch drehte Hardy sich um und wollte den Salon verlassen, als wir über uns ein lautes Tok, Tok hörten. Wir schreckten hoch.

"Der Hafenmeister. Hafengeld, eine Nacht, das macht 240,- DM."

Unsere Gesichter wurden aschfahl. Wie bitte? Ach ja, wir hatten ja kein kleines Sportboot. Hier wurde nach Tonnage abgerechnet. Ich rechnete das Tages-Liegegeld schnell auf den Monat hoch. - Grausam. - Wovon sollten wir das bezahlen? Wir diskutierten und feilschten um den Preis, bis der Hafenmeister unsere Naivität, unsere Not erkannte und uns den Tipp gab:

"Fahrt doch zum Seefischmarkt. Die Liegeplätze sind dort sehr viel billiger. Die werden von der Seefischmarkt GmbH verwaltet. Wenn Ihr hier sofort verschwindet, dann verzichte ich auf das Kassieren."

Flugs schmissen wir die Maschine an, warfen die Leinen los und zogen über die morgendliche Förde, über der noch ein leichter Nebelhauch schwebte. Rechts von uns schemenhaft die Krananlagen von HDW, links die stummen Fassaden der Gebäude an der Kaistraße, Sartori-Speicher, Fähranleger, Seeburg. Düsternbrook und Landeshaus ließen sich nur erahnen. Sofort erfasste uns wieder die Begeisterung über unsere neue Errungenschaft. Der Ärger von eben war verflogen.

Bedächtig bog ich Richtung Seefischmarkt in die Schwentinemündung ab. Dort hatten wir, wie ich wusste, Strom gegenan. Ich wollte mit der Backbordseite des Schiffes an der Kaimauer des Seefischmarktes anlegen, mit der Backbordseite deshalb, weil beim Aufstoppen durch Rückwärtsgeben der Schraubeneffekt das Heck etwas nach Backbord dreht und sich so nach schräger Heranfahrt parallel zur Pier legt. Fender ausbringen, Vorspring legen, sanft in die Spring mit leichter Vorausfahrt eindampfen, und wir würden das Schiff zu dritt händeln können. Jetzt musste nur noch ein weiter Bogen tief in die Schwentinemündung hineingefahren werden, da uns der Gegenstrom beim Wendemanöver wieder ein Stück weit zurücktreiben würde. So weit, so gut, theoretisch hatten wir alles im Griff. Auch praktisch würden wir das meistern können.

Ich steuerte zunächst weit in den Meeresarm hinein, beschleunigte dann die Fahrt, legte hart Steuerbord-Ruder, stoppte beherzt nach halber Drehung mit einem Rückwärtsschub auf, um dann für das zweite Drittel des Wendemanövers sofort wieder kräftig voraus zu geben. In dem Moment brach der Bautenzug für die Umsteuerung, das Schiff fuhr quer auf die südliche Kaimauer zu, ich konnte nicht mehr von voraus auf zurück wechseln, also nicht mehr aufstoppen.

Im nächsten Moment rammten wir mit Wucht die Pier, und zwar so, dass der Bugspriet geradeso eben über die Oberkante rutschte. Krachend zersprang das

Wasserstag. Einzelne Kettenglieder flogen wie Geschosse durch die Luft. Gleichzeitig wirkte das Schrammen des Bugspriets über die Kaimauerkante wie eine hochwirksame Bremse, ähnlich wie die Bremse einer Schiffschaukel auf dem Jahrmarkt. Das Schiff kam zum Stehen, der Bug wurde nicht beschädigt, aber der vordere Teil des Schiffes ragte nun etwas höher liegend aus dem Wasser und saß fest auf der Kaimauer auf.

Alle Versuche nach Reparatur der Umsteuerungsanlage, das Schiff mit Vollgas zurück von der Pier zu befreien, scheiterten. Es hing mit der Nase steif und fest an Land. Schließlich versuchten wir es mit Gewichtsverlagerung nach achtern, helfende Hände an Land drückten gegen den Bugspriet, wieder Vollgas achteraus. Irgendwann kam ganz langsam Bewegung ins Schiff. Es löste sich. Es schwamm wieder frei. Der Rest des Wendemanövers und das Anlegen waren jetzt schnell erledigt.

Erschöpft und nachdenklich saßen Hardy, Bärbel und ich auf der langen Bank im Heckbereich der Seereling. War uns das Projekt ein paar Nummern zu groß? Sollten wir aufgeben? Nein. Wer A sagt, muss auch B sagen. Wir wollten uns nicht entmutigen lassen. Jetzt erst recht. Unsere Lehrjahre hatten gerade begonnen. Eigentlich hatte ich geglaubt, schon eine Menge gelernt zu haben, Schule, Studium, zwei Staatsexamina, mehrere Jahre als Rechtsanwalt gut im Geschäft. Aber jetzt schien ich ganz am Anfang eines selbst gewählten, gewaltigen Lern- und Erfahrungspensums zu stehen.

Wir versicherten uns gegenseitig, dass wir den Mut

nicht verlieren wollten, und waren uns einig: Wir stellen uns den Herausforderungen.

Hardy fügte bekräftigend hinzu: "Wir dürfen uns nicht täuschen lassen. Wenn das alte Schiff seine Macken hat, weil unser Vorgänger das Schiff zuletzt nicht mehr gut in Schuss gehalten hat, dann heißt das noch nicht, dass wir keine Erfahrungen hätten."

"Wie meinst du das?", fragte ich nach.

"Ah, du segelst doch schon Jahre lang auf alten Gaffelschiffen, auf der *Eole* nach Schweden und Holland und was weiß ich noch wohin, warst dann auf einem großen Oldtimer, der *Hernil*, und den Sporthochseeschifferschein hast du auch."

"Stimmt eigentlich, und Du warst viele Male in Holland auf Tjalken und Bottern unterwegs, warst als Segellehrer in Travemünde aktiv, hattest in Kieler Zeiten einen kleinen Kajütsegler auf der Ostsee und, und, und."

"Also das Einzige ist, dass wir das Schiff noch flott machen müssen."

"Lasst Taten folgen!", ergänzte Bärbel und kniff Hardy kräftig in den Arm. Der zuckte kurz, grunzte gefällig in sich hinein und nickte zufrieden. Das Gleichgewicht war wieder hergestellt.

Eigentlich war ja der unverhofft neue Aufenthaltsort, der Seefischmarkt, das Letzte, was wir uns als Liegeplatz an der Kieler Förde vorstellen konnten. Mit dem vermeintlich hochseefähigen Gaffelsegler auf Zwischenstation, wie wir glaubten, kurz vor der Überfahrt ins Mittelmeer. Ein solch stattliches Schiff hätte doch gut sichtbar am Bahnhofskai, am Sartorikai oder an der Kiellinie platziert werden müssen, so dachten wir jedenfalls, und nicht am Seefischmarkt, dort, wo die Bastler und Träumer, Freaks und Möchtegern-Seefahrer ihre alten Schiffsrümpfe in mehreren Reihen festgemacht hatten und Seefahrtsromantik übten, manche unter primitivsten Umständen unter Planen provisorisch häuslich eingerichtet. Dorthin waren wir verwiesen worden. Dort sollten wir auch dazugehören?

Der Hochmut kommt vor dem Fall.

Zumindest probten wir Distanz. Wir legten uns etwa fünf Schiffslängen abseits des Pulks an die freie Pier genau vor das Gebäude der Seefischmarkt-Verwaltung mit der Gaststätte der Fischer und Marktleute, in die sich nur noch wenige Gäste verirrten, die aber sicherlich schon ganz andere Zeiten erlebt hatte.

Den Protest der Verwaltung gegen unsere Liegeplatzwahl mit bedeutsamem Zeigefinger in Richtung Oldtimerpulk zerstreuten wir wortreich und letztendlich erfolgreich mit dem Argument, dass wir quasi auf der Durchreise nach Griechenland wären und sozusagen am Ausrüstungskai lägen.

In dem Moment stand Malcolm entschlossen auf und kletterte den Niedergang hoch. Ich konnte sehen, wie er in alle Richtungen Ausschau hielt. Dann kehrte er in die Kajüte zurück.

"In ungefähr einer halben Stunde ist Hochwasser. Das Wetter ist freundlich. Es weht eine leichte Brise aus Ost. Hast du Lust auf einen Segeltörn?"

"Erfreut nickte ich mit dem Kopf, gab aber zu bedenken, dass ich keine Segelklamotten mithatte.

"Das macht nichts. Ich hab alles an Bord. Damit kann

ich dir aushelfen."

"Prima, ich bin dabei," schlug ich ein.

"Lass uns noch etwa eine Stunde warten, ehe wir starten. Mit dem Tidenstrom segelt es sich leichter", fuhr Malcolm fort. "Bis dahin erzähl´ mir doch mal, wie du überhaupt zum Segeln gekommen bist."

Weiße Hunde

Studentenglück! Ein Refugium studiosum. Jenseits aller schäbigen, spartanischen Studentenbuden. Fest in der Hand Freiburger Jurastudenten. Semester um Semester intern weitergereicht von einer zur nächsten Studentengeneration, für die Sonnenanbeter die Sommersemester, für die Skifahrer die Wintersemester. Eine luxuriös ausgestattete, traumhaft gelegene Drei-Zimmer-Wohnung in der Villa "Laederet" in vorderster Reihe direkt am Genfer See. In Cully, einem kleinen Dorf ungefähr zwölf Kilometer östlich von Lausanne. Genau diesen Platz hatten wir in Besitz genommen.

Wir, das waren Winni, unser Bonvivant mit VW-Cabrio, stets aufmerksam Ausschau haltend nach dem schönen Geschlecht, ein Meister charmanten Kennenlernens attraktiver Frauen, die binnen kürzester Zeit in seinem Bett landeten, ohne dass sich jemals eine von ihnen angemacht gefühlt hätte. Alle lebten sie in der Illusion, dass natürlich sie es gewesen wären, die den ersten Schritt des Kennenlernens vollzogen hätten. Ich hielt dies glatt für Zauberei. Er war mein Zaubermeister.

Der Burggraf Christoph, von blauem Geblüt, englischen Tweed tragend, eher ein Freund leiser Töne, zurückhaltend, Understatement, Pfeife rauchend, herzlich, ab und an unerschöpfliche Lachsalven ausstoßend, egal, ob wir einen Grund zum Lachen hatten oder fanden. Er hatte seine eigene Betrachtung von der

Welt. Er durchdachte alles gründlich und langsam. So mochte es gut möglich sein, dass er das eine oder andere Mal über einen Witz vom Vortag in brüllendes Gelächter verfiel.

Der Lange, Daniel, über zwei Meter groß, unser Jüngster, war eigentlich offen für jedes Abenteuer und erwies sich als genialer Koch. Zunächst hatten wir bei seiner Mutter vorsprechen müssen. Offenbar war unser Debüt seriös genug gewesen. Großzügig hatten wir das Plazet erhalten, ihn in unsere WG mitnehmen zu dürfen.

Aber welcher glückliche Umstand hatte uns nach Cully verschlagen? Es war die irgendwann einmal kreierte und sicherlich nicht ganz uneigennützige Idee offensichtlich ski- und sonnenbegeisterter Professoren, an der Universität von Lausanne eine Fakultät für deutsches und europäisches Recht zu gründen. Das gab denn auch uns die Legitimation für das Sommersemester 1970.

Schon bei unserer Ankunft, kaum hatte ich den in der Frühjahrssonne tiefblau gefärbten Genfer See entdeckt, heftete sich mein Blick fasziniert auf mehrere friedlich über das Wasser gleitende Segelboote, die scheinbar frei und unbeirrt ihre Bahn zogen und durch nichts aufzuhalten waren. Was für eine Idylle. Nur Tage später waren wir Mitglieder der "Ecole de Voile" und lernten segeln.

Eingerahmt wurde dieses neue Leben, von dem großartigen Panorama der französischen Alpen am gegenüberliegenden Südufer, wie es sich uns von der Terrasse vor unserer gediegenen Studentenwohnung bot, wenn wir dort frühstückten, uns mit den "Etudes françaises" beschäftigten oder auch einfach nur das

Leben genossen.

Die Wohnung selbst bescherte uns einen Luxus, wie wir ihn weder erwartet noch jemals gekannt hatten, feines Biedermeier-Mobiliar, Seidenvorhänge, lindgrün gemusterte Damasttapeten, Geschirr für zwölf Personen mit allem Drum und Dran, bis hin zu einem Feuerzangenbowlen-Equipment. Sorgfältig und gründlich integrierten wir alle Bestandteile in unser neuartiges Studentenleben. Die Orientierung zum See hin erschloss sich uns, indem wir vor der Terrasse einige Treppenstufen durch einen gepflegt angelegten Steingarten mit Rosenstauden hinabschritten, dann den langgezogenen Obstgarten durchquerten und am Ende eine innenseitig mit einer Schilfmatte bekleidete schmale Pforte passierten, um auf den Uferweg zu gelangen. Seitlich vor unserem Garten befand sich ein winzig kleiner, mit zwei Steinmauern und einem Steinwall eingefasster Anleger, fast wie ein kleiner Hafen, mit schmaler Einfahrt, in dem eine einzige Segeljolle herum dümpelte und abwechselnd an der Vor- oder der diagonal über das enge Becken gespannten Heckleine zerrte. Dieses Boot beflügelte unsere Phantasien als frischbackene Segelneulinge.

Die entscheidende Kontaktaufnahme gelang dem Langen. So fand ich mich Tage später zusammen mit der Bootseignerin, einer jungen, hübschen Schweizerin, in jenem Boot sitzend wieder.

"Setz dich hinten an die Pinne, ich löse die Festmacherleinen und klettere vorne ins Boot", bedeutete sie mir mit entschlossener Miene.

"Aber ich lerne doch gerade erst segeln, hab erst

wenige Segelstunden", widersprach ich voller Zweifel.

"Und ich weiß noch gar nicht, wie das geht. Ich habe das Schiffchen erst kürzlich geschenkt bekommen. Und außerdem meinte euer langer Lulatsch, dass du schon ganz gut wärest. Also stell dich nicht an, und zeig, was du kannst."

Das verschlug mir die Sprache. Ergeben fügte ich mich in die mir zugedachte Rolle und glaubte, das werde schon gut gehen. Ein schwacher Wind trieb uns raus auf den See. Segel setzen, Steuern, Wenden, es klappte leidlich. Ich wuchs mit meinen neuen Aufgaben. Der Test schien gelungen, bis es plötzlich von einer zur anderen Minute kräftig aufbriste. Überall um uns herum bildeten sich silbrig glänzende Schaumkronen, *weiße Hunde*, wie der Seefahrer sie nennt. Der See fing an zu kochen. Wo war unser Mini-Hafen?

"Lass uns lieber zurück segeln", schlug ich vor, ohne mir meine wachsende Sorge anmerken zu lassen.

Zustimmendes Kopfnicken. Ihr eben noch entschlossenes Auftreten schien der Wind schon weggeblasen zu haben. Ich hielt auf die winzig kleine, enge Hafeneinfahrt zu und konzentrierte mich auf Lektion drei, den Aufschießer, also mit dem Wind rein in das hafenähnliche Becken, dann das Ruder beherzt von sich wegdrücken. Dadurch sollte das Boot mit dem Bug in den Wind drehen. Die Theorie lautete, dann blitzschnell das Ruder gerade zu stellen und die Großschot loszulassen, damit das Segel flattert. Dann sollte die Jolle augenblicklich aufstoppen und stehenbleiben. Gedacht, getan, aber Pustekuchen. Es klappte nicht. Das Bötchen raste mit unvermindertem

Tempo direkt auf die wenige Meter entfernte Steinmole zu. Im nächsten Moment würde die Jolle in tausend Stücke zerschellen. Ein Aufschrei der Schweizerin fuhr mir durch die Glieder. In letzter Sekunde drückte ich das Ruder, soweit es ging, von mir weg, duckte mich unter dem ruckartig überkommenden Segel hindurch. Die Jolle kippte abrupt auf die andere Seite. Wir schossen mit rasender Geschwindigkeit wieder aus dem engen Becken hinaus. Schweißgebadet versuchte ich es auf freiem Wasser nochmal. Dieses Mal stand das Boot sofort.

"Segel runter", schrie ich immer noch etwas übertrieben panisch.

Danach paddelten wir das Boot von Hand in den Hafen. Ende gut, alles gut. Was ich in dem Moment noch nicht für möglich gehalten hatte: Die schrecklich schöne Faszination des Segelns sollte mich noch weitaus heftiger ergreifen.

Da hakte Malcolm ein: "Das war eine gute Überleitung. Komm, wir klaren die *Iolaire* auf und legen ab."

Augenblicklich machten wir uns beide an die Vorbereitung. Kurze Zeit später glitten wir mit leichtem Ebbstrom bei halbem Wind aus dem Hafen. Malcolm hatte seinen Motor gar nicht erst angeworfen. Uns umgab eine eigentümliche Ruhe und Weite, begleitet von dem Plätschern kleiner Wellen gegen den Bootsrumpf. Ein paar Stunden später würden die Sände rechts und links des Fahrwassers trocken fallen. Vorerst bildete die See aber eine nur leicht gekräuselte, graue Wasserfläche.

Malcolm lehnte sich entspannt auf der Ducht im Kockpit zurück und forderte mich auf: "Erzähl´ weiter von deiner Rhea."

θ

Kommanditistensause

Friedlich dümpelnd, aber etwas verlassen, lag das Schiff, das noch den Namenszug "*Hinnerk von Hooge*" trug, an der Kaimauer des Seefischmarktes und harrte der Dinge, die da kommen würden. Die Aufschrift am Heck, ein Relikt vergangener Tage.

Nächster Schritt: Schiffstaufe.

Und alle, die sich an der Finanzierung des Schiffes beteiligt hatten, die Kommanditisten, wollten wissen, was wir uns da angelacht oder, seemännischer ausgedrückt, mit einem Palstek ans Bein gebunden hatten. Also lag es nahe, ein Fest zur Schiffstaufe zu organisieren.

Für diesen Anlass frohlockte Hardy: "Nächstes Wochenende laden wir alle ein. Ich kaufe den Sekt für die Taufe und ein Fass Bier."

"Stopp. Du weißt doch. Am nächsten Wochenende hab ich wieder meinen Hannah-Besuch. Das wär´ zu heftig für sie gleich mit vielen Leuten an Bord."

"Okay, dann machen wir die Schiffstaufe eben ein Wochenende später".

So kam es, dass ich am Freitag darauf zu Hannah fuhr, dort erstmal, wie üblich, übernachtete, damit sie sich entspannt auf unser Zusammensein einstimmen konnte, während Iris, ihre Mutter, wie meistens an diesen Freitagabenden, auf den Swutsch ging. Natürlich erzählte ich Hannah von meinem neuen Domizil, von der Überfahrt und allem Drum und Dran. Mit großen, neugierigen Augen folgte sie aufmerksam meinen Ausführungen und ließ sich von meiner Begeisterung anstecken. Am nächsten Morgen waren wir uns einig, dass wir schnell aufbrechen müssten. Wenig später standen wir beide Hand in Hand an der Kaimauer oberhalb des Schiffes und schauten von oben runter auf die neue Errungenschaft.

"Das ist aber ein großes Segelboot", schätzte Hannah zunächst die Dimensionen ab. "Wo wohnst Du denn da?"

"Das zeig´ ich Dir gleich. Erstmal müssen wir aufs Schiff klettern".

Ich legte Hannahs Rucksack und ihr voluminöses Federbett ab, nahm sie auf den Arm und wollte mit ihr die in die Kaimauer eingelassene Eisenleiter hinunterklettern. Doch da protestierte sie lautstark und deutete auf ihr am Boden liegendes Gepäck: "Mein Kuscheltier soll mit. Das soll nicht da liegen bleiben."

"Ich kann nicht alles auf einmal tragen, erst Dich, dann den Rucksack."

Eher nicht überzeugt und immer noch unwillig klammerte sie sich an mich, während ich sie an Bord bugsierte. Dort stellte ich sie zunächst auf Deck in der Mitte ab und erklärte ihr: "So, jetzt hol´ ich noch schnell Deinen Rucksack mit Deinem Kuscheltier. Das soll ja auch mein neues Schiff sehen."

Ein unsicheres, leichtes Kopfnicken, "Kommst Du gleich wieder? Ich möchte hier nicht alleine stehen."

"Klar, bin sofort wieder bei Dir."

Schnell kletterte ich die Leiter hoch, griff nach Rucksack und Federbett, sprang zurück aufs Deck.

Schiffsbesichtigung. Aufmerksam schaute sich

Hannah alles an. Das Schanzkleid an Deck erwies sich als geradezu ideal. Die feste, geschlossene Holzwand rund ums Schiff mit Ausnahme des zwei Stufen höher liegenden, achterlichen Poopdecks reichte Hannah bis in Brusthöhe. Wenn sie ihre Arme hob, konnte sie diese bequem waagerecht abgewinkelt oben auflegen, so gut geschützt dahinter stehend drüber schauen und das Treiben auf dem Wasser und an Land beobachten. Unten im Salon breiteten wir das Spielzeug aus, nahm Hannah schnell Besitz von ihrer neuen Umgebung, in der sie mich fortan besuchen sollte. Bärbel und Hardy kannten Hannah ohnehin schon. Zusammen spielten wir fröhlich und ausgelassen, machten wir unser Schiff zu einem etwas eigenwilligen, aber nicht minder interessanten und vielfältig geeigneten Kindergarten.

Hannah bewegte sich unter Deck nach kurzer Zeit so, als habe sie niemals irgendwo anders gelebt. Vertraute Gegenstände wie Kuscheltier und Federbett aus ihrem Kinderzimmer hatte sie dabei. So fand sie ihre neue Umgebung spannend und schön. Ich atmete nach jenem Wochenende auf. Generalprobe, Vorführung geglückt.

Über die Toppen geflaggt stand die zukünftige "Rhea" bereit zum Entern für alle, die sich mit ihr verbunden fühlen wollten. Es gab ein lautes, fröhliches Fest, beflügelt von Träumen und Plänen. Wir alle waren überzeugt, dass unser Schiff, die Rhea, schon bald, wenige Monate später, an griechischen Gestaden dümpeln würde. Einige wollten bereits ihre erste Kommanditisten-Passage buchen. Hier waren wir in unserer ansonsten geradezu ungestümen

Aufbruchseuphorie doch etwas bedächtiger und bremsten ein wenig. Wir müssten dieses Schiff doch zunächst auf Herz und Nieren, vom Masttopp bis zum Kielschwein, durchchecken und sicherlich noch einiges ändern oder verbessern. Auch müsse die Überfahrt - immerhin rund dreitausend Seemeilen - sorgsam und gründlich geplant werden. Aber das alles werde nur eine Frage der nächsten Wochen sein. Dann könne der Mitsegelplan aufgestellt werden. Dass es anders kommen würde, war uns in dem Moment nicht im Geringsten bewusst.

Mit Elan ging es zur Tat. Jede Ecke im Innern der Rhea wurde erforscht, überflüssige Dinge herausgerissen. In der Vorpiek, dem Raum in der Spitze des Schiffes, bauten wir doppelstöckige Kojen. Überall entdeckten wir nach und nach Betätigungsfelder. An Bord herrschte reges Treiben. Das Ganze entwickelte eine ungeahnte Eigendynamik.

Unsere finanziellen Rücklagen wanderten mit raschem, zunehmendem Tempo in Schiffsmaterialien und Ausrüstung bis hin zu Werkzeug, das wir für unser Vorhaben benötigten. Diese erstanden wir günstig bei unserem Lieblingshändler, dem Gebrauchtwaren- und Schrotthändler Tölle, in einem Hinterhof der Holtenauer Straße in der Wik.

Als wahre Goldgrube erwies sich auch der Schiffsausrüster Tiessen am Tiessen-Kai in Kiel-Holtenau. Der hatte hinter seinem Laden mehrere, ineinander verschachtelte uralte Holzschuppen, in denen wirklich alles zu finden war, was ein traditionelles Seglerherz erfreuen konnte. Manchmal stöberte ich dort stundenlang auf der Suche nach speziellen Dingen herkömmlicher Seefahrt und wurde praktisch immer fündig.

Parallel dazu löste ich meine Wohnung auf, lagerte einige erhaltenswerte Dinge wie meinen alten Kontrabass auf dem Dachboden eines Resthofes bei Freunden ein. Ich verkaufte im Übrigen alles, was nicht niet- und nagelfest war, wie das Auto, das Bett und die Möbel, um weitere Gelder für unser Projekt zur Verfügung zu haben. Meine Rechtsanwalts-Zulassung gab ich zurück und lebte fortan auf der Rhea - ausgerüstet mit einem Seesack voller Klamotten und einem Sack voller Ideen.

Doch halt, einen Gegenstand aus meiner Wohnungseinrichtung wollte ich nicht verkaufen. Der musste mit an Bord. Es war mein Klavier, das wir mit vielen Händen, Seilzügen, Fluchen und Geschrei erfolgreich über die Kaikante runter aufs Schiff und weiter in den Bauch der Rhea, in unseren Salon, gehievt bekamen. Dort wurde es fest mit den Bodenplanken verbolzt, damit es nicht bei Seegang und Lage des Schiffes zu wandern anfangen würde.

Mit dem Klavier hielt der Jazz Einzug auf der Rhea. Seit meiner Schulzeit mein ständiger Begleiter. Zur Konfirmation hatte ich eine Gitarre erhalten. Unmusikalisch sei ich wie wohl alle in der Familie, so war mir suggeriert worden, aber probieren könne man es ja mal. Etwas Klampfen bei den Pfadfindern würde nicht schaden. Gitarrenunterricht wurde arrangiert, bei einem Profi-Musiker, der zu Hochzeiten und ähnlichen Events aufspielte. Erste mühselige Akkorde, unsauber abgegriffen, grob angeschlagen. Hingebungsvoll lauschte ich den Vorführungen des Lehrers mit Gesang, meisterlich schnulzig sein Ave Maria. Aber dann zupfte ich Chris Barbers Wild Cat Blues. Da war sie, die erste Begegnung mit dem Jazz, locker, fröhlich, rhythmisch, ansprechend.

Mit Freunden war bald die Idee einer Jazzband geboren. Doch meine Akustik-Gitarre war viel zu leise - Trompete, Klarinette, Schlagzeug, Klavier übertönten mich gnadenlos. Eine E-Gitarre? - Zu teuer mit allem Drum und Dran. Also wünschte ich mir ein Banjo. - Da lag es unter dem Weihnachtsbaum. Begeistert griff ich danach. Drei Stunden Unterricht hatte ich bei Siggi Schwab, später eine tragende Säule der deutschen Jazz-Szene. Ich nahm seine Musikbegeisterung in mich auf, lernte erste Grundlagen, und war jetzt laut genug in der Jazzband, in der wir am liebsten unseren "five-minutes"-Jazz spielten. Das hieß: Jeder darf fünf Minuten aus seinem Instrument herausholen, was er kann, ohne Sinn und Verstand. - Krach pur. Wir grölten vor Freude, tauchten in den Vielklang ein. Dissonanzen? Die lagen außerhalb unserer Wahrnehmung. Anarchie mit einem Hauch von Jazz.

In der nächsten Jazzband fehlte ein Kontrabass. Meine Mutter zeigte mir einen Vogel ob meiner rasant wechselnden Wünsche, ohne überhaupt das vorherige Instrument auch nur ansatzweise erlernt, geschweige denn beherrscht zu haben. Doch da war meine Großmutter, die alle pädagogischen Regeln der Vernunft sprengte, sich aber in grandioser Weise meine Solidarität und Zuneigung zu sichern wusste. Sie tat einen preiswerten, gebrauchten Kontrabass auf, mit einem rötlich schimmernden, wunderschönen Korpus, und schon bald zupfte ich autodidakt die ersten Bassläufe.

Schließlich hatte ich Klavierunterricht, quälte mich mit Fugen und Präludien. Aber mein Interesse galt dem Blues und Boogie Woogie. Dabei blieb es.

So wurde nun die Rhea zum Klangkörper des Blues und stärkte unsere Empfindungen.

Malcolm unterbrach mich lächelnd: "Für Musik an Bord hattet ihr also gesorgt. Das ist ja schön und gut, aber wie lief es mit den Arbeiten am Schiff? Habt ihr das alles alleine gemacht?"

"Nein, wir hatten viele zupackende Hände auf der Rhea und um uns herum. Das brachte schon die Faszination dieses Schiffsprojekts mit sich. Ich kann dir ein paar Beispiele nennen", antwortete ich und fuhr fort.

Einer der Menschen, der die gute Stimmung an Bord entscheidend beeinflusste und für ein festes Zusammengehörigkeitsgefühl sorgte, war Jacques, der beste Freund von Hardy, natürlich auch ein waschechter "Mannemmer", ein ewiges Arbeitstier, aber eben auch eine Landratte durch und durch. Ich glaube, er ist nur ein einziges Mal auf der Rhea mitgefahren, und zwar unseren allerersten Törn von Hörnum nach Kiel. Immer, wenn das Schiff fest vertäut im Hafen lag, und es an Bord Arbeit gab, und das war eigentlich ständig der Fall, dann war Jacques zur Stelle. Er redete nicht lange darüber, was es zu tun gab, sondern griff sich einfach ein paar Werkzeuge. Stundenlang mit selbstverständlicher

Ausdauer war er dabei, meistens dort, wo die Arbeit am schwersten war. Ob am Seefischmarkt oder in Søby, irgendwie war er immer zu Stelle und machte mit. Nur, wenn wir mit dem Schiff ablegten, dann war er verschwunden. Seefahrt war einfach nicht sein Ding. Unkonventionell bis in die tiefsten Fasern seines Herzens begeisterte sich Jacques immer wieder für neue Projekte und arbeitete hart daran. Und wenn einer seiner Träume zerplatzte, dann nahm er dies mit fatalistischer, geradezu erfrischend fröhlicher Gelassenheit. Er ist mein "Alexis Sorbas", wie Nikos Kasantzakis seine kretische Romanfigur beschrieben hatte.

Jacques hatte schnell und ganz selbstverständlich einen Draht zu unserem Schiffsprojekt gefunden. Es war unser Tatendrang zur Verwirklichung unserer Träume, von dem er sich hatte anstecken lassen. So unterschiedlich wir waren, uns verband eine Art Seelenverwandtschaft, die keiner umständlichen Erklärungen oder Diskussionen über Lebensziele und soziales Miteinander bedurfte.

Und da war Wilhelm, der überzeugte Tischler mit Hochschulstudium, allein erziehender Vater, Pfeifenraucher, stets eine gewisse Ruhe und Gemütlichkeit ausstrahlend. Er war von der ersten Stunde an total fasziniert von diesem alten Schiff. Unermüdlich brachte er seine handwerklichen Fähigkeiten mit freundschaftlicher Selbstverständlichkeit und frisch entdeckter Liebe zur traditionellen Seefahrt ein, die ihn bis heute nicht mehr losließ. Oftmals hatte er seine siebenjährige Tochter Philine im Schlepptau. Sie passte gut in die bunte Mischung fröhlicher Menschen an Bord.

100

Ein wichtiger Mitstreiter an unserer Seite war auch Klaas, den wir schon bei der Schiffsbesichtigung in Husum hinzugezogen hatten und der uns dann auf der Überfahrt begleitet hatte. Er war der Glücksfall unseres Projekts. Er war uns zufällig zugeflogen oder treffender ausgedrückt, er wurde von dem Schiffsvorhaben wie von einem starken Magneten angezogen; jeder Widerstand war zwecklos. Er versuchte es auch gar nicht erst, sich seiner Teilnahme zu widersetzen. Klaas, der Kapitän, mit seinem Können, Wissen und unermesslichen Erfahrungen war stets an unserer Seite, griff aber nie nach dem Steuer oder der Schiffsführung. Er war der Souffleur, der Anleiter und Lehrmeister, der uns die nötige Sicherheit vermittelte. Ohne ihn hätten wir das ganze Unterfangen vielleicht gar nicht verantworten können.

Eine weitere wertvolle und nicht zu unterschätzende Stütze unseres Schiffsprojekts waren die Kommanditisten, nämlich diejenigen Freunde und Bekannte, die sich von unserer Idee hatten anstecken lassen, die bereit waren, Schiffsanteile zu erwerben und sich darauf freuten, mitsegeln zu dürfen. Was daraus wurde, war zunächst einmal ein Mitarbeitendürfen. Dazu gehörten auch Janina und Niklas, die schon in den Träumen des Mittelmeeres als Geburtshelfer der Rhea erfolgreich beteiligt waren.

So unterschiedlich alle Kommanditisten auch waren, fügten sie sich mit rückhaltlosem Wohlwollen und Solidarität, jeder auf seine Weise, in unser gemeinsames Schicksal. Einige waren sogleich zur Stelle, nahmen sich ihren Jahresurlaub und arbeiteten auf der Rhea vom ersten bis zum letzten Urlaubstag, entlohnt durch nächtelanges Feiern, ob ich nun den Blues in die Klaviertasten hämmerte und Multitalent Hardy seine Blues-Harp schüttelte, begleitet von einem Höllenlärm rhythmisch malträtierter Pötte und Pannen aus dem Kombüsenfundus, oder wir uns lachend Geschichten erzählten. Immer bebte das Schiff, tagsüber von eifrigen Hammerschlägen, nachts von ausgelassenen, feiernden Stimmen. Die Rhea war ein Hort prallen Lebens.

Einige Kommanditisten bewiesen uns ihre Verbundenheit mit dem Projekt auch auf andere Weise. So hatten die Pflegekinder einer Kommanditistin ihre Vorliebe für den Aufenthalt auf der Rhea entdeckt. Die Kommanditistin lieferte ihre Pflegekinder bei uns ab. Sie wusste diese in guter Obhut, wir lieferten Erlebnispädagogik pur und zeigten Langmut, auch wenn die Kids uns immer wieder mit irgendwelchen chaotischen Aktionen in Atem hielten.

An einem der feucht-fröhlichen Abende kreierten wir unseren Schlachtruf, der später noch oft, dann aber eher mit ironischem Unterton, rüberkommen sollte:

"Grenzenlos, willenlos, Leinen los."

Die Umbauten im Schiff machten Fortschritte. Wir hatten viele Aha-Erlebnisse und machten unsere Erfahrungen. So baute beispielsweise Jacques in dem Bereich zwischen Salon und Maschinenraum eine kleine Kajüte, die mein Domizil wurde. Als Jacques ein Dachlattengerüst aus senkrechten Streben gesetzt hatte und wir bereits die Umrisse der entstehenden Kajüte erkennen konnten, betrachtete er so sein Werk und wunderte sich, dass die senkrechten Streben keineswegs parallel, sondern deutlich sichtbar schief und gegenläufig montiert waren.

Ratlos rief er: "Was habe ich denn da gemacht? Ich hab´ doch alle Latten mit der Wasserwaage ausgerichtet."

Was war geschehen? Das eine Mal, als Jacques die Wasserwaage nutzte, fuhr gerade der Liniendampfer der Kieler Verkehrsbetriebe an der Rhea vorbei, sodass sich das Schiff durch den Schwell nach Steuerbord neigte. Das andere Mal sprang jemand mit Gepäck an Bord, sodass der Rumpf leicht Richtung Backbord nachgab. Egal, in welcher Schräglage sich das Schiff gerade befand, die Wasserwaage ließ sich davon nicht beirren, sondern markierte die jeweilige Senkrechte. Die so montierten Dachlatten zeigten Momentaufnahmen des sich immer etwas bewegenden Schiffes.

Wir hatten gelernt, dass man auf einem Schiff mit einer Wasserwaage nicht allzu weit kommt, sondern nach Bezugspunkten und optischer Peilung misst.

Dann besannen wir uns darauf, dass wir ja ein Segelschiff erworben hatten. Ein Segeltag war angesetzt. Windstärke drei bis vier Beaufort, klare Sicht, Sonne, leichter Cumulus, Schleswig-Holsteinischer Himmel, ideales Segelwetter. Es schien alles ganz einfach. Die Segel waren bereits angeschlagen und aufgetucht festgelascht, so, wie wir das Schiff vom Verkäufer übernommen hatten, vor dem Großmast Fock, Klüver und Flieger, dahinter das Gaffelgroß und das slupgetakelte

Besansegel.

Es galt also, nur noch die Schoten anzuschlagen, ablegen unter Maschine, außerhalb der Schwentinemündung Aufschießer in den Wind, Segel setzen und ..., na und, da sahen wir das Malheur. Das waren ja alles ganz kleine, niedliche Lappen, schmale Vorsegel, ein schlapp herunterhängendes Großsegel ausgestattet mit Dutzenden größeren und kleineren, verschiedenfarbigen Flicken und am Besan ein Dreieckssegel, das auch recht schmal, aber wenigstens einigermaßen Okay war. Wie sollten wir mit dem bisschen Segel das achtzig Tonnen verdrängende Schiff fortbewegen können?

Oha, wir hatten ein Motorschiff mit Seglerkulisse, mit der Illusion eines Segelschiffes gekauft.

Uns war zwischen Lachen und Weinen zumute. Ich dachte, wie naiv wir doch waren, und Hardy machte seinem Ärger Luft, indem er unruhig auf dem Schiff hin- und herlief und wilde Mannheimer Flüche ausstieß.

Wieder hatte sich gezeigt, Langeweile konnte nicht aufkommen. Unsere Rhea bot immer neue Überraschungen.

Wir brauchten größere Segel. Zufällig hörten wir, dass jemand vier alte, große Baumwoll-Dreieckssegel verkaufen wollte. Wir nahmen Maß und griffen zu. So hatten wir richtige Vorsegel und ein Viertes als Besanstagsegel einsetzbar. Jetzt setzte sich die Rhea auch ohne Maschine in Bewegung, wenngleich die Besegelung improvisiert und recht abenteuerlich aussah.

Malcolm blinzelte zufrieden in die Abendsonne. Die

weite Bucht von Whitstable lag scheinbar unbeweglich da. Eine stille, graue Wasserfläche, nur leicht gekräuselt durch eine schwache Brise. Der Strom war mittlerweile gekentert und lief auf zur nächsten Flut.

Wir waren auf dem Rückweg, um uns mit auflaufendem Wasser zurück in den Hafen schieben zu lassen. Da bemerkte ich, dass Malcolm keineswegs auf das betonnte Fahrwasser unseres Ausgangshafens zuhielt, sondern etwa 60 Grad weiter westlich in Richtung der Ostspitze der Isle of Sheppey. Ich nahm Peilungen zu mehreren Landmarken, schaute in die Seekarte und nochmals auf die vorausliegende Wasserfläche.

Malcolm schien meine wachsende Unruhe bemerkt zu haben. Aus dem Augenwinkel nahm ich wahr, wie er schmunzelnd meine Aktivitäten beobachtete.

"Glaubst du, dass wir hier noch eine Untiefe umfahren müssen? Das Fahrwasser nach Whitstable liegt backbord schon fast querab," suchte ich nach einer Erklärung.

"Keineswegs. Es ist hier überall tief genug. Die Fahrrinne zwischen den Sänden beginnt erst eine Meile landeinwärts", erläuterte Malcolm, anscheinend, ohne meine Frage beantworten zu wollen.

Ich schaute ihn zweifelnd an.

Ein vielsagendes Grinsen des Rudergängers, mehr nicht.

"Na denn los, leg die Pinne hart steuerbords, ich hol´ die Segel dichter", schlug ich vor.

"Ich hatte vorhin die Idee, wir könnten stattdessen das Fahrwasser "The Swale" nehmen. Dort gibt es einen besonderen Ort, der dich interessieren wird."

"Aber dann kommen wir heute nicht mehr nach Whitstable. Gegen den Tidenstrom werden wir den Weg zurück nicht schaffen."

"Stimmt, macht aber nichts. Ich bleibe einfach über Nacht am Faversham-Creek, und du kannst dich von Elliot abholen lassen oder ein Taxi rufen."

"Wenn du meinst", lenkte ich zögernd ein.

Wir hielten den von Malcolm eingeschlagenen Kurs bei und segelten alsbald dicht unter der Isle of Sheppey bis auf Höhe des Horse Sand. Dort mündet backbords der Faversham-Creek. Malcolm steuerte in diesen hinein. Hoch am Wind ging es noch etwa drei Kabellängen weiter durch Wiesen und Felder, vorbei an einem vor Anker liegenden, verrosteten Schlepper. Die Sonne schaute freundlich zwischen einzelnen Wolken hindurch. Schafe blökten vom Land herüber. Möwengeschrei. Eine Entenfamilie zog entlang des Ufersaumes. Voraus sahen wir mehrere Schuppen, einen Kran, ein Schiffswrack, dahinter Segelmasten.

Wir erreichten eine kleine Werftanlage, die schon bessere Zeiten erlebt haben dürfte, daneben Stege mit einigen Liegeplätzen. Dort machten wir fest, klarierten die Segel auf und begaben uns auf Erkundungstour.

Malcolm führte mich gezielten Schrittes in einen kleinen Pub mit dem Eingangsschild "*Shipwrigth´s Arms*". Innen empfing uns eine Seefahrerspelunke, niedrige, enge Gasträume, an den Wänden überall Schiffsutensilien, Galionsfiguren, Tampen, Blöcke, Werkzeuge und ein knisternder Kaminofen. Vermeintliche Romantik vergangener Jahrhunderte.

Malcolm orderte zwei Biere. Wir setzten uns an

einen der kleinen Holztische, prosteten uns zu, und er legte gleich los:

"Draußen am Fluss, im Faversham-Creek, hat es meinen Bruder Jerry erwischt. Ich denk´ noch oft an ihn und sein Schiff."

"Malcolm erzähl! Was war geschehen?", wurde ich neugierig.

Die Lady Ann

Malcolm setzte sich aufrecht hin, strich sich mit der Hand durch den Bart und begann mit ernster Miene seinen Bericht.

Das Drama meines Bruders Jerry nahm ein paar Meilen von hier im Zentrum von Faversham seinen Ausgang. Er saß dort eines Abends in sich versunken in einer Ecke des *Sun Inn*. Ein Pint of Bitter nach dem anderen schüttete er in sich hinein, unterbrochen nur von diversen Gläsern Whiskys, die er ebenfalls wie Wasser leerte. Ab und zu schaute er mit einer langsamen Kopfbewegung auf, als suche er etwas oder erwarte jemanden. Dann sah man wieder nur seinen zerzausten Lockenkopf, eine massige Gestalt, die in eine zu enge, ausgewaschene Baumwolltrainingshose gezwängt war. Die zerschlissene schwarze Anzugjacke verbesserte das Outfit nicht. Sein Blick wirkte hohl, ausdruckslos, enttäuscht. Beachtung fand er an diesem Orte nicht. Die schien er auch nicht zu wünschen.

Bis ihn bei seiner nächsten Order am Tresen ein wach schauender, grauhaariger Mann von der Seite ansprach:

"Aus unserem Faversham bist du jedenfalls nicht. Warum flutest du hier deinen Kummer?"

Und als Jerry nicht reagierte, folgte die Frage: "Ärger mit deiner Frau?"

"Yes," brach es aus ihm heraus. "My good old Lady,

sie wurde mir weggenommen, ich glaub' es nicht, ich glaub' es nicht."

Dabei schlug er verzweifelt mit der flachen Hand an seine Stirn und kehrte mit schweren Schritten an seinen Tisch zurück.

Jetzt war es vorbei mit der Ruhe in seiner Ecke. Mit neugierig aufgerissenen Augen folgte ihm der Einheimische auf dem Fuße.

"Ich kann mir nicht vorstellen, dass du dir deine Frau einfach wegnehmen lässt."

"Doch, doch, she is confiscated, my only *Lady Ann*."

"Ah, ich verstehe, deine Braut ist ein Schiff, liegt unten an der Werft. Hab´ ich da liegen sehen. Denke, dass die schon zwei Wochen fertig ist, frisch in Farbe, Welle, Schraube erneuert. Frag mich schon seit Tagen, warum legt der Kapitän nicht ab? Zeit ist Geld, mittlere Brise aus West. Der Wind schiebt dich sanft aus dem Hafen. Aber du hockst hier und säufst dir die Hucke voll."

Jerry hob müde die rechte Hand zur Faust und rieb seinen Daumen auf dem Zeigefinger hin und her.

"Das heißt, du hast noch nicht bezahlt."

Jetzt wurde auch der Wirt hinterm Tresen aufmerksam und lauschte.

"Scheiß Barcley's, wollen mir den Kredit nicht rüberschieben. Alles schien bereits in trockenen Tüchern, fest zugesagt. Plötzlich haben die mich sogar vom Schiff aus meiner Kajüte vertrieben. Von meinem Schiff. Darf da nicht mal mehr schlafen."

"Aber das ist doch kein Problem", antwortete Jerrys Gegenüber, stand auf und ging zu seiner Tasche, die er am Tresen hatte stehen lassen.

Er öffnete sie und wühlte lange darin herum. Erst zog er eine zerknitterte Jacke heraus, dann ein Tau, sauber aufgeschossen, und schließlich kam ein offenbar schweres, längliches Gerät, eingepackt in braunes Packpapier zum Vorschein. Dieses klemmte er sich unter den Arm, kam zurück und legte es behutsam vor Jerry auf den Tisch.

"You are welcome, ich bin Frank, die verdammten Banker haben auch mir fast alles genommen. Mit denen bin ich durch."

Und nach einer Kunstpause deutete er auf das Paket auf dem Tisch: "Das kann dir helfen. Du zahlst meine Zeche hier und das Ding ist dein."

Vorsichtig öffnete Jerry das Papier und schaute hinein. Zum ersten Mal an diesem Abend huschte ein spitzbübisches Lächeln über sein Gesicht. Schnell schloss er das Paket wieder. Dann gab er sich sichtlich einen Ruck, erhob sich, wankte zum Tresen. Darauf lag bereits die Rechnung, alles in sauberer Handschrift aufgelistet, sein gesamter Konsum und auch der seines Gesprächspartners.

Der Inhaber des Pubs stand ihm gegenüber, erwartungsvoll aufgerichtet. Aus der Jackentasche lugte das Ende eines kräftigen Rundholzes hervor. Jerry wusste, dass der Wirt sich mit einem Belegnagel bewaffnet hatte, der Waffe des Seemanns beim Landgang, der an Bord aber zum Festmachen von Fallen, Schoten und anderem Tauwerk dient.

"Bin kein Zechpreller, my Lord", brummte Jerry unwillig und zahlte.

Dann ging er zurück zum Tisch, nahm wortlos das

110

Paket und verließ den Pub, seinem Handelspartner noch einen angedeuteten Wink zuwerfend.

Zielgerichtet wandte Jerry sich nach links, lief die abschüssige West-Street hinab, bog nach rechts in die North-Lane, vorbei an der Privatbrauerei *Shepherd-Neame* und stand wenige Meter weiter vor dem verschlossenen Werfttor. Dahinter zeichneten sich schemenhaft die Umrisse seines Schiffes ab. Dunkelheit, dünne Nebelfäden schwebten über dem Hafenwasser, verflochten sich in der Takelage der *Lady Ann*. Hastig riss er das Paket auf. Zum Vorschein kam ein kräftiger Bolzenschneider. Dem hatte das Werkstor nichts entgegenzusetzen. Mit entschlossenen, schnellen Schritten erreichte er sein Schiff, enterte an Bord. Seiner sich aufrichtenden Figur war es anzumerken, das erhebende, ja fast heimatliche Gefühl. Die *Lady Ann* strömte für Jerry augenblicklich eine eigenartige Aura der Geborgenheit, Gutmütigkeit, Verzückung aus. Etwas ziellos, stolpernd, so gut es eben ging, inspizierte er die Takelage, alles Okay. Mit wenigen Handgriffen traf Jerry Vorbereitungen zum Ablegen.

Plötzlich ein Geräusch drüben auf der Wiese, ein Lichtkegel fiel auf den Bug des Schiffes, wanderte langsam über Deck nach achtern.

Jerry ließ sich instinktiv fallen, lag hinter dem Ankerspill, blieb unentdeckt.

Der Wachdienst der Werft zog weiter.

Jerry hangelte sich mühsam hoch, löste die Vorleine und die Achterspring, nahm die Vorspring auf Slip, setzte Fock und Besan, warf die Leinen los. Die *Lady Ann* glitt fast lautlos in die nebelverhangene Nacht.

Ungefähr drei Kabellängen weiter lag Faversham hinter ihm. Rechts und links befanden sich nur noch Salzwiesen, die sich flach bis an den Creek zogen. Dieser beschreibt in seinem weiteren Verlauf einen Halbbogen nach links über eine Länge von zwei Seemeilen. Jerry kannte sich aus, mit traumwandlerischer Sicherheit hielt er sein Schiff in der Rinne. Wind von achtern, ungefähr zwei Stunden nach Hochwasser. Ablaufender, zunehmender Ebbstrom beschleunigte die Fahrt.

"Was war dies für ein Segler, die *Lady Ann*", unterbrach ich Malcolm in seinem Redefluss.

"Eine Sprietsegel-Barge, ein typischer Frachtensegler an der Ostküste Englands und Schottlands", antwortete Malcolm.

Der Segler hatte schon unserem Vater treue Dienste geleistet. Als Decksmann in jungen Jahren hatte später auch mein Bruder die Planken dieses Schiffes gespürt. Die *Lady Ann* segelte nicht schnell, aber zuverlässig, genau abgestimmt auf die hiesigen Gezeitenströme mit ihren teilweise weit ins Land reichenden Gewässern: Kanäle und Flüsse mit Häfen, über die die von den Hochseeschiffen in London und anderswo gebunkerten Frachten angelandet wurden.

Flach gebaut, niedriges Freibord, neunzig Fuß lang, mit Seitenschwertern anstatt eines Kiels. So konnten auch Häfen wie zum Beispiel Whitstable, die bei Niedrigwasser trockenfallen, angelaufen werden.

Sie hatte einen Großmast mit stehender Gaffel und Spriet, an den ein Sprietsegel ohne Baum ähnlich einem

Vorhang mit Gordings einfach rangezogen oder geöffnet werden konnte, dazu eine überdimensionale Stenge für ein Leichtwind-Toppsegel. Alles einhand bedienbar. Allerdings musste die Piek mit einem zusätzlichen Geitau in Luv dichtgeholt und überhaupt unter Kontrolle gehalten werden.

Im Hafen ließ sich die Barge dank eines kleinen Gaffelsegels im äußersten Heckbereich, die deshalb auch Yawl genannt wird, vorzüglich steuern und im Wind halten.

Unser Vater war 53 Jahre auf diesem Frachtsegler gefahren. Zuletzt war die *Lady Ann* auch Jerrys Leben, sein Mikrokosmos, geworden, reichte sein Blick, seine Welt vom Standort seines Schiffes stets bis zur jeweiligen Kimm.

Er hatte erst vor drei Jahren die Schiffsführung übernommen. Unser Vater war alt und gebrechlich geworden, er selbst arbeitslos, abgemustert bei der World Shipping Society. Bevor die *Lady Ann* in Jerrys Obhut übergegangen war, hatte er mit der rechten Hand auf dem Schiffskompass geloben müssen, dass er das Familienstück sorgfältig bewahren und an seinen Sohn in dritter Generation weitergeben werde. Das hätten die *Lady Ann*, die christliche Seefahrt und die Queen so verdient. Jerry willigte ein, dachte aber noch lange über die Reihenfolge dieser Aufzählung nach. Bis dahin hatte er immer geglaubt, dass die Queen stets an erster Stelle stehen müsse.

Ob sein Sohn die traditionelle Säule des Broterwerbs seiner Familie, die Frachtsegelei an der englischen Ostküste wird fortsetzen wollen, fragten wir uns allerdings. Versprochen hatte er es. Aber wozu wollte er dann studieren? Zum Aushandeln der Frachtraten brauchte er kein Hochschulstudium.

Aber Jerry verstand ohnehin nicht, warum alles immer komplizierter wurde und schneller gehen sollte und das um den Preis stinkender, teuren Sprit fressender Motoren, die das gesamte Gefüge sorgfältig konstruierter und aus stabilen Hölzern zusammengesetzter Schiffsrümpfe in den Grundfesten erschütterten. Er meinte immer, dass die Schiffsmotoren der Harmonie zwischen nachgiebigen, elastischen Hölzern und dem Rhythmus der Wellenbewegungen ein hartes Stampfen wie eine Kampfansage entgegensetzten.

"Und was war nun aus deinem Bruder Jerry geworden", holte ich Malcolm aus seinen abschweifenden Gedankenschwärmereien zurück.

Dieser gab sich einen Ruck, als müsse er etwas von sich abschütteln. Dann nahm er den Faden seiner Erzählung wieder auf.

Allmählich musste Jerry die Schoten dichter holen, weil der Wind vorlicher einfiel. Er fragte sich, ob er es bis zum Ende des Halbkreises schaffen würde, dort, wo von Backbord ein zweiter Wasserarm, der *Oare Creek*, mündet, nämlich hier, wo wir gerade im *Shipwright´s Arms* sitzen.

Jerry überlegte kurz, ob es für ihn eine Gefahr bedeuten würde, von der Gaststätte aus entdeckt zu werden. Diesen Gedanken verwarf er jedoch schnell wieder. Gesehen würde er mit ziemlicher Sicherheit, gemeldet würde er nicht, denn mit der Obrigkeit hatte an diesem Ort niemand etwas am Hut. Der Pub war seit Jahrhunderten, nach der Überlieferung mindestens seit dem Jahre 1738, ein Schmuggler- und Strandpiratentreff.

Also setzte Jerry entspannt seine Fahrt fort, doch je weiter er kam, desto schräger von vorn fiel der Wind ein.

Dann sah er die Umrisse des Pubs auf der linken Seite auftauchen. Der Dachfirst lugte über den Deich.

Noch wenige Fuß und der Creek würde um ca. 75° nach Steuerbord abknicken, direkt auf die Isle of Sheppey zu. Das hieße, Wind von backbord und Fahrt aufnehmen. Aber vorerst wurde das Schiff immer langsamer und nur noch vom Ebbstrom geschoben. Jerry wusste, er musste weiter nach backbord halten, denn bei diesem Lauf des Flüsschens gab es zwangsläufig an Steuerbord eine Untiefe, da der Ebb- und Flutstrom jeweils Sände mitreißt, die sich dann an den Innenseiten solcher Biegungen ablagern.

Fast hatte er es geschafft, da fegte eine scharfe Böe in das Schiff. Gleichzeitig drehte der Wind nach rechts. Beide Segel kamen back, die *Lady Ann* nahm abrupt Fahrt auf, Jerry versuchte, das Steuer herumzureißen, aber die Ruderwirkung versagte. Das Schiff fuhr mit Schwung geradewegs auf die der Mündung gegenüberliegende Sandbank zu. Im nächsten Moment ein gewaltiger Rums, Jerry, der die Schot an der Steuerbordreling lösen wollte, stolperte über die Kante und landete im Wasser.

Ungefähr eine Stunde später zogen zwei Männer eine leblose Gestalt aus dem kalten Wasser, dort, wo der Schuppen der kleinen Werft neben dem *Shipwright´s*

Arms bis ans Ufer ragt.

"Der ist abgesoffen, zu spät", meinte der Mann, der das nass triefende Etwas unter den Armen hielt und auf der Deichkante ablegte.

"Na, erstmal genau schauen", wandte der Zweite ein und hob die Beine hoch. Ein Schwall Wasser ergoss sich aus dem Mund. Dann ohrfeigte er die Gestalt und begann, im gleichmäßigen Rhythmus gegen die Brust des Mannes zu drücken. Auf einmal ein leichtes Zittern.

"Er lebt noch, ab ins Warme mit ihm. Den kriegen wir wieder hin."

Beide packten ihn und trugen ihn mit beherzten Schritten zum Pub.

Jetzt galt es, die halbtote Seele wieder zu erwecken. Da kam es gerade recht, dass die Wirtin noch einen Rest ihrer tags zuvor aus der Ernte ihres Gartens hergestellten Kartoffelsuppe auf dem Herd stehen hatte. Gut aufgewärmt und heiß serviert weckte sie die Lebensgeister.

Da er aber immer noch stark schwächelte, brachte ihn später in der Nacht ein Pferdewagen ins Krankenhaus nach Faversham. Dort wurde festgestellt, dass er sich durch das kalte Bad eine gefährliche Lungenentzündung zugezogen hatte.

Malcolm schwieg eine Weile. Dann beendete er seine Erzählung mit den Worten:

"Ihm gelang, eine Nachricht an mich abzusetzen. Zwei Tage später, als ich eintraf, lag Jerry, mein Bruder, im Sterben. Er konnte mir noch mit abgehackten, leisen Worten über seine letzte Fahrt berichten. Dann schloss er für immer die Augen."

Nach einer Kunstpause ergänzte Malcolm: "Sein Schiff war nicht mehr zu retten, das haben die Malsände verspeist. Die Einrichtung war schon geklaut, als ich kam. Die Strandpiraten, die haben hier immer noch Tradition."

Zu fortgeschrittener Stunde ließ ich mich mit einem Taxi zurück zu meiner Unterkunft fahren.

Beim Aufbruch hatte Malcolm mir noch zugerufen: "Morgen Mittag mit auflaufender Flut bin ich zurück im Hafen von Whitstable. Wir sehen uns."

Mit einem Kopfnicken und voller Eindrücke verließ ich diesen geschichtsträchtigen Ort.

Ich dachte so bei mir: Wie schnell kann doch ein Schiff verloren gehen.

ι

Søby

Es war der 1. Mai 1982. Ich stand im Ruderhaus der Rhea, hielt das Steuerrad ruhig in den Händen und versuchte mit neugierigen Blicken alles um mich herum zu erfassen. Soeben verließen wir die Kieler Förde und nahmen Kurs in Richtung Kleiner Belt nach Dänemark. Backbord zog der Leuchtturm Bülk an uns vorüber. Rechter Hand querab schaukelte die schwarzgelbe Untiefen-Tonne Kleverberg Ost, die tiefergehende Schiffe warnen soll.

Durch die offene Tür des Ruderhauses hörte ich das Heulen der Fahrwasser-Tonne 1, die der Berufsschifffahrt den Weg in die Kieler Förde weist und mit ihrem durchdringenden Heulton auch bei Schietwetter und dichtem Nebel als Orientierungshilfe zu dienen vermag.

An diesem Tag war die Luft klar und freundlich, noch kühl bei zwölf Grad Celsius. Zeitweise lugte die Sonne zwischen den Wolken durch, Wind vier Beaufort aus West, leichter Seegang. Es war eindeutig ein idealer Segeltag. Also setzten wir Segel. Die Maschine schaltete ich aus. Die Rhea glitt, nur vom Wind angetrieben, über die Ostsee.

Vollkommene Ruhe um uns herum, begleitet von sanftem Plätschern des Wassers am Schiffsrumpf, ein Hauch von Windpfeifen im Rigg, ab und zu ein Knarren oder Klappern, ansonsten unendlich weite Friedlichkeit. In uns stieg das unbeschreiblich schöne Hochgefühl eines

118

entspannten Segeltages empor, das, was nahezu jeden, der dies einmal erlebt hat, segelsüchtig werden lässt. In meinem Blickfeld nur zufriedene Gesichter, fast etwas verklärt begeistert, dieses große, schwere Schiff mit Windkraft zu neuen Ufern ziehen zu lassen.

Unser Tagesziel war der Hafen von Søby, ein kleines, eher verschlafen wirkendes Nest auf der dänischen Insel Ærø, nahezu Tourismus-frei, ein Hafen für rund ein Dutzend Hochseefischer mit ihren typisch hellblauen Schiffsrümpfen, außerdem für kleinere Boote von Stellnetzfischern und Anglern. Für Yachten blieben nur einige freie Plätze. Den heutigen Segelhafen gab es damals noch nicht.

Mehrmals täglich legt dort die Inselfähre aus Faaborg an. Dann bildet sich regelmäßig ein Spalier von Insulanern, die die ankommenden Reisenden begrüßen oder auch nur gucken wollen, wer sich wohl auf ihre Insel verirrt hätte. Seltener schiebt sich die uralte *Øen* von Mommark/Alsen an der langen Kaimauer entlang, um ebenfalls ihren Fährdienst zu verrichten.

Neben dem Hafen befindet sich eine Werft, vermutlich der maßgebliche Arbeitgeber des Ortes.

Unser Plan war eine genauere Inspektion des Unterwasserschiffes und, soweit notwendig, die Durchführung einiger Reparaturen, bevor wir gen Süden in Richtung Biskaya und weiter durch die Straße von Gibraltar nach Griechenland starten würden.

Außerdem wollten wir die vom Eisgang bei der Probefahrt ausgefranste Schiffsschraube gegen die mitgelieferte Reserveschraube austauschen.

Søby war von uns deshalb auserkoren worden, weil

es dort eine der Gemeinde gehörende Slipanlage gab, die in erster Linie von den örtlichen Fischern genutzt, aber auch Anderen zur Verfügung gestellt wurde, wenn dadurch nicht die Fischer in ihrem Zeitplan beeinträchtigt würden. Diese Slipanlage hatte nicht nur den Vorteil, dass sie preisgünstig war, sondern auch, dass wir dort selbst an unserem Schiff arbeiten konnten und keine Werftleistungen in Anspruch nehmen mussten. Am Ende des Dorfes gab es oben auf dem Berg in einer Hofanlage, die am Rande wogender Getreidefelder eher einen landwirtschaftlichen Betrieb erwarten ließ, den Holzbootbauer Torben, der über reichliche Erfahrungen des traditionellen Segelschiffbaus verfügte. Dieser konnte uns bei Bedarf mit Rat und Tat, Letzteres natürlich gegen Bezahlung, unterstützen. So segelten wir denn geradewegs in dieses Paradies der Oldtimer-Restauration.

Am frühen Nachmittag erreichten wir im Kleinen Belt die Nordwest-Huk von Ærø mit dem markanten Leuchtturm Skjoldnæs. Wir rundeten diese mit respektvollem Abstand zur Landspitze, die sich unter Wasser als Untiefe ungefähr eineinhalb Seemeilen fortsetzt.

Ohne Probleme ließ sich das steuerbords weit ausgebaumte Großsegel dicht holen und auf der Backbordseite wieder auffieren. Die Vorsegel und der Besan waren ohnehin leichter zu bedienen. Denn der Winddruck war moderat. Drei Seemeilen weiter folgte das Segelbergen, dann das Einlaufen unter Maschine in den engen Hafen und sogleich in das rechte Hafenbecken zur Slipanlage. Der große lange Slipwagen stand bereit.

Wir hatten ihn telefonisch vorbestellt.

Kurze Zeit später tauchte der Hafenmeister auf, das heißt, einer der beiden. Es war schon etwas kurios. Dieser kleine Ort leistete sich gleich zwei Hafenmeister. Der Eine war für die Berufsschifffahrt zuständig, eine Autorität und scheinbar Kompetenz ausstrahlende Persönlichkeit, der zwei Frachtschiffe sein eigen nannte, sie uns stolz auf Fotos an der Wand des Hafenmeisterbüros präsentierte, im Übrigen aber vor lauter Würde ob seines wichtigen Amtes über die Gegebenheiten im Hafen offenbar nur geringen Durchblick hatte. Der Andere, ein nach Søby eingeheirateter Deutscher, hatte die Sportschifffahrt im Auge und lauerte eigentlich mehr oder weniger den ganzen Tag darauf, ob er nicht irgendwo eine Flasche zollfreien Schnaps abstauben könne. Wenn das gelang, tat sich für den segelnden deutschen Gönner das Hafenparadies auf. Er konnte alle Privilegien des Hafens auskosten, wenngleich diese mit Ausnahme von Liegekosten kaum auszumachen waren.

Dieser Hafenmeister hatte nun unser Schiff gleich als Sportschiff eingeordnet und war dementsprechend schnell zur Stelle. Sicherlich hatte er den Zollstander am Mast wippen sehen, das Zeichen, dass wir für die Reise zollfreie Waren gebunkert hatten. Also konnten wir möglicherweise etwas für ihn mitgebracht haben. Aber genauso rasch musste er betrübt das Feld räumen, als er von unserem Vorhaben erfuhr. Dafür war selbstredend der obere Hafenmeister zuständig. Dieser schickte einen Dritten, seinen Substituten oder so ähnlich, der mit geschickten Handgriffen die Slipanlage von einem kleinen Holzschuppen aus bediente, in dem ein voluminöser Motor und eine große Seilwinde standen. Für uns ein aufregender Moment.

Der auf zwei Schienen lagernde, an einem dicken Drahtseil befestigte Slipwagen glitt langsam über eine schräge Rampe ins Wasser. Ich wurde mit unserem Schiff genau in die Mitte über das Gestell dirigiert. Rechts und links auf dem Slipwagen standen je fünf bewegliche Holzkeile, jeder mannshoch aus dicken, aufeinandergeschichteten und senkrecht zusammengebolzten, sich nach oben verjüngenden Holzbohlen, mit Schiffsfarben bunt bekleckert. Diese ragten jetzt nur noch ein kleines Stück aus dem Wasser. Mit einer langen Stange wurde einer nach dem anderen gegen den Schiffsrumpf gedrückt. Dann spannte sich das Seil. Unter Quietschen und Ächzen setzte sich die ganze Apparatur in Bewegung. Langsam hob sich das Schiff immer weiter aus dem Wasser. Allmählich kam auch der zuvor versenkte Slipwagen wieder zum Vorschein, bis die Rhea schließlich schräg auf der Rampe hoch auf dem Trockenen lag, mit dem bauchigen, großen, schwarzen Rumpf, der über einen Tiefgang von 2,20 m normalerweise nicht zu sehen ist, wahrlich eine imposante, mächtige Erscheinung.

Eine vier Meter hohe Leiter wurde an der Reling festgelascht, unser Zutritt zum Schiff für die Dauer des Landfalls. Geschlafen wurde an Bord, zwar nicht im Sitzen, aber doch recht schräg, nämlich der Schiffsposition auf der Rampe entsprechend. Hier wäre es sicherlich vorteilhafter gewesen, wenn wir uns noch traditioneller, noch ursprünglicher am Seemannsbrauch orientiert und anstatt abschüssiger, fester Kojen lediglich

Hängematten montiert hätten. Jeder Luxus hat seinen Preis.

Zügig ging es an die Arbeit. Stunden, Tage, nein Wochen der Überraschungen warteten auf uns. Da war zum Beispiel der Schiffsrumpf, das Unterwasserschiff. Wir starteten mit dem Entfernen des Eisschutzes. Diesen würden wir im Mittelmeer mit Sicherheit nicht mehr benötigen. Und es war aufschlussreich, aber auch wichtig, den Zustand des Rumpfes unter den Blechplatten zu erforschen. Wir bauten rund um den Bug ein leihweise erworbenes, mehrstöckiges Gerüst auf und hebelten dann mit mehreren Kuhfüßen ein Blech nach dem anderen vom Rumpf ab, eine wahre Knochenarbeit. Die Nägel saßen pottenfest in dem harten Eichenrumpf, eigentlich ja ein gutes Zeichen. Sichtbar wurde, dass im Bugbereich einige der Plankenstöße leicht angefangen hatten zu rotten, so etwas ausfransten und deshalb zu Leckagegefahren werden konnten. Deshalb mussten mehrere Planken auf Längen zwischen 50 cm und 1,50 m ausgetauscht werden. Der Auftrag hierfür ging an Torben, den dänischen Bootsbauer. Wir leisteten Zuarbeit auf Anweisung.

Die herausgebauten Plankenstücke offenbarten einiges - weit mehr, als uns lieb war. Zunächst konnten wir positiv registrieren, dass die Außenhaut des Schiffsrumpfes aus 8 cm starkem, überaus gesundem, geradezu steinhartem Eichenholz bestand. Die wenigen Stellen, die nicht mehr hundertprozentig in Ordnung waren, hatten wir herausgetrennt. Dahinter offenbarte sich ein stabiles Gerüst aus senkrecht verlaufenden Spanten, ebenfalls Eiche, ca. 20 x 20 cm stark, dicht an dicht mit dazwischen liegenden etwa Daumen breiten Lufträumen. Innerhalb dessen wiederum eine durchgehende, waagerechte Beplankung, die sog. Wegerung, ebenfalls aus Eiche, aber nur 6 cm stark. Das war schon eine mittlere Festungsanlage, die da die ersten achtzig Jahre ihres Schiffslebens die Meere durchpflügt hatte. Ob ein Stahlschiff eine größere Stabilität und Seetüchtigkeit zu bieten vermöge, kann angesichts dieser mächtigen Holzkonstruktion durchaus bezweifelt werden.

Bei allem Respekt gegenüber der massiven Rumpfkonstruktion machten wir bei dieser Aktion aber auch eine recht beunruhigende Entdeckung. Es zeigte sich nämlich, dass die verzinkten Stahlnägel, mit denen die Planken an den Spanten befestigt waren, besonders in den unteren Plankengängen schon stark durchgerostet waren. Ein stabiler Rumpf, der auch befähigt wäre, einen schweren Sturm in der Biscaya durchzustehen, rief nach einer neuen Verbolzung der fünf unteren Plankenreihen. Das waren auf jeder Seite fünf Planken, mit je einer durchschnittlichen Länge von ca. 15 m; pro Meter 5 Nägel in Doppelreihe, summiert 1.500 Nägel, jeder 22 cm lang mit etwas Hanf um jeden Nagelkopf gewickelt, ein enormes Arbeitspensum. Das Herausziehen der rostigen Nägel und punktgenaue Setzen der neuen Nägel erforderte den Fachmann.

So bekam Torben einen weiteren Auftrag. Und wir hatten natürlich die Kosten neu zu kalkulieren. Es ging an unsere eisernen Reserven.

So gut, wie wir es konnten, unterstützten wir diese Arbeiten. Das bedeutete unter anderem, mit einem großen Vorschlaghammer schräg von unten nach oben die aufgesetzten Nägel in das schon beschriebene, unglaublich harte Holz zu treiben, jeden der 1.500 Nägel, bis diese vollständig im Holz verschwunden waren. Ich selbst scheiterte bereits nach wenigen Schlagversuchen beim ersten Nagel, den ich in der Planke versenken wollte. Hierzu fehlte mir schlicht und einfach die Kraft. - Aber das war die Stunde von Jacques. Wir lagen noch nicht lange in Søby, da saß er schon wieder wie selbstverständlich im Salon an Bord, gab eine Anekdote zum Besten und fühlte sich augenscheinlich wohl in unserer Runde. Er war uns schon kurze Zeit nach dem Ablegen aus Kiel auf dem Landweg hinterhergereist und alsbald mit der Inselfähre in Søby eingetroffen. Jacques griff sich einen Vorschlaghammer und versenkte mit Ausdauer und Kraft einen Nagel nach dem anderen - Hunderte davon. Klaas und Hardy schlossen sich an.

Für mich und unsere Mitstreiter gab es genügend andere Dinge zu tun, so auch das Kalfatern des gesamten Rumpfes, des Über- und Unterwasserschiffes.

Bis zu diesem Moment hatte Malcolm mir in seiner engen Kajüte andächtig zuhörend gegenübergesessen, seit ich am Mittwoch gegen Mittag wieder bei ihm aufgekreuzt war. Planmäßig war er mit seiner *Iolaire* bei auflaufender Tide in den Hafen von Whitstable eingelaufen und lag nun bei Hochwasser nur geringfügig unterhalb der Kaimauer. Einen freien Platz hatte er direkt neben den Tischen und Stühlen des Imbissbetriebes der Fischhalle gefunden. Penetrante Geruchsschwaden der gerade aus der Fritteuse gezogenen, fettigen Fish und Chips waberten über die *Iolaire*, zogen durch den

Niedergang in die Kajüte.

Malcolm sprang auf.

"Das ist ja die Hölle. So stell´ ich mir das Fegefeuer vor, wenn der Teufel mit Altöl einheizt. Den ganzen Morgen habe ich die Salzluft, die Stille in vollen Zügen genossen, sog ich die kühle Frische in mich auf. Und kaum im Hafen, da platzt mir fast die Birne. Üble Gerüche, Lärm. Was bin ich für ein Trottel und lege mein Schiff direkt ins Zentrum des Geschehens."

Ich lächelte ihn verständnisvoll an.

Malcolm schaute sich um. Dann fuhr er verschmitzt lächelnd fort: "Jetzt hab´ ich die Idee, wie wir die schlechten Gerüche kompensieren können."

Er öffnete das Schapp hinter seinem Sitzplatz, fingerte eine Zeitlang zwischen den dort seefest eingeklemmten Flaschen herum und zog dann eine davon hervor.

Zufrieden präsentierte er mir seine Wahl.

"So, Kalle, schau her. Hier haben wir den *Oban Single Malt Whisky*. Auch in der Nähe der Küste gereift, aber nicht, wie der Talisker auf einer der vorgelagerten, rauen Inseln, sondern hinter der ersten Gebirgskette der Highlands versteckt am Fjord Firth of Lorn. Die Salzluft der See wirst du schmecken, aber sonst ist er milder."

Malcolm öffnete die Flasche und goss vorsichtig so viel in eines der beiden von ihm bereitgestellten Gläser, dass gerade eben der Boden bedeckt war.

"Nur eine Probierration", erläuterte er seine Zurückhaltung und schob mir dieses Glas zu.

Offensichtlich hatte er zuvor bemerkt, dass mir kurz nach Tagesbeginn noch nicht der Sinn nach alkoholischen

Getränken stand und ich nur aus Höflichkeit daran nippte. Dann goss er sich das andere Glas randvoll ein. Wir prosteten uns zu.

"Und was ich gerade fragen wollte", hub mein Gegenüber erneut an, nachdem er wieder am Kajüttisch Platz genommen hatte. "Wie habt ihr kalfatert? Da gibt es ja verschiedene Methoden. Wir nehmen hierfür gerne weiße, weiche Baumwollschnüre, bestehend aus zwölf verdrehten Fäden von je 8 mm Stärke mit Leinölkitt."

Ich merkte, dass Holzschiffbau sein Thema war, und antwortete: "Ja, überlegt hatten wir das auch, aber du weißt ja sicherlich, dass an der Küste jeder so seine Präferenzen hat, an die er sturmerprobt glaubt."

Auf der Rhea hatten wir uns zunächst einmal schlauer gemacht, selbst ernannte oder wirkliche Experten befragt und nächtelang den einzuschlagenden, den "rhealistischen" Weg, diskutiert. Sollten wir die Abdichtung der Plankengänge mit modernen Materialien in Angriff nehmen? Schließlich leben wir ja im Silikon-Zeitalter. Jedoch könnte Sika-Fugenmasse sich punktuell ablösen und Feuchtigkeitsnester bilden mit der Folge, dass Fäulnis entsteht. Das war also zweifelhaft.

Oder mit Teer auf Erdölbasis arbeiten? Das begegnet uns doch überall, nicht nur an den Kelleraußenwänden oder auf heißem Asphalt, sondern auch in Form klebriger, schwarzer Placken an den Füßen nach einem Strandspaziergang.

Oder sollten wir die von Malcolm angesprochene Methode wählen, die im Oldtimer-Bootsbau durchaus verbreitet war? Aber wir waren gewarnt worden; die

Baumwollstränge könnten verspröden und herausfallen.

Wir entschieden uns für das aus der traditionellen Seefahrt Überlieferte, das Ausschlagen der Plankennähte mit Schiffswerg, das sind in Holzteer getränkte Hanfstränge, die anschließend mit erhitztem Pech vergossen werden. Diese Form des Kalfaterns würde das verminderte Aufquellen der Planken auszugleichen vermögen und so dem Schiffsrumpf eine zusätzliche Spannung verleihen. So passte es zu unserem Projekt.

Dafür kratzten wir zunächst sämtliche Nähte, die Ritzen zwischen den Planken, aus und entfernten das alte Dichtungsmittel. Dann trieben wir jeweils einen längeren Zopf geteerten Wergs mit Kalfathammer und Kalfateisen Schlag um Schlag in die Hohlräume zwischen den Planken - so, dass das Werg fest und lückenlos saß. Die Plankenkanten durften dabei nicht beschädigt werden. Auf die richtige Schlagintensität, die es herauszufinden galt, kam es an.

Dazu trat unser "*Pechvogel*" in Aktion, Frank, ein Mannheimer Student, der über seine Freundin, einer Kommanditistin, von dem Projekt gehört hatte. Er wollte mit dem Faltboot die Ostseeküsten bereisen und landete so zu Beginn bei uns in Søby. Das könne doch ein guter Startpunkt sein, so dachte er sich jedenfalls. Aber bald hatten wir ihn mit Bedenken überhäuft, zeigten ihm unser großes, behäbig wirkendes Monstrum mit den Worten, mit so einem Schiff könne man sich auf See wagen, für ein klappriges Klepperfaltboot sei dies auch dicht unter der Küste viel zu gefährlich.

Diese Warnungen äußerten wir nicht, um ihn etwa abzuwerben, sondern mit der Inbrunst der Überzeugung.

Entsprechende Wirkung zeitigte denn auch diese Seelenmassage für den Binnenländer. Frank bekam zunehmend Zweifel. Er überlegte und überlegte, ob er nun lospaddeln solle. Er überlegte so lange, dass schließlich sechs Wochen vergingen, während dessen er bei uns an Bord lebte, sich wie von selbst in unseren Bordalltag einfügte und all die Wochen lang schuftete. Seinem Faltboot würdigte er schon bald keinen Blick mehr.

Er war unser "*Pechvogel*", aber nicht etwa, weil wir der Meinung gewesen wären, dass er Pech gehabt hätte, sondern weil er unermüdlich von früh morgens bis spät nachmittags die erhitzte Pechmasse in einer großen, ungefähr ein Meter hohen schwarz-schmierigen Eisentonne rührte, sich jeweils etwas in ein längliches Gefäß mit langem Stil zum Halten abfüllte und damit nach dem Kalfatern die Nähte zwischen den Schiffsplanken mit Hilfe einer schmalen Bürste füllte. Das war jenes Pech, das wir nur noch aus Märchen kennen, das früher aber eine wichtige Bedeutung hatte, hergestellt aus dem Rückstand der Teerdestillation aus Stein- oder Braunkohle, nicht aus Erdöl. Letzteres wäre das heute gebräuchliche Bitumen. Stark erhitzt ist Pech weich und streichfähig, erkaltet immer noch dehnfähig und verbindet sich gut mit Holz, sozusagen das Silikon früherer Zeiten.

Auch der Austausch der Schiffsschraube war alles andere als schnell erledigt. Denn es zeigte sich bei genauer Inspektion, dass durch die Eisfahrt im Winter nicht nur die Flanken ausgefranst, sondern auch die Welle leicht verbogen war und dadurch die Wellenlager lose geworden waren. Folglich mussten wir eine neue Welle samt Stevenrohr, in dem sich die Welle dreht und aus dem Rumpf austritt, anfertigen lassen. Dabei handelt es sich um ein 12 cm im Durchmesser und 5,5 m langes Vollstahlgestänge mit einem 3 m langen Führungsrohr.

Für die Aus- und Einbauarbeiten liehen wir uns von Torben einen Traktor mit Kran.

Während die Welle in Fett gelagert ist, sitzt das Stevenrohr in einem festen Pechbett im Achtersteven und lässt sich nur lösen, wenn die Pech-Ummantelung genügend erhitzt und verflüssigt worden ist. Eine Sauarbeit, heiß, schmierig und äußerst kräftezehrend. Man wird schnell erraten, wer sich über diese schweißtreibende Arbeit hergemacht hatte und diese, wie selbstverständlich, mit Bravour löste, so, als habe er dies schon hunderte Male getan. Es war natürlich wieder Jacques.

Auch die Schiffsschraube ließ sich nicht einfach austauschen. Torben sah sofort, dass die Flunken der dreiflügeligen Ersatzschraube keine ausreichende Steigung aufwiesen, also zu flach ausgebildet waren und deshalb in Relation zu Größe und Verdrängung des Rumpfes zu wenig Vortrieb würde erzeugen können. Auch hier musste eine Lösung her. Bei Glückstadt an der Elbe in der Blomeschen Wildnis gab es die Schiffsschraubenfabrik Piening. Ein Freund aus Kiel lieh mir seinen VW-Bus. Ich transportierte die Schraube von Søby nach Glückstadt. Der Werkstattleiter führte mich in die Welt der Schiffsschrauben ein. Offensichtlich hatte er meine staunenden Blicke schon beim Betreten der großen Werkhalle bemerkt. Er zeigte mir die Betonformen für den Guss, erklärte mir, dass die Bronze bei 1150 bis 1250 Grad in die vorbereiteten Formen gegossen werden, eine faszinierende, technisch ausgeklügelte Vielfalt. Für die von mir mitgebrachte Ersatzschraube reichte es allerdings aus, die Flunken zu erhitzen und ihnen eine stärkere Biegung zu verpassen.

Goldgelb leuchtende Rapsfelder beherrschten die sanfte Hügellandschaft, fingen die Blicke ein, gesäumt von dem frischen, üppigen Grün des Frühlings. Die Natur explodierte förmlich. Erfüllt und fasziniert von diesem Anblick steuerte ich den VW-Bus durch die wunderschöne Landschaft. Hinter mir im Innern des Fahrzeugs lag die große, schwere Schiffsschraube, die ich nach dem Umbau in Glückstadt geladen hatte. Jetzt sollte sie mit veränderter Steigung der Flunken einen besseren Schub bewirken und so für einen stärkeren Antrieb der Rhea sorgen.

Nun galt es noch, die Schraube wieder nach Søby zu bringen, wo die Rhea hoch und trocken lag, bereit zur Montage einer neuen Welle und der fachmännisch angepassten Schraube.

Ich fuhr in Flensburg-Kupfermühle über die Grenze, bog dahinter rechts ab, passierte Egernsund, wechselte in Sonderborg auf die dänische Insel Alsen, bis sich vor mir schließlich ein weiter Blick auf den Kleinen Belt eröffnete. Die Straße führte auf den letzten Metern abschüssig direkt auf den verschlafen wirkenden Hafen von Mommark zu. Die schwere Schiffsschraube schob den Bus druckvoll bergab, so, als spürte sie das Meerwasser und wollte endlich in das für sie bestimmte Element zurückkehren. Ich bremste gegen den Schub und merkte gleichzeitig, wie meine Aufregung stieg. Auch ich fieberte dem sich nähernden Ziel entgegen. Vorerst aufstoppen am Anleger, warten auf die Fähre aus Søby, die *Øen*, die sich schon dem Hafen näherte und mich wenig später auf ihrer langen, schmalen Ladefläche aufnahm.

Ich stieg aus, stellte mich an die Bugrampe und beobachtete gedankenversunken das Ablegemanöver, als mich plötzlich schräg von hinten eine bekannte Stimme anrief:

"Hei Kalle, was machst du denn hier? Ich dachte, dich erst in Søby anzutreffen."

Verdutzt drehte ich mich um. Vor mir stand Gina, mit deren Auftauchen ich an dieser Stelle auch beim besten Willen nicht gerechnet hatte. So kam prompt meine Gegenfrage, was sie denn hierher auf diese Fähre vertrieben hätte.

"Mein Bruder Arno erzählte mir, du wärest mit dem Schiff auf der Werft in Søby. Hab ein paar Tage Zeit. Wollt dich da besuchen kommen."

Lachend umarmten wir uns und hatten uns viel zu erzählen. Wie bei all den früheren Momenten unserer Begegnungen sprachen wir lebhaft und schnell, lachten viel. Und dennoch spürte ich sofort eine starke Veränderung bei Gina. Sie schien unkonzentriert, fahrig, sprunghaft, zeitweise abwesend. Ihre Blicke wirkten etwas hohl, merkwürdige Zuckungen durchzogen ihr Gesicht. Ich konnte mir keinen Reim darauf machen. Das war nicht die Gina, die mir bei den bisherigen Treffen so fröhlich und unbekümmert begegnet war. Vorsichtig fragte ich nach, erkundigte mich nach ihrem Befinden, nach ihren Erlebnissen. Doch sie wich aus, fragte rasch nach meinem Seefahrerdasein oder kniff mich einfach in den Arm, lächelte gekünstelt, sprang etwas zur Seite, lenkte mit neuem Thema ab, ohne mich damit wirklich beruhigen zu können. Ihr Auftritt blieb rätselhaft für mich. Ich wusste nicht, was ich davon halten sollte, war aber fest entschlossen, dem auf den Grund zu gehen.

Der Hafen von Søby näherte sich. Von weitem schon sah ich die alles überragenden Masten der Rhea. Augenblicklich fing mein Herz an zu pochen. Die Øen schrammte an der Kaimauer längs, um dann passgenau in den Anleger zu rutschen. Wenig später enterten wir die Rhea. Begrüßung, Vorstellungs- und Besichtigungsrunde für Gina.

Die unzähligen Arbeiten am Schiff gingen weiter. Ich war mittendrin. Gina griff ebenso zum Werkzeug, wie ganz selbstverständlich alle unsere Begleiter und Besucher.

Während der Arbeiten wanderten meine Gedanken immer wieder zurück zur Überfahrt mit der Fähre, zu dem seltsamen und merkwürdigen Verhalten von Gina. Was war nur mit ihr geschehen?

Wie lustig, skurril, aber auch fremdartig war es doch gewesen, als ich sie vor einem Dreivierteljahr in Berlin besucht hatte. Sie wohnte im tiefsten Kreuzberg, in der Naunynstraße, unweit der Mauer. Diese Straße erschien mir als Inbegriff städtischer Trostlosigkeit, kein Baum, keine Farbe, nur graue Häuserfronten mit gleichförmigen Fensterreihen, die einfache Fluchtlinien bildeten, ohne irgendeine architektonische Aufmerksamkeit zu erzeugen. Wohnten wirklich Menschen dahinter? Zumindest Gina und ihre Wohngemeinschaft im fünften Stock eines Vorderhauses. Geradezu magisch zog mich die Kälte dieser Straße in ihren Bann. Vereinzelt waren noch Einschusslöcher in den Fronten zu sehen, zugemauerte Kellereingänge, uralte, verschlissene und verdreckte Firmenschilder zeugten von längst vergangenem Gewerbe. Da hatte sich seit Kriegsende nicht viel getan. Das war eine der wenigen Ecken der Berliner Innenstadt, die von den Bombenteppichen der Alliierten verschont worden war. Die Altbau-Hinterlassenschaften hatten in der Nachkriegsära offenbar kaum Interesse hervorgerufen. So ergraute die Straße in der Nähe des Niemandslandes der Mauer, sozusagen kurz vorm Ende der Welt immer mehr.

Zu diesem Erscheinungsbild passte unser Besuch der angesagten Szenekneipe "SO 36" in der Oranienburger Straße. Ein grauer, verschmutzter, Graffiti-besprühter Eingang führte in einen mit wenigen Neonleuchten aschfahl beleuchteten Betongang, weiter in einen Raum brechend voll mit gelangweilt herumstehenden Menschen, dröhnendem Heavy-Metal-Sound; auch hier nur schwach bläuliches und rötliches Licht, ein simpler Tresen mit ein paar Wandbrettern, auf denen ausschließlich Bier- und Coladosen standen. Die Besucher dieser Lokalität hielten Getränkedosen in ihren Händen. Wenn sie diese leer getrunken hatten, öffneten sie einfach den Griff. Die Dose fiel zu Boden, erhielt entweder einen Tritt von oben, so dass sie laut berstend zerquetscht wurde, oder einen Kick von der Seite, sodass sie durch den Raum flog, bis sie an irgendeinem Bein eines anderen Gastes gestoppt wurde, um von diesem dann weitergekickt oder zertreten zu werden. Das alles geschah lässig, abgeklärt, quasi nebenbei und passte sich so sinnfällig in die kalte, fast feindselige Atmosphäre aus Neonlicht, aggressiver Musik und sich cool gebärdender oder schlecht gelaunter Lokalbesucher ein. Eine faszinierende und zugleich abstoßende Szenerie. Ich dachte, so also wird Großstadtleben geprobt. Da komme ich Schleswig-Holsteiner doch recht was vom Lande.

Als wir spät nachts vom SO 36 in die Naunynstraße zurückgekehrt waren, hörten wir es von schräg gegenüber aus einem geöffneten Fenster laut tönen: "Kreuzberger Nächte sind lang ..."

Ein milder Sommerabend, an dem laut gefeiert wurde. Plötzlich bog drei Querstraßen weiter ein Peterwagen um die Ecke und näherte sich langsam. Das Blaulicht flackerte gespenstisch durch die kahle Straße, wanderte mit immer neuen Blitzen an den schwarzen Häuserfronten entlang.

Da erscholl ein lauter Ruf durch die Häuserschlucht: "Vorsicht, die Bullen kommen."

Augenblicklich erstarb die Musik, unheimliche Ruhe. Der Polizeiwagen stoppte, Scheinwerferstrahlen hefteten sich an die Hauswand, leuchteten in geöffnete Fenster. Niemand ließ sich blicken. Das Auto verschwand um die nächste Ecke.

"Sind sie weg?"

"Ja, sie sind weiter."

"Kreuzberger Nächte sind lang ..."

Wieder ertönte laut das Ohrwurmlied der Gebrüder Blattschuss. Es wurde weiter gefeiert. Ich verkroch mich amüsiert ins Bett.

Nach dem Abendessen machten es sich alle im Salon der Rhea gemütlich. Draußen nieselte es leicht. Meine Unruhe passte nicht zur geselligen Runde am Tisch. Also fragte ich Gina, ob sie mit mir einen kleinen Spaziergang machen wolle. Ein kurzer zweifelnder Blick in den grauen, regnerischen Himmel, dann "warum eigentlich nicht?" Ich organisierte für sie einen gelben "Friesennerz", nahm meine Segeljacke. Wenig später stapften wir durch den feuchten Strandsand, mehr schweigend als redend, die Stille und Weite des Meeres, das Plätschern des Wassers auf uns wirken lassend.

Und irgendwann brach es aus Gina heraus. Sie war heroinsüchtig geworden und wusste nicht, wie sie da nun wieder herauskommen konnte, gefangen in der Sucht, die mal mit unwiderstehlichem Griff nach ihr fasste, mal als verhasste Fessel an ihr hing und ihr ganzes Leben auf den Kopf gestellt hatte. Ein Bekannter in Berlin hatte sie zu ihrem ersten Trip verlockt, überredet, verführt, ein Mal sei kein Mal. Doch das war grausam falsch, naiv von Gina, skrupellos und hinterhältig vom Verführer. Ich war geschockt, fühlte mich hilflos sehen zu müssen, wie die furchtbare Sucht einen Menschen durch und durch ergreift. Dies steigerte sich noch, als ich in der Nacht beobachten musste, wie Gina überhaupt nicht richtig schlafen konnte, sondern sich laufend schüttelte, am ganzen Körper zitterte und zeitweise übersät von roten Punkten verzweifelt versuchte, ihren Juckreiz zu bekämpfen.

Am nächsten Morgen schien Gina es eilig zu haben,

die Fähre zu erreichen. Freundlich, etwas verlegen lächelnd und ohne Erklärung verabschiedete sie sich schnell, lief auf das Fährschiff, winkte noch verhalten und verschwand. Ich blieb zurück, ratlos, traurig, enttäuscht. So unvermittelt, wie sie erschienen war, war sie auch wieder verschwunden. Ich blieb in quälender Sorge um Gina, die von ihrer Sucht getrieben weiter nach ihrem Lebensweg suchte.

Zurück an Bord ließ ich mich von der Faszination unseres Schiffsprojekts einfangen. Aufgabenstellung und Dichte der Ereignisse nahmen mich alsbald wieder voll in Anspruch.

Eine neue Ruderwelle wurde in das wieder eingesetzte Stevenrohr eingepasst. Dann wurde die Ersatzschraube montiert. Inzwischen war auch das Vernageln der unteren Plankengänge abgeschlossen. Mit Hochdruck setzten wir das Kalfatern aller Nähte und Stöße des Unter- und Überwasserschiffes fort.

Unsere Hoffnung stieg, dass das Schiff bald hochsee-tüchtig sein werde. Träume vom Mittelmeer meldeten sich verstärkt zurück.

Nach Abschluss der Kalfatarbeiten brachten wir Farbe auf, eimerweise. Die Größe des Schiffes wurde uns bei dieser Maßnahme erneut bewusst - im Geldbeutel in geradezu erschreckender Weise.

κ

Ketelbinkie

Langsam senkte sich der Slipwagen ins Hafenbecken. Die Rhea schwamm auf. Bange, hoffnungsvolle Blicke. Wird sich die wochenlange Arbeit am Rumpf gelohnt haben? Oder wird das Schiff Wasser ziehen?

Die Antwort lieferte uns die automatische Bilgepumpe. Schon nach kurzer Zeit sprang sie an, bohrte sich ihr nerviges Surren in unsere Ohren. Ratlos starrten wir uns an. Es gab keinen Zweifel mehr. Wieder war Wasser ins Schiff eingedrungen. Ein ums andere Mal plätscherte es scheinbar unbefangen vor sich hin, nämlich dort, wo der Pumpenschlauch außenbords endete.

Was war nun? Das wurde heiß diskutiert. Jeder stellte andere Mutmaßungen hierüber an. Eine zwingende Erklärung kam nicht in Sicht. Ohne zu wissen, ob ich mir selbst glauben mochte, vertrat ich mit Inbrunst die Meinung, dass sich die Planken zusammengezogen hätten. Der hölzerne Schiffsrumpf hätte schließlich fast fünf Wochen trocken gelegen und sei der Maisonne ausgesetzt gewesen.

Hatte ich für diese These doch schon früher einschlägige Erfahrungen gesammelt, mit der *Eole*, mit der ich zuvor jahrelang meine Liebe zu Holzschiffen ausgelebt hatte. Mit ihr gab es im Frühjahr stets das Problem, dass der Rumpf nach dem Abslippen zunächst im Wasser quellen musste und erst nach einigen Tagen dicht wurde. Einmal ließen wir die *Eole* erst spät zu Wasser, nachdem es zuvor schon kräftige Schönwetterperioden gegeben hatte. Der Kran senkte das Schiff im Hafen von Schilksee ab. Kaum war der Haken gelöst und hatte der Kranführer für die nächsten Sportboote abgedreht, da ging die *Eole* auch schon auf Tiefe. Mein damaliger Miteigner Georg konnte sie gerade noch in seichteres Wasser bugsieren. Kajüte und Motor standen unter Wasser. Eine starke Tauchpumpe der Seenotretter DGzRS brachte das Schiffchen wieder an die Oberfläche. Fortan mussten wir noch eine Woche lang alle paar Stunden Tag und Nacht das Schiff lenzen. Das hieß, jedes Mal 20 - 30 Eimer Wasser aus der Kajüte über die Bordkante befördern. Allmählich quoll das Eichenholz wieder auf. Das Unterwasserschiff wurde dicht.

Die Rhea lag im Hafen von Søby an der Kaimauer, gutmütig und geduldig, ab und zu Wasser ausspuckend, bereit, weitere Dienste von uns entgegenzunehmen.

Ich saß an Deck, aß einen Apfel und beobachtete das Treiben um mich herum. Plötzlich riss mich ein ungestümes Fluchen, das aus dem Salon nach oben schallte, aus meiner Träumerei. Hardy ließ seinem Ärger freien Lauf. Elektrisiert sprang ich auf.

Unten im Schiff bot sich mir ein eigenartiger Anblick. Hardy kniete auf dem Boden, in der rechten Hand einen Kuhfuß. Sein Kopf steckte tief in einem Loch, das durch zwei herausgehebelte Bretter entstanden war.

Als Hardy mich den Niedergang herabsteigen hörte,

richtete er sich auf und erklärte mir: "Ich hab´ gerade zwei Bodenplanken ausgebaut, um das Leck zu finden. Am liebsten hätte ich gleich wieder zugemacht."

Noch bevor ich ihn fragen konnte "warum", sah ich, was los war. Die gesamte Bilge vom Salon bis in den Bugbereich war - offenbar vom Voreigner - mit einer Kiesschüttung verfüllt. Diese diente augenscheinlich als Ballast-Ersatz.

Während ich noch sprachlos dastand und die nächste Baustelle in meinem Kopf allmählich Formen annahm, trat Bärbel hinzu. Auch sie war von Hardys Schimpfkanonaden angelockt worden.

Nach einem Blick in die Unterwelt der Rhea fragte sie uns erstaunt: "Wieso seid ihr denn so entsetzt? Das Schiff braucht doch genügend Ballast. Wo soll der denn sonst hin als unter die Bodenbretter? Oder wollt ihr, dass wir beim nächsten Sturm kentern?"

"Ja, ja, im Prinzip hast du ja Recht. Früher war diese Aufgabe von der Schiffsfracht übernommen worden. Voll beladen und möglichst tief im Rumpf gestaut, segelte die Rhea bestimmt am besten. Und auf Leerfahrt hatte sie stattdessen sicherlich Steine als Ballast geladen."

"Aber wo liegt dann euer Problem? Du sagst ja selbst, dass wir die Rhea nicht mehr als Frachtschiff nutzen. Wir haben jetzt halt ein Vergnügungsschiff und brauchen den Platz für Salon, Kombüse, Kojen. Also muss der nötige Ballast eben unter die Bodenbretter. Das ist doch bei modernen Seglern genau dasselbe, wenn dort am tiefsten Punkt des Kiels eine Bleibombe montiert wird."

Da brauste Hardy erneut auf: "Aber bestimmt nicht

ausgerechnet mit der Kiesschüttung. Grobkies mag sich ja gut als Drainageschicht eignen, um rund um ein Haus Regenwasser nach unten abzuleiten, aber wohin sollte das Wasser in einem Schiffsrumpf abfließen? Hier läuft das genau umgekehrt. Der Kies saugt sich allmählich mit Wasser voll und konserviert die Feuchtigkeit. Es ist dann nur eine Frage der Zeit, bis der Holzrumpf anfängt, zu modern und zu faulen."

Bärbel nickte verständnisvoll.

Klar, dass wir diesem Missstand zu Leibe rücken mussten. Wir besorgten uns Schaufeln, die normalerweise ja nicht gerade zum Standard-Equipment eines Segelschiffes gehören, und gruben uns in die Niederungen der Rhea.

Es mag wohl eine komplette LKW-Ladung feucht-modrigen Kieses gewesen sein, die wir in mühseliger Kleinarbeit, zuletzt mit den Händen, zwischen den Bodenwrangen herausklaubten und eimerweise an Land hievten.

Dann musste Ersatz her. Wir erwarben fünf Tonnen Alteisen, das jeweils mit eingearbeiteten Griffen zu einem Zentner in "handliche" Quadrate gegossen war. Hundert schwere Klötze hievten wir über die Reling an Bord, trugen sie nach unten in den Salon und senkten sie kunstvoll, dicht gepackt in die Bilge ab, ein Hanteltraining als Arbeitseinlage. Dort verschwanden sie förmlich in dem riesigen Rumpfbereich. Anschließend verlegten wir wieder die Bodenbretter und atmeten dreimal tief durch. Auch das war geschafft. Aber ich dachte so bei mir: enttäuschend eigentlich, dass von dieser schweren Arbeit nichts mehr zu sehen war.

Immerhin blieb uns die Gewissheit, wie wichtig diese Aktion für den Erhalt des alten Schiffes war.

Fünf Wochen waren inzwischen vergangen - anstatt ursprünglich geplanter zwei bis drei Tage.

Aber wenn wir nun glaubten, wir hätten das Schlimmste überstanden, und es ginge jetzt endlich ans Segeln, so hatten wir uns schwer geirrt. Eine der regelmäßigen Inspektionen des Bilgewasserstandes brachte neue Aufregung mit sich.

Im Wasser war Öl - oh Schreck! Wieder Ursachenforschung, bis wir das Übel entdeckt hatten: Mindestens einer der beiden Dieselöltanks war leck. Durch die tage-, ja wochenlangen, schweren Hammerschläge gegen den Schiffsrumpf zum Vernageln der unteren Plankengänge hatte sich allmählich immer mehr Rost an den alten Tanks gelöst, bis diese schließlich nicht mehr hundertprozentig dicht waren und so outeten, dass sie ohnehin nicht mehr taugten.

Und schon hatte sich für uns ein neues Betätigungsfeld erschlossen. Nun hieß es, die Vorderseite und Teile der Abdeckung des Motorraumes bis an die Kante des Ruderhauses absägen und komplett ausbauen.

Hardys neuer Arbeitsplatz war jetzt der tief unten liegende, nach Öl und Brackwasser stinkende Maschinenraum.

Als er wieder mal eine der eingerosteten Rohrverbindungen lösen wollte, rief ich in den Niedergang: "Komm Ketelbinkie, Essen fassen!"

Irritiert schaute er mit einem zweiunddreißiger Schraubenschlüssel in der Hand nach oben, warf seine ölverschmierten zotteligen Haare in den Nacken:

"Wie? Was heißt denn das?"

"Na ja, so nennen die Holländer ihre Kesseljungs an Bord."

Verständnislos den Kopf schüttelnd griff er nach der Leiter und folgte dem Ruf an die Töpfe.

Die hölzerne Wandung des an Deck stehenden oberen Teiles des Maschinenraums war immerhin 8 cm stark, steinharte Eiche, also keineswegs mal eben so zu entfernen. Danach mussten die jeweils 1,20 m langen, 4 cm starken Motorbolzen abgeschraubt und gezogen werden, bugsierten wir mit einem Kran die gesamte Maschine heraus und schafften so Platz für den Ausbau der beiden Öltanks, die passgenau rechts und links der Motoranlage eingebaut waren und nun für ebensolche Neukonstruktionen weichen sollten.

Angebote einholen, Preisvergleiche, handeln. Unsere finanziellen Reserven schmolzen weiter dahin.

Schließlich glänzten zwei gebraucht erworbene Öltanks zu beiden Seiten des Maschinenraumes. Als die Maschine wieder dazwischen montiert war, hätte es fast wie vorher ausgesehen. Doch leider wäre ein Wiederaufbau des Maschinenhauses mit einer Decke aus Holz zu aufwändig und zu teuer gewesen. Deshalb schweißten wir Stahlplatten zusammen und schlossen auf diese Weise das entstandene Loch.

Der von uns georderte Tanklaster hielt auf der Pier neben dem Schiff, Befüllung der Tanks, dann noch etwas Nachhilfe, hier und da die letzten Anschlüsse gesteckt, gekabelt, bis die Maschine Hoffnung weckend startete und gleichmäßig surrte. Auf einmal ging alles ganz schnell. Hektik kam auf. Wir wollten endlich weg von diesem Ort, an dem wir uns fast sechs Wochen lang eingenistet hatten, weit mehr, als uns lieb war.

10. Juni 1982, letzter Abend vor dem Start, Feiern mit Torben und Bjarne, unseren dänischen Bootsbauern und deren Leuten. "*Bodega*", die örtliche Kneipe oben auf dem Berg zwischen Kirche und *Brugsen* war unser Ziel. Tuborg floss in Strömen. Bald standen die langen Tischreihen voll mit Flaschen. Stets wurden neue Runden bestellt. Ein Däne, der volltrunken den Weg ins Freie suchte, wählte diesen, indem er über die Tische lief und das Flaschenchaos perfekt machte. Plötzlich kam er wieder zurück - auf demselben Weg. Wieder retteten wir so viele Flaschen wie möglich vor seinen derben Schuhen, dann ein drittes Mal, unglaublich das Geschepper, Geklirre, Geschreie, aber, oh Wunder, alle blieben fröhlich und nahmen das Geschehen mit Gelassenheit. Wie angenehm, irgendwie werden die Dänen nicht aggressiv, wenn sie betrunken sind. Steckt die Gemütlichkeit in ihrer Seele? Ich weiß es nicht. Jedenfalls endete der Abend nicht in der Bodega, sondern Bjarne nötigte Hardy und mich noch zu einem Umtrunk. Als ob wir nicht schon genug getrunken hätten. Bjarne wollte uns sein Leid klagen, dass seine Frau ihn unlängst verlassen hätte. Das konnten wir ihm nicht ausschlagen.

Bei ihm zu Hause betraten wir einen modernen Bungalow, skandinavisches, freundliches Möbeldesign, goldgelb schimmernde, hochwertige Auslegeware mit offensichtlich teuren Teppichen drapiert. Wir ließen uns in die Ledergarnitur fallen. Bjarne servierte uns billigen Fusel-Whiskey mit Jolly-Cola. Das gab uns schnell den Rest. Bjarne verwechselte alsbald die Toilette mit dem Kleiderschrank im Flur.

Schwankend suchten wir den Weg zurück zum Schiff. Zum Glück ging's bergab zum Hafen.

Die Verabschiedung war wohl mehr oder weniger ausgefallen. Das wollten wir am nächsten Morgen nachholen. Bei Bjarne öffnete niemand. Besorgt schauten wir durchs Wohnzimmerfenster. Da sahen wir es. Unsere von den Arbeiten an Bord teerverdreckten Schuhe hatten auf den hellen, wertvollen Teppichen überall große schwarze Spuren hinterlassen. Welch Missgeschick unserer nächtlichen Sauftour. Wir Boatpeople passten offensichtlich nicht mehr in die Zivilisation. Mit schlechtem Gewissen trollten wir von dannen.

Unten am Hafen trafen wir Bjarne, der uns mit grenzenlosem Gleichmut umarmte: "We had a very nice time last night."

"And your carpet?", fragte ich vorsichtig zurück.

"Doesn't matter. This belongs to my wife. Bad for her. Never mind. Hope to meet you again sometimes."

Dieses Mal hatten wir Glück, mussten nicht schon wieder jede Menge Kronen aus unseren Geldbeuteln purzeln lassen, wie dies die letzten Wochen eigentlich pausenlos der Fall gewesen war.

Der Hafen von Søby blieb im Kielwasser der Rhea zurück und verschwand hinter unserem Rücken, als wir das Leuchtfeuer von Skjoldnæs mit frischem Wind rundeten.

λ

Mastbruch

Kiel-Seefischmarkt, die Rhea lag vertäut an der Kaimauer. Kräftige Böen aus West drückten das Schiff weg von der Pier. Die Festmacher spannten sich, als sollte Ihre Haltekraft getestet werden. Kurze, steile Wellen schlugen laut klatschend gegen die Bordwand. Regen prasselte aufs Deck. Die Crew hatte sich nach unten verzogen. Konferenzrunde. Hardy, Bärbel, Klaas und ich saßen im Salon um den großen Holztisch und beratschlagten, zogen Bilanz. Nachdenklich ließen wir das bisher Erlebte Revue passieren. Auf der Rückfahrt von Søby hatte unser Schiff wieder Wasser gezogen, wieder oder trotzdem oder immer noch. Jedenfalls hatten die Pumpen kräftig zu tun.

Malcolm lächelte.

"Ja, so ist das mit den Holzschiffen. Holz ist ein schöner, natürlicher Baustoff, aber eben auch sehr eigenwillig. Je nach Feuchte quillt es auf oder schrumpft."

Ich antwortete darauf: "Wie auch immer. Wir mussten uns eingestehen: Unser Traum von Griechenland rückte in immer weitere Ferne."

"Und glaub mir", hakte Malcolm erneut ein, "Samuel Beckett, der alte Ire, hat das einmal sehr treffend auf den Punkt gebracht mit den Worten: *„Ever tried? Ever failed? Doesn´t matter! Try again, fail again, fail better!"*

146

"Nun, ein solcher Spruch hätte uns seinerzeit auch nicht gerade Auftrieb gegeben", entgegnete ich unwirsch. "Und so ähnlich verlief auch unser Gespräch damals."

Klaas hatte getönt, das habe er schon bei seiner ersten Besichtigung auf der Werft in Husum kommen sehen. Einen so alten Zossen könne man doch nicht eben mal über die Biskaya treiben.

Hardy war erregt aufgesprungen: "Aber warum hast du uns das denn nicht gleich gesagt?"

"Ich wollte euren Enthusiasmus nicht zerstören. Ihr wart so begeistert, schon so verliebt in eure Schiffsentdeckung. Das hätte ich euch nicht antun können."

"Warum haben wir dich und Lothar dann das Schiff begutachten lassen?", hakte Hardy nach.

"Ihr hättet mal eure glänzenden, eure verklärten Augen sehen müssen! Wie ihr um das Schiff herumgesprungen seid. Eure Entscheidung war doch längst gefallen."

Resigniert, vielleicht auch etwas überzeugt ließ Hardy sich auf seinen Platz zurückfallen und nahm einen kräftigen Schluck aus der Bierpulle. In uns gesunken, schweigend saßen wir da. So war das Problem nicht zu lösen. Die Rhea war Realität - rhealistisch eben. Ein neues Konzept musste her.

Allmählich kam unser Ideenreichtum wieder in Gang.

"Dann machen wir eben erst noch Jugendcharter auf der Ostsee. Ist auch schön," sammelte sich Hardy.

Ohne es auszusprechen, war allen Anwesenden klar,

dass dringend und in erster Linie erstmal Geld verdient werden musste, um das Projekt überhaupt fortsetzen zu können.

So stiegen alle auf Hardys Vorschlag ein. Ein Törnplan für den bevorstehenden Sommer wurde erstellt.

Ein Werbe-Prospekt wurde konzipiert und gedruckt. Wir informierten unsere Kommanditisten. Sie nutzten ihn als Werbehelfer.

"Verein für soziale Arbeit und Forschung Kiel e.V.
Ostseefahrten für Jugendgruppen mit der Rhea"

So stand es auf der Titelseite des frisch gedruckten Rhea-Prospekts, der neuen Zielvorgabe – nur vorübergehend und kurzfristig natürlich, wie wir uns wechselseitig versicherten. In stiller Einigkeit – das wirkliche Ziel, die Ägäis, nur in etwas weitere Ferne gerückt.

Und im Prospekt heißt es:

"Der Verein für soziale Arbeit und Forschung Kiel e.V. führt im Rahmen seiner praktischen Projektarbeit Gruppenfahrten auf der Ostsee durch. Es sollen mit diesem Programm insbesondere Gruppen der offenen Jugendarbeit, Heimgruppen, Schüler- und Studentenkreise, Initiativgruppen, Lehrbetriebe, Familien, Vereine und Clubs angesprochen werden.
Dem Verein steht dafür die 82 Jahre alte, restaurierte Zweimastgaffelketsch "RHEA" zur Verfügung. Das Schiff

ist für Gruppenfahrten ausgebaut und nach Seemannsbrauch eingerichtet.

Fahrtgebiet ist die westliche und mittlere Ostsee, das Kattegat und angrenzende Küstengewässer Dänemarks und Schwedens. Das Wetter bestimmt die Route mit. Selbstverständlich packen alle mit an, gehen Seewache, Ankerwache und nehmen am Bordleben aktiv teil. Jeder hat die Möglichkeit, Grundkenntnisse in Seemannschaft und Navigation zu erwerben. Auf Wunsch werden Seemeilenbestätigungen erteilt."

Endlich, die Maschine brummte erwartungsvoll. Festmacher flogen über die Reling. Eindampfen in die Achterspring. Langsam klappte der Bug von der Kaimauer weg, streckte die Rhea ihre Nase in den Wind. Volle Fahrt voraus. Ablegen zum ersten größeren Törn. Uns zog es hinaus auf See, hatten wir doch schon so viele Wochen in Søby und am Kieler Seefischmarkt auf der Rhea gewerkelt.

Auch die Bilgepumpe hatte uns signalisiert, dass wir guten Mutes losfahren konnten. Sie sprang nur noch selten an, um Wasser aus dem Schiffsrumpf außenbords zu befördern. Unsere Vermutung bestätigte sich. Die Eichenplanken waren während der langen Liegezeit in Søby ausgetrocknet. Zurück in ihrem Element waren sie erst allmählich aufgequollen und hatten so die Nähte wieder wasserdicht verschlossen.

An Bord unsere Stamm-Crew, zahlende Chartergäste und einige Kommanditisten.

Zügige Fahrt durch den Kleinen Belt – Søby blieb rechts liegen – bloß nicht schon wieder Søby -, Stopps in

Assens, Middelfahrt und Ballen auf Samsø. Dort dümpelten wir eine Zeitlang im engen Hafenbecken herum, bis sich genügend Yachten verholt und uns einen ausreichenden Liegeplatz geschaffen hatten. Immer wieder schwenkte der Bugspriet bei südlicher Brise nach Lee und kam so in gefährliche Nähe zu den Stagen und Wanten der überall liegenden Segelyachten. Irgendwie klappte es mit kurzen, kräftigen Schüben am Gashebel vor und zurück, sowie gleichzeitigem Gegensteuern in den Wind. Dann endlich eine Lücke am Holzsteg. Ich steuerte den Anleger an und wusste wieder einmal, dass ich keine leichte Kunststoff-Yacht zu bewegen hatte, sondern achtzig Tonnen Eiche bei Seitenwind und wenig Manövrierfläche.

Die Rhea segelte leidlich. Die neu erworbenen vier Genua-Segel sorgten für genügend Vortrieb. Manchmal begegneten wir anderen alten Seglern. Freudig winkten wir Ihnen zu. Doch zurück kam bestenfalls ein verhaltenes Nicken. Wir rätselten über diese Einseitigkeit des Begrüßungszeremoniells, bis Bärbel die Lösung wusste.

"Von weitem sieht die Rhea mit ihren vielen, modernen Dreieckssegeln und dem großen, stählernen Ruderhaus doch wie ein alter Bastard aus. Was ist hier schon traditionelle Gaffelsegelei?"

"Stimmt. Kein Grund zur Solidarität. Wir sind ein segelndes Ungetüm zwischen den Zeiten", ergänzte ich.

"Aber was nicht ist, das kann noch werden. Wir sind ja erst am Anfang", trotzte Hardy.

So sprachen wir uns Mut zu, trimmten die Segel nach, um auch den letzten Viertel-Knoten Speed herauszuholen, und ahnten in dem Moment noch nicht, dass wir bald eine phantastische Chance erhalten sollten, unser Schiff so umbauen zu können, dass es nahezu wieder dem Originalzustand entsprechen würde.

Von Ballen aus nahmen wir Kurs südlich auf den Großen Belt. Der Wind hatte gedreht. Entlang des Riffs vor der Nordspitze Fünens, dem Fyns Rev, stand eine kabbelige See, Strom und Windsee liefen gegeneinander und stauten sich vor den Untiefenzonen. Die Rhea nahm es gelassen. Sie reagierte behäbig, ächzte etwas, rollte leicht, bis es plötzlich krachte. Unsere Blicke fuhren erschrocken hoch. Die Spitze des Besanmastes war abgebrochen. Die Eisennut, in der das Besansegel geführt war, bog sich, verhinderte den Absturz der Mastspitze. Schlappes Flattern des Besansegels. Aber das Fall des Besanstagsegels zerrte heftig schlagend an der abgeknickten Mastspitze, so, als wollte es diese doch noch erfolgreich herunterreißen und aufs Deck aufschlagen lassen. Zwei, drei Hände griffen rasch hinzu, fierten das Fall. Andere warfen sich auf das schlagende Segel, bargen es weg.

Tiefes Durchatmen. Wieder hatten wir eine kleine Havarie. Mit reduzierter Windkraft segelten wir weiter und steuerten Nyborg an, dort wo damals reger Fährverkehr nach Korsør zur dänischen Hauptinsel See-land herrschte und heute die Große-Belt-Brücke beginnt.

Der Schiffsversicherer schickte einen Havariekommissar, der den Schaden begutachtete und einen Bericht fertigte. Es war ein Versicherungsschaden, der uns erstattet wurde. Ausnahmsweise hatte sich mal kein neues, schwarzes Finanzloch geöffnet.

Nyborg, das ist ein besonderer Ort. Dort war es, wo die Rhea das Licht der Welt erblickte. Hier befand sich die Helling, auf der die Rhea im Jahre 1900 gezimmert worden war. Doch von der Werft Løjtrup & Smith war nichts mehr zu finden. Schon kurz nach dem 1. Weltkrieg, im Jahre 1919, war sie aufgegeben worden. Dort, wo die Werftgebäude mit der Helling standen, breiten sich inzwischen riesige Hafenflächen aus, auf denen Röhren für das Off-Shore-Geschäft gelagert werden. Also alles platt. Historische Vorstellungsbilder lassen sich da nur schwerlich entwickeln. Im Hafenmeisterbüro existierte noch ein altes Foto, auf dem die Werft abgebildet war.

Ungewöhnlich ist aber, dass die Rhea sogleich als Segler mit Hilfsmotor gebaut worden war, getakelt als Schoner. Im Achterschiffsbereich war Platz für einen Hilfsmotor, um die Jahrhundertwende noch eine absolute Rarität. Arbeitssegler dieser Größe wurden seinerzeit noch fast durchweg als reine Segler ohne Motorisierung gebaut. Der kleine Hilfsmotor brachte dem damaligen Eigner einen entscheidenden Geschäftsvorteil. Denn während seine Konkurrenten oftmals vor der Hafeneinfahrt auf Reede gehen und günstige Winde abwarten mussten, konnte dieses Schiff ohne Zeitverzögerung unter Maschine in den Hafen gesteuert, die Fracht gelöscht und neue aufgenommen werden. So war der Eigner dieses Schiffes oftmals der Erste, Schnellste und damit der Erfolgreichste, war die Rhea zur Zeit ihres Baus eine bahnbrechende Erneuerung der kleinen

Frachtschifffahrt auf der Ostsee, schon als Kjerstine ein r(h)ealistisches Projekt also.

Im milden Dunst tauchte in der Ferne der langgestreckte Landrücken der Insel Ærø vor uns auf. Näher kommend schälte sich allmählich die Silhouette des kleinen Hafenortes Søby aus dem dunkelgrauen Streifen heraus. Erneut steuerte ich darauf zu. Wir hatten keine andere Wahl. Nur dort gab es für uns optimale Möglichkeiten für die Reparatur des Besanmastes in Eigenbau. Für einen gänzlich neuen Mast fehlte uns das Geld. Das hätte uns der Versicherer nicht bezahlt. Also fertigten wir mit Torbens Hilfe eine Metallmanschette an und fixierten damit die Mastspitze. Besanmast mit Halskrause. Die war dann wesentlich stabiler als der restliche Holzmast. Das abenteuerliche Aussehen der Rhea vervollständigte sich.

"Stop for a moment please, Kalle", unterbrach Malcolm meinen Redefluss.

"Lass uns ´ne Pause machen. Komm, wir gehen in den Old Neptun.".

Wenig später saßen wir mit zwei frisch gezapften Bieren auf einer Bank vor dem Lokal und schauten einträchtig in die Weite, vor uns die Bucht von Whitstable im milden Licht der Nachmittagssonne, wie wir sie schon am Vortag segelnderweise genossen hatten.

Erneut versetzte ich mich in die Welt der Rhea zurück und nahm Malcolm in meine Retrospektive mit.

Letzte Arbeiten hoch oben im Mast waren erledigt.

Am Nagelbrett stehend führte ich das Besanfall Hand über Hand lose gebend über den zu einer Acht geführten Belegnagel. Hardy schwebte aus dem Mast zurück an Deck. Da hörte ich hinter mir eine bekannte Stimme.

"Braucht Ihr nicht ein klassisches Beiboot?", rief Torben zu uns hinüber.

Irritiert drehten wir uns um.

"Auf halbem Wege nach Ærøskøbing wird gerade eins versteigert. Ist bestimmt günstig zu kriegen."

Wir fackelten nicht lange. Hardy und ich gesellten uns zu Torben ins Auto und raus ging's über Land. Irgendwo auf einer Bergkuppe bogen wir nach rechts auf einen kleinen Schotter-Parkplatz ab. Da standen mehrere, offensichtlich einheimische Männer um ein weiß geklinkertes Beiboot herum und redeten heftig in dänischer Sprache - für uns unverständlich - aufeinander ein. Uns wurde erklärt, die Versteigerung habe schon begonnen. Wir könnten aber gerade eben noch mit einsteigen. Ein Übersetzer war uns behilflich. Wir steigerten scheinbar eifrig mit, bis wir irgendwann die Information erhielten, soeben hätten wir das Boot erfolgreich ersteigert. Stolz und fröhlich kehrten wir an Bord zurück.

Später wurde uns der Neuerwerb auf einem Trailer zur Übernahme angeliefert. Erst als wir versuchten, das Boot mit einer mehrfach geschorenen Talje an Deck zu hieven, merkten wir, was wir uns da für ein gewaltiges Schwergewicht angelacht hatten. Wir benötigten diverse Versuche und dickeres Tauwerk, bis wir unser "Dinghi" schließlich an Bord hatten. Allmählich wurde uns auch klar, dass das Ganze offenbar eine inszenierte Aktion der

Insulaner war, dass nur wir als Käufer mit einem guten Preis in Frage kamen, dass wir uns einen saftigen Preis für ein Boot, das keiner mehr wollte, hatten aus dem Kreuz leiern lassen. Nun, wir trösteten uns damit, dass so ein schweres Beiboot eben der traditionellen Seefahrt entspräche. Und hübsch sah es nun wirklich aus. Also wollten wir auch zufrieden sein.

Malcolm leerte sein Glas mit einem Zug, wischte sich mit dem Handrücken den Bart ab, stand auf und fragte mich:

"Noch ein Pint of bitter?"

Ich nickte.

Darauf enterte er den Nebeneingang des "Old Neptun" und kam wenig später mit zwei frisch gezapften Bieren wieder heraus.

"Sag Kalle, wie konntet ihr eure Bordkasse wieder auffüllen?"

"Na ja, wie ich schon sagte, Jugendgruppenfahrten wurden durchgeführt. Die liefen dann in etwa so ab", entgegnete ich und fuhr mit meiner Erzählung fort.

Wir verholten in Kiel zum Bahnhofskai und warteten dort auf die nächste Mannschaft, zehn Jungs und Mädchen aus Berlin mit zwei Betreuern, den Sozialpädagogen. Schon von weitem sahen wir, wie ein Trupp Jugendlicher mit Koffern und überhaupt unendlich viel Gepäck den Bahnhof verließ, diese sich suchend umblickten und dann Kurs auf unser Schiff nahmen. Sie waren durchweg modisch gekleidet, so, als wollten sie gleich die nächste Disco anlaufen, schneeweiße Jeans, helle Sweatshirts, Bomberjacken. Zwei von ihnen trugen gewaltige Ghettoblaster auf ihren Schultern und wippten zu ihrer Musik tänzelnd heran. Allmählich diverse, enttäuschte Gesichter.

Einzelne tönten: "Was, auf dieses schwarze Schiff sollen wir steigen?"

Mehrere weigerten sich und ließen sich durch ihre Betreuer erst mit der Drohung an Bord komplimentieren, sie würden sonst sofort wieder nach Hause zurückgeschickt.

An Deck dann wieder verhaltene Kritik. Über die Hälfte der Jugendlichen verschwand gleich unter Deck.

Jeder hörte seine Musik von Rock bis türkische Folklore. Alles vermischte sich zu einer laut tönenden Kirmes-Atmosphäre. Die Rhea wurde aus der Wahrnehmung ausgeschlossen, wurde weitgehend ignoriert, schicksalhaft ertragen. 18, 20, 2, 3, ... die Skatkarten waren schon gemischt.

Hardy und ich bemühten uns, allen einige Bordregeln bekannt zu geben. Ob jemand zugehört hatte? Zweifel waren angebracht. Die Betreuer ja, die waren bei der Sache. Sie mühten sich so redlich wie vergeblich, Motivationsarbeit zu leisten.

Wir starteten, ablegen, Segel setzen. Mit Müh und Not ließen sich einige wenige überreden, auch mal eine Leine zu ziehen. Den Rest machten wir selbst. Die Betreuer waren mit Eifer dabei. Maschine aus. Wir segelten mit Gästen.

Draußen am Leuchtturm Kiel schob sich von der Seite eine rabenschwarze Wolke heran. Wir warfen uns vielsagende Blicke zu, ließen bewusst etwas zu viel Zeug stehen, segelten scheinbar gelassen in die Gewitterfront rein. Plötzlich pfiff der Wind los, die Rhea legte sich abrupt auf die Seite. Seewasser spritzte über Deck. Aufregung unter den Mitfahrern. Alle kamen im Nu hochgesprungen.

Dazwischen tönte laut und bedrohlich der Ruf von Klaas: "All hands on deck. Klüver, Flieger, Besanstagsegel bergen, Groß reffen."

Von einer Sekunde zur anderen war die eben noch beanstandete Patina der Rhea aus Farbe, Teer, ölgetränktem Werg vergessen. Kraft hatten alle. Das zeigten sie gerne. Alle packten zu, glaubten, das Schiff mit ihrer eigenen Hand retten zu müssen.

Eine halbe Stunde später, die weißen Jeans waren bräunlich schwarz, rochen nach Salzwasser, Pech und Seefahrt. Strahlende, begeisterte Gesichter. Eine einwöchige Seereise schloss sich an, bei der alle bereitwillig mitmachten und die traditionelle Segelei lieben lernten.

Beim Abschied klopfte mir dann noch einer freundlich auf die Schulter mit den Worten: "Pass gut auf mein Schiff auf!"

So und ähnlich setzten wir die Rhea erlebnispädagogisch ein, wobei für den pädagogischen Part weitestgehend die mitgereisten Betreuer, in der Regel Sozialpädagogen, zuständig waren. Deshalb konnten wir uns auch locker zurückziehen, wenn es Streit und Zank unter den Mitreisenden gab. Die Kajüte, die nur über das Poopdeck, das erhöhte Achterdeck im Heckbereich des Schiffes, durch ein Luk im Niedergang zu erreichen war, war tabu für die Gäste, war unser

Rückzugsgebiet. *"Crew only."* Ansonsten war es unsere Aufgabe, alle Mitfahrenden zum Segeln anzuleiten, ihnen die einzelnen Leinen zu erklären und zuzuweisen, Segelmanöver und Seemannschaft zu vermitteln.

Es war nicht schwierig, Segelbegeisterung zu wecken. Die Faszination, die dieses Schiff ausstrahlte und das Erlebnis, ein so großes, schweres Schiff allein mit Windkraft voranzubringen, aber auch unsere eigene Freude an der Sache übertrugen sich schnell.

Auf die Einhaltung der Sicherheitsregeln achteten wir streng und, sobald der Wind aufbriste und sich Seegang einstellte, herrschte Schwimmwestenpflicht. Auch das klappte weitgehend unproblematisch. Der Respekt vor der See war so präsent wie hilfreich.

μ

Saltholmen

Eines Tages stand er wieder oben auf der Pier. Er winkte zu uns herunter, genauso unverhofft und unerwartet, wie zuvor. Fröhlich unbeschwert begrüßte er Hardy und mich, die wir gerade dabei waren, das Deck der Rhea für einen weiteren Törn aufzuklaren. Hardy nickte nur kurz. Dann verschwand er missmutig im Niedergang. Ich merkte, dass irgendwie dicke Luft herrschte. Aber warum? Ich beschloss, die Aufklärung dessen auf später zu verschieben. Vorerst widmete ich mich unserem Besucher.

Oliver war aufgetaucht. Ich holte zwei Flaschen Bier aus dem Kombüsenfundus. Wir suchten uns einen Sonnenplatz auf dem Bugspriet. Wir hatten uns viel zu erzählen.

"Seit ich das letzte Mal auf Eurem Schiff war, hat mich das nicht mehr losgelassen. Musste ständig dran denken, was du da Tolles auf die Beine gestellt hast", sinnierte Oliver, wobei seine Blicke neugierig über die Rhea hin und her wanderten. Wortreich betonte er, wie großartig er die Tagesfahrt durch den Nord-Ostsee-Kanal empfunden habe, und erkundigte sich nach allen Details unseres Bordlebens.

Später trat Bärbel hinzu. Sofort richtete Oliver seinen gesamten Charme auf sie, schäkerte, lachte und versuchte, sie in seinen Bann zu ziehen. Ich nutzte die Gelegenheit, Hardy beiseite zu nehmen und ihn zu befragen, warum er sich vorhin so schnell und unwirsch verzogen hätte.

"Ei, was will der Aff´ wieder hier? Erinnerst du dich nicht, was der das letzte Mal zum Abschied geschrieben hat?", äußerte Hardy seinen Unmut.

"Ach, leg das nicht so auf die Goldwaage! Das war doch nicht weiter ernst gemeint", versuchte ich zu beschwichtigen.

Hardy brummelte etwas Unverständliches.

Ich fuhr fort: "Wenn alle so gastfreundlich wären wie Oliver und seine Mutter - also ich freu´ mich jedenfalls über den Besuch."

Gegen meine Einladung zum gemeinsamen Abendessen an Bord gab es dann keinen Protest mehr.

Aber mittendrin platzte Oliver mit der Frage heraus: "Kann ich ein paar Tage bei Euch mitsegeln?"

Ich zögerte mit einer Antwort, blickte zu Hardy rüber. Dieser schüttelte nur den Kopf. Ihm schien der letzte Bissen im Halse stecken geblieben zu sein.

Bärbel lächelte und preschte dazwischen: "Warum eigentlich nicht? Wir haben doch noch eine freie Koje."

"Aber nur für zahlende Gäste", stellte Hardy kurz und bündig klar.

"Also zum Chartern stand mir eigentlich nicht der Sinn. Dazu fehlt mir schon das nötige Kleingeld", reagierte Oliver auf Hardys Einwand.

"Können wir hier nicht mal ´ne Ausnahme machen? Wir fahren doch morgen sowieso mit den Kommanditisten, die angemeldet sind", richtete Bärbel sich an Hardy.

"Aber die haben ihre Ersparnisse auf den Tisch

gelegt und sind Teilhaber. Das wäre denen gegenüber ungerecht", blieb Hardy stur.

Oliver reagierte eingeschnappt, Bärbel enttäuscht, ich ratlos. Hardy beobachtete die Szenerie und zeigte sich sichtlich erfreut, als Oliver kurze Zeit später aufstand, uns missmutig ein knappes "Auf Wiedersehen" zuwarf und flotten Schrittes das Schiff verließ.

Der Vorfall blieb unkommentiert. Die Sache hatte sich erledigt. Wir wandten uns wieder der Vorbereitung des nächsten Törns zu. Als Fahrtziel hatten wir dieses Mal Kopenhagen auserkoren.

Der Wind stand aus Nordost, genau gegenan.

Wie konnte es anders sein? So ist das doch immer, wenn man ein Ziel anpeilt, dachte ich so bei mir.

Direkt gegen den Wind zu segeln, ist unmöglich. Da geht nur ein Aufkreuzen, also sozusagen im Zickzack schräg gegen den Wind. Aber mit einem derart alten und doch recht schwerfälligen Schiff wie die Rhea aufzukreuzen, schien ein mühsames Unterfangen. Denn während moderne Yachten mit einem Winkel von bis zu 40° gegen den Wind segeln können, pendelten sich unsere Versuche des Kreuzens eher bei 70 bis 80° ein. Da fehlt nicht mehr viel bis zu 90°, was bedeuten würde, dass man quer zur Windrichtung quasi auf der Stelle hin und her segelt.

Wir drehten ab und nahmen zunächst Kurs auf den Kleinen Belt. Kopenhagen lag damit weit weg von unserer Zielrichtung. Aber das machte nichts. Schließlich betrieben wir ja keine Frachtsegelei, bei der möglichst schnell ein bestimmter Zielhafen angesteuert werden musste. Für uns war es egal, wohin der Wind uns trieb und das Segelvergnügen bescherte.

Dann aber drehte der Wind, als wir gerade den westlichen Ausgang des Svendborgsundes passiert hatten und steuerbord querab das Leuchtfeuer Helnæs mit seinem markanten, viereckigen, weißen Turm passierten. Wir reagierten prompt, machten kehrt, segelten ein paar Meilen zurück und bogen dann östlich in den Svendborgsund ein. Jetzt hatten wir wieder unser Ziel im Visier.

Es folgte eine entspannte Passage durch diesen malerisch schönen Sund, die Blicke geheftet, wie stets bei dieser Durchfahrt, auf die vielen traumhaft anmutenden Wassergrundstücke mit alten und modernen Häusern mit eigenem Bootssteg und einer phantastischen Aussicht über die dänische Inselwelt, die dänische Südsee.

Hinter dem Ostausgang des Sundes zog unser Schiff bei herrlichem Sonnenwetter nördlich, dann um die Nordspitze von Langeland, übrigens mit gehörigem Abstand und sorgfältiger Navigation wegen der dortigen Untiefen Smörstakken und Vresen. Diese erstrecken sich in einem schmalen Band von Nord nach Süd und lassen nur beim ausgetonnten Kobberdyb eine schmale Durchfahrt. Mit GPS und Wegepunktnavigation ist das heute ein kinderleichtes Unterfangen; damals aber erforderte es aufmerksame und genaue Navigation, erst recht bei diesigem Wetter.

Wir steuerten vorsichtig in die berechnete Richtung mit zwei Mann im Ausguck am Bug. Bange Minuten. Da vorne irgendwo unter der Wasseroberfläche lauerten die gefährlichen Untiefen, Steuerbord und Backbord voraus oder vielleicht auch direkt voraus? Hoffentlich nicht. Etwas weiter links sah ich viele Wasservögel auf dem Wasser. Da musste das in der Seekarte als Naturschutzgebiet verzeichnete Flach Vresen sein. Aber wo ist die etwas südlicher liegende, hässliche Untiefe mit den Steinen? 1,5 m laut Seekarte? Wir haben 2,20 m Tiefgang.

Endlich der erlösende Ausruf: "Untiefentonne direkt voraus."

Alles "im Lot". Jetzt mussten wir nur noch erkennen, ob wir die südliche oder die nördliche Begrenzung der Durchfahrt gefunden hatten. Bald darauf sahen wir auch die andere Tonne. Entspannt konnten wir die Passage nehmen.

Wir kreuzten den Großen Belt mit seinem Tiefwasserweg für die Großschifffahrt und schwenkten schließlich in östlicher Richtung in das Smaaland-Fahrwasser, ein eher ruhiges Seegebiet zwischen Seeland im Norden und Lolland im Süden. Weiter ging es durch den Grønsund. Wir verließen diesen am frühen Abend und suchten uns einen geeigneten Ankerplatz in der Hjelmbucht südlich der Halbinsel Møn über ca. zwölf Meter Grund.

Am Folgetag segelten wir vorbei an den Kreidefelsen von Møn in Richtung Øresund und Kopenhagen nach Norden. Als wir die unmittelbar am schmalen Uferstreifen steil aufragenden weißen Klippen von Møn in einiger Entfernung wahrnahmen, mussten Hardy und ich uns unwillkürlich bedeutungsvoll angucken. Sofort war uns beiden unser früheres, gemeinsames Erlebnis in diesem Seegebiet wieder in die Erinnerung gesprungen.

Es war im Sommer des Vorjahres, als wir uns mit der *Eole* auf Nachtfahrt ebenfalls nach Kopenhagen befunden hatten. Sternklare Nacht. Um uns herum hatten diverse Fischerboote mit Schleppnetzen ihre Bahnen gezogen. Zu erkennen waren sie nur an ihren Positionslichtern, steuerbords grün, backbords rot, im Heck weißes Licht und am Mast grün über weißem Rundumlicht als Kennzeichen für Schleppnetzbetrieb. Aus dem Wechsel der Farben konnten wir nachvollziehen, dass sie ständig große Kreise fuhren. Wir mussten uns stets bemühen, gut auszuweichen, vor allem aber, nicht in ihre Kreisbahnen zu segeln, da sie mit ihren ausgebrachten Netzen nur sehr eingeschränkt manövrierfähig waren. Deshalb galt hier nicht die Vorfahrtsregel von Segelschiffen gegenüber den unter Maschine laufenden Schiffen. Also steuerten wir unser Schiffchen weiter raus auf die offene See, wo nicht so viel Betrieb herrschte. Doch dort kam uns auf einmal eine riesige Fähre entgegen, über viele Stockwerke hell erleuchtet.

Hardy merkte noch an: "Das ist ja der reinste Christbaumschmuck." Bis wir feststellten, dass sich die große Fähre genau auf Kollisionskurs mit uns befand.

Wir wurden unruhig. Nach den Seefahrtsregeln hatten wir Wegerecht, musste uns das Motorschiff ausweichen. Aber würde der Kapitän der Fähre unser klitzekleines Nussschälchen überhaupt wahrnehmen? Oder gar seinen Kurs ändern? Also mussten wir wohl weg. Aber wie? Wir bewegten uns bei mäßigem Wind nur sehr langsam von der Stelle. Was, wenn der Kapitän die Regeln ernst nahm und seinerseits den Kurs änderte und wir ihm mit unserem Fluchtversuch gerade deshalb vor den Bug fahren würden? Die Fähre fuhr im Gegensatz zu uns zwar schnell, konnte aber keine schnellen Dreh-, Brems- oder andere Manöver vollführen, vorausgesetzt, wir waren überhaupt gesehen worden. Wer konnte sich also hier auf wen verlassen? Die Gedanken schossen uns durch den Kopf.

Immer aufgeregter diskutierten wir das Für und Wider einer Kursänderung, während sich uns der riesige Koloss bedrohlicher näherte. Wir entschieden uns, den Kurs beizubehalten, also uns an die offiziellen Ausweichregeln zu halten. Unsere Aufregung steigerte sich. Der Pulsschlag fing an zu rasen. Schon wähnten wir, dass unser letztes Stündlein geschlagen hatte. Hardy wollte in unserer Verzweiflung noch ein Warnzeichen abgeben und eine Signalrakete vor die Brücke des Monsters schießen. Er hielt schon den Abzug in der Hand, als wir merkten, dass sich der vor uns auftürmende Rumpf ganz langsam etwas zu drehen begann. Hurraahh, wir fielen uns erleichtert in die Arme. Er drehte ab. Wenige Meter vor uns zog eine hohe weiße Wand hell erleuchtet vorbei. "*TT-Line*", "*Peter Pan*" konnten wir deutlich lesen. Erschöpft und befreit segelten wir gemächlich weiter. Es war wie David gegen Goliath.

Nun aber stand ich auf der Rhea, einem Segelschiff respektabler Größe. Die Sorge, übersehen zu werden, brauchte ich wohl nicht mehr zu hegen, dachte ich und wandte mich wieder den aktuellen Geschehnissen zu.

Die Rhea segelte stetig und ruhig gen Norden. Die

weithin sichtbar die Küste formenden, weißen Kreidefelsen von Møn blieben allmählich achtern zurück und verblassten im Dunst, passten ihre Farbe dem Grau der schwach bewegten See und den Wolkenschleiern an. Der Küstenstreifen an backbord wich zurück, offene See, Faxebucht, bis Stevens Klint langsam über die Kimm wuchs und schließlich dicht an unserer Backbordseite vorbeiwanderte, mit der markanten, kleinen Seefahrerkirche von Höjerup dicht an der Abbruchkante der hohen Steilküste und dem aufragenden Leuchtfeuer Stevens.

Die friedvoll wirkende, aber auch ungestüm sich aufbäumende, typisch dänische Küstenformation übte eine eigentümliche Faszination auf mich aus.

Wiederum verlor sich der Küstenstreifen ins scheinbar Unendliche, verschwand im Dunst. Dieses Mal war es die Køgebucht, die wir überquerten.

Bei aufklarendem Himmel, romantisch anmutendem Abendrot und einschlafendem Wind erreichten wir den Südausgang des Øresundes. Die typische Abendflaute verbreitete eine andächtige Ruhe.

Wir bargen die Segel, warfen die Maschine an und tuckerten in das betonnte Fahrwasser mit dem Kopenhagener Vorort Dragør auf der westlichen Seite und dem flachen schwedischen Landstreifen in Ost. In der Ferne zeichneten sich Umrisse der Werftkräne von Limhamn bei Malmö ab. Im Wasser begegnete uns der auf einem gemauerten Sockel stehende Leuchtturm Drogden. Von dort an wiesen uns die in nördlicher Richtung positionierten roten und grünen Fahrwasserbegrenzungstonnen den Weg. Es herrschte reger

Schiffsverkehr.

Schließlich befanden wir uns ungefähr sieben Kabellängen querab des kleinen Hafens von Dragør. Soeben passierten wir das weit in den Sund hineinragende, mit einem sich aus dunklem Rotstein behäbig präsentierende Fort.

Plötzlich dröhnte aus dem Schiffsbauch der Rhea lautes Gerumpel, harte, metallische Geräusche, die durch Mark und Bein gingen, dazu einzelne Aussetzer des Motors. Das klang gar nicht gut. Hardy verschwand geistesgegenwärtig durch die kleine Tür zum Maschinenraum. Im nächsten Moment war die Maschine ganz aus.

Himmlische Abendruhe über rötlich schimmernder, glatter See in der langsam untergehenden Sonne umgab uns mit beunruhigend wirkender, harmloser Unschuld. Nur einzelne Flugzeuge sanken im Gleitflug über uns nieder zur Landebahn des Kopenhagener Flughafens Kastrup, ihre Fahrwerke wie Fühler ausgestreckt.

Der Schreck saß uns in den Gliedern. Zunächst einmal steuerte ich die Rhea mit auslaufender Fahrt und leicht schiebendem Strom nach Steuerbord aus dem Fahrwasser raus. Nur nicht die Tanker und Frachter vor und hinter uns auf ihrem Weg auf der Schifffahrtsstraße behindern. Ich hielt direkt auf die flache Insel Saltholmen zu, die still, friedlich vor uns lag und auf der große Vogelschwärme auf und niedergingen. Steuerbord voraus zeichnete sich die örtliche Untiefentonne Kråsebänken ab. Das Echolot meldete Wassertiefen von 4,30 m, 3,80 m, 3,60 m, 3,20 m. Achtung, wir mussten handeln. Dem betriebsamen Schifffahrtsweg waren wir entkommen.

Aber jetzt wurde es flach. Die Seekarte warnte: direkt hinter der Tonne Kråsebänken nur 60 cm Wassertiefe.

"Aaankeeern", rief ich hastig und laut.

Sofort traten Klaas und einige Crewmitglieder in Aktion, die schon in Position standen. Der große Stockanker lag bereit. Unter Fahrt hatten wir ihn immer in Bereitschaft mit ungefähr fünf Meter Kettenvorlauf, die in Buchten ausgelegt im Bugbereich für Notfälle, vor allem bei Hafenmanövern, parat lagen. So waren wir stets in der Lage, das Schiff durch Auswerfen des Ankers sofort aufstoppen zu können, wenn irgendeine Notlage uns zum plötzlichen Anhalten zwingen sollte. Genau so eine Situation hatten wir gerade.

Klatschend fiel der Anker ins Wasser, Kettenrasseln, ein leichter Ruck, wir lagen vor Anker. - Und was nun?

Das schwere, hölzerne Beiboot wurde mit dem Baum als Kranhilfe und vielen Händen zu Wasser gelassen. Eine Delegation nahm darauf Platz. Sie legten ab, nahmen Kurs auf Dragør, mit der Aufgabe, die Bordvorräte an unserem unfreiwilligen Ankerplatz aufzurüsten und überhaupt die Lage zu sondieren, was es hier für Möglichkeiten geben könnte, aus der misslichen Situation herauszukommen. Konkrete Vorstellungen darüber hatten wir in jenem Augenblick noch keine.

Warten. Es wurde dunkel. Nach zweieinhalb Stunden sahen wir die Positionslichter eines Schiffes direkt auf uns zukommen. Spannung kam auf. Ein breiter, alter Gaffelsegler, die "Donna", ging längsseits, an Bord auch unsere Delegation, die uns sichtlich stolz zuwinkte.

Die Donna, ein uraltes, ich glaube, schwedisches Lotsenversetzschiff mit Poldi, seinem österreichischen

Skipper und Eigner - die Liebe hatte ihn in das kleine, hübsche, typisch dänische Örtchen Dragør, verschlagen - sollte unsere Schlepphilfe werden. Ein kräftiges Tau im Bugbereich am Poller angeschlagen, rüber gereicht auf die *Donna* und los ging die Fahrt.

Vorsichtig manövrierte uns Poldi durch das Fahrwasser zwischen mehreren Frachtern hindurch. Bei inzwischen völliger Dunkelheit glitten wir durch die enge Hafeneinfahrt. Mein Herz fing an zu klopfen. Achtzig Tonnen Verdrängung schoben sich in das Hafenbecken. Eine Bremse stand mir mit Ausnahme des Ankers nicht zur Verfügung - aber Poldi verstand sein Handwerk. Er gab kurz Gas, bremste dann, fuhr im Bogen seitlich an uns vorbei. Wir führten die Schleppleine nach achtern mit und befestigten sie nunmehr am Heck. So ließen wir uns auf den letzten Metern bis zu einem freien Pier-Abschnitt abbremsen. Butterweich steuerte ich unser Schiff an die Kaimauer. Die Vorspring stoppte die Rhea vollends auf. Wir lagen im Hafen von Dragør.

Die nächsten Tage standen ganz im Zeichen der Getriebereparatur. Vor allem Hardy schuftete von morgens bis abends, zwischendurch Fahrten nach Kopenhagen, Ersatzteile bestellen, abholen und vor Ort kaufen. Poldi stand uns weiter hilfreich zur Seite und lieferte die einschlägigen Kontakte. Die Traditionsseglerszene hält zusammen, weiß um die Nöte mit dem alten Material. Auf diese Weise besuchten und besichtigten wir einige liebevoll restaurierte Gaffelsegler, die versteckt in dem weiten Labyrinth unzähliger Hafenbecken der Stadt lagen.

Was hatten wir im Vergleich zu jenen

Schmuckstücken doch für ein Provisorium, was für eine Baustelle alter Bootsbautradition! Bewundernde Blicke, Träume, was half's? Immerhin, wir gehörten irgendwie dazu, und unsere Rhea liebten wir schließlich auch.

Der Rest der Crew genoss den Landgang mit Ausflügen in die Stadt. Tivoli, Shopping und so weiter waren angesagt.

Poldi erzählte mir eines Abends, er würde in den Sommermonaten öfter mit seinem Schiff, der *Donna*, in die City zur Arbeit fahren.

"Einhand?" forschte ich skeptisch nach.

"Ah freilich, kein Problem. Willst du mit?"

"Gerne."

Frühmorgens rollte ich mich aus der Koje, zog mich schnell an, kletterte an Deck. Frische Morgenluft, ein sonniger Tag kündigte sich an. Der Hafen schlief noch. An Bord der Rhea sowieso. Tiefschlafphase.

Pünktlich, erwartungsvoll war ich zur Stelle. Das Schiebeluk der *Donna* öffnete sich, ein freundlich, einladender Wink, Poldi war schon an Bord. Vorleine los, Bug von der Kaimauer weggedrückt, Fock hoch, ablegen ohne Maschine.

Die *Donna* nahm allmählich Fahrt auf, glitt lautlos aus dem Hafen. Die Szenerie, die Langsamkeit, die Ruhe, die morgendliche Stimmung ergriffen mich. Ich war überwältigt. Eine mittlere, südliche Brise brachte uns voran. Küstenabschnitte der Vororte von Kopenhagen, kleinere Häfen, Werften, historische Fortanlagen wanderten gemächlich an unseren Augen vorbei. Wir unterhielten uns wenig. Beide genossen wir diesen sehr speziellen Tagesanfang. Bis wir uns schließlich dem Zentrum näherten, an Steuerbord der Segelhafen Langelinie, die kleine Meerjungfrau saß noch alleine, bescheiden, entspannt, freundlich aufs Wasser blickend auf ihrem Stein, dann das streng und unnahbar wirkende Schloss Amalienborg, schließlich der kleine Seitenhafen von Nyhavn, die Einfahrt mit einer Klappbrücke verschlossen. Unmittelbar davor steuerte Poldi auf eine schmale Lücke zu und manövrierte sein Schiff quer hinein. Leinen fest, etwas improvisiert, aber es ging. Poldi war zufrieden, kannte die Örtlichkeiten, wusste, dass er keine Probleme mit dem schräg ins Fahrwasser ragenden Heck der *Donna* bekommen würde. Offenbar haben Traditionssegler hier einen Sonderstatus.

Ich ging mit Poldi den Nyhavn entlang, fast noch menschenleer, dort, wo sich tagsüber Tausende von Touristen tummeln. Wir querten den Kongens Nytorv und bogen in die Strøget, die große Einkaufsstraße von Kopenhagen, ab. Dann dirigierte mich Poldi nach rechts in eine Seitenstraße. Parallel zur Strøget standen wir schließlich vor einer, einige Stufen nach unten führenden Tür am spitz zulaufenden Kopfende eines Hauses. Poldi schloss auf, wir traten ein. Ich stand in einem Chinaladen mit unzähligen Accessoires aus dem Fernen Osten. Poldi erklärte, das sei sein Laden. Ich war überrascht. Das hatte ich nicht erwartet. Aber warum eigentlich nicht?

Eine Tasse Instant-Kaffee. Poldi telefonierte schon, business as usual. Schnell verabschiedete ich mich. Ein Bus brachte mich zurück nach Dragør. Die Rundstikker vom Bäcker kamen gerade recht für die langsam aufwachende, sich allmählich aus den Kojen räkelnde

171

Crew.

Still dachte ich in mich hinein: Dieses wunderbare, morgendliche Segelerlebnis hatten meine Kumpels nun wirklich glatt verschlafen.

Ein paar Tage später waren Motor, Getriebe und Wellenlager wieder in Gang gesetzt; abwechselnd mit den Segeln brachten sie uns wohlbehalten zurück nach Kiel.

v

Olivers Debüt

Langsam öffnete sich das Schleusentor der Kammer Zwei in Kiel-Holtenau. Zügig passierte die Rhea, nahm Kurs in Richtung Nordsee.

Malcolm unterbrach mich.

"Ah, jetzt geht´s los ins Mittelmeer oder?"

"Nee, so weit waren wir noch nicht. Das war noch nicht der Start ins Land der Verheißung", stellte ich klar und fügte hinzu: "Erst wollten wir testen, ob die Rhea auch den Herbststürmen, zum Beispiel in der Biskaya, trotzen könne."

Vor uns lagen zwei Wochen im September 1982, Helgoland, vielleicht Bremerhaven oder gar Holland, je nach dem, wie Wind und Wetter es wollten.

An Bord die Stammcrew und einige Kommanditisten, keine zahlenden Gäste, also schon diejenigen, die von Mittelmeerzielen träumten.

Und dann gab es - oha - einen weiteren Gast auf dieser Tour, der ebenfalls keine Charterkosten zu entrichten brauchte, nämlich Oliver.

Malcolm richtete sich auf, schaute mich erstaunt an und ergriff das Wort: "Hattet ihr den nicht gerade erst ein paar Wochen vorher von Bord gejagt?"

"Ja, das stimmt. Trotzdem, Oliver hatte es dieses Mal

geschafft. Er hatte sich in der Zwischenzeit die Kommanditistin Anneke zur Freundin auserkoren. Sie hatte ihn in wild entflammter Liebe mit ihrem Schiffsanteil zur Mitfahrt eingeladen."

Glücklich war er mit Anneke an Bord geklettert. Hardys Stirnrunzeln blieb für ihn unbemerkt.

Während der Fahrt durch den Nord-Ostsee-Kanal stand ich am Steuer und hielt die Rhea auf Kurs. Unter mir surrte gleichmäßig die Maschine. Vor mir im Blick das Geschehen auf dem Wasser und an Bord. Kanalfahrt ist eher etwas eintönig. Segeln ist nicht möglich. Vereinzelt entgegenkommende Schiffe, ansonsten ein künstlich angelegtes, abgezirkeltes Fahrwasser, Einschnitte in die Landschaft, die eine Rundumsicht nur selten zulassen.

Da bot mir das bunte Treiben an Deck schon mehr Abwechslung. Weitgehende Windstille und schönstes Spätsommerwetter hatte alle ins Freie gelockt. Am Bugspriet fand sich eine fröhliche Kartenspielrunde zusammen. Ein anderer Mitfahrer hockte etwas abseits allein unter einem zum Sonnenschutz umfunktionierten Regenschirm. Dort stopfte er sich genüsslich eine Praline nach der anderen in den Mund, ständig auf der Hut, von seinen Schätzen möglichst nichts abgeben zu müssen. Mehrere Mitreisende nutzten das Deck für ein Sonnenbad. Aber was war nur in Anneke gefahren? Sie räkelte sich unbekleidet den warmen Sonnenstrahlen entgegen. Mit geschlossenen Augen lag sie quer auf dem Deck.

Oliver wurde sichtlich unruhig. Offenbar wusste er

nicht recht, was er davon zu halten hatte. Bis Hardy, der neben mir stand, ihn leise ansprach und bat, ob er nicht mal dafür sorgen könne, dass diese offenherzige Demonstration ein Ende fände. Oliver nahm ein Handtuch, trat vorsichtig an sie heran und deckte sie behutsam zu. Doch sobald sie den Frotteestoff spürte, bäumte sie sich empört auf, warf das Handtuch von sich und beschimpfte Oliver als "Spießer, heuchlerische Sittenpolizei" und mit weiteren Worten, die ich von meiner Position aus nicht verstehen konnte. Oliver wich erschrocken zurück und gab sein Vorhaben resigniert auf. Die übrigen Beobachter der Szene spielten Teilnahmslosigkeit. In sich gekehrte, leicht grinsende Gesichter, Vogelgezwitscher vom nahen Ufer und ein genervt drein blickender Oliver.

Etliche Meilen weiter, wir hatten Rendsburg passiert, bog ich in einen schmalen Seitenarm, den Gieselaukanal, ab. Dieser verbindet die große Schifffahrtsstraße mit dem kleineren Fahrwasser, der Eider, die bei Tönning in die Nordsee mündet und für Schiffe mit weniger Tiefgang, aber stehendem Mast den Weg in die Nordsee ermöglicht. Diese Route kam allerdings für unseren schweren Pott nicht in Frage.

Wir mussten uns vor Einbruch der Dunkelheit einen Liegeplatz suchen. Die Abenddämmerung setzte allmählich ein. Nachtfahrt war für Sportboote auf dem NOK verboten. Nach wenigen Metern machten wir kurz vor der Schleuse halt und ankerten in diesem stillen, abgeschiedenen Seitengewässer.

Gemeinsames Abendessen, Bordgeselligkeit. Intensive, laut geführte Diskussionen entbrannten.

Besonders Hardy und Oliver redeten sich die Köpfe heiß.

In einem unbeteiligten Moment - es war inzwischen späterer Abend - stieg ich den Niedergang hinauf und begab mich zum Bug der Rhea, um routinemäßig den Anker zu kontrollieren. Dazu fasste ich nach der Ankerkette. Sie vibrierte nicht. Zufrieden drehte ich mich um.

In dem Moment lockte mich ein merkwürdiges Geräusch ans Heck des Schiffes. Auf dem Weg dorthin bemerkte ich im schemenhaften Licht des klaren Sternenhimmels, dass die Festmacherleine des Beibootes vom Belegnagel in der Schanz verschwunden war. Ich erschrak. Hatte sich das Bötchen, das eigentlich neben der Rhea dümpeln sollte, selbständig gemacht, weil es möglicherweise nicht ordentlich belegt worden war? Oder war hier ein Dieb am Werk? Aber von wem in diesem einsamen Gewässer? Mit diesen Gedanken gelangte ich zum Heck, schaute über die Reling. Da sah ich das Dinghi in einiger Entfernung langsam in die Dunkelheit davontreiben. Im Boot saß eng umschlungen ein Pärchen, das von der Außenwelt offenbar keine Notiz nahm. Ich erkannte sie. Die blonde, weibliche Person war eindeutig Anneke und der Breitschultrige mit den langen, zotteligen Haaren zweifellos Klaas. Ich schluckte kurz ob dieser unerwarteten Entdeckung, funkte aber nicht dazwischen. Sie würden schon irgendwie den Weg zurückfinden, auch wenn der Strom für den Rückweg gegenan stand. Das war für Klaas kein Problem. Dessen war ich mir sicher.

Zurück im Salon eröffnete sich mir unverändert das gleiche Bild. Offensichtlich hatte niemand bemerkt, dass die beiden eine Zeitlang verschwunden waren, so, wie auch mir dies zuvor nicht aufgefallen war.

Anderntags Anker auf, Maschine an, Gashebel leicht voraus, nichts bewegte sich. Im Heckbereich färbte sich das Wasser rabenschwarz. Der Schlamm auf dem Grund des Seitenkanals bei ungefähr 2,10 m bis 2,20 m Wassertiefe hatte uns fest an sich gesogen. Keine Chance für die Maschine. Es ging weder vor noch zurück. Also blieb nichts anderes übrig, als den Großbaum seitlich auszustellen und die Crew aufentern zu lassen. Die Ersten kletterten mutig rauf, die Nächsten schon etwas ängstlicher. Oliver hielt sich abseits, wirkte misslaunig, was mich allerdings nicht weiter verwunderte. Automatisch wanderte mein Blick zu Anneke. Diese turnte fröhlich, waghalsig auf dem Großbaum herum, fast schon übermütig.

"Weiter nach draußen rutschen", rief ich ihnen zu, und es half.

Langsam legte sich das Schiff mehr und mehr auf die Seite. Die äußersten bekamen nasse Füße. Aber der Kiel löste sich in Seitenlage aus dem Modder. Wir waren befreit. Die Fahrt konnte weiter gehen.

Zweite Schleusung in Brunsbüttel, elbabwärts unter Segeln. Cuxhaven näherte sich.

Klaas warnte mich: "Vor der Hafeneinfahrt steht starker Ebbstrom. Du musst das Schiff unmittelbar hinter der linken Kaimauerbegrenzung mit Schwung und Kraft nach backbord herumsteuern. Sonst drückt dich die Strömung augenblicklich auf die gegenüberliegende, rechte Einfahrtseite."

"Aye, aye Sir", rief ich ihm kurz und bündig zu.

In Sichtweite der Einfahrt steuerte ich die Rhea auf die linke Fahrwasserseite. In dem Augenblick, in dem der Bug des Schiffes die Öffnung zum Vorhafen erreichte, drehte ich blitzschnell das Steuer kräftig nach links. Den Gashebel drückte ich fast bis zum Anschlag auf den Tisch. Der Motor heulte auf. Die Rhea sprang achtern wie ein durchgehendes Pferd herum und schlüpfte durch die Einfahrt in das ruhige Becken. Ich versuchte, die Maschine zu drosseln und das Schiff über den Rückwärtsgang leicht abzubremsen. Keine Reaktion. Die Rhea schoss in rasanter Fahrt weiter volle Kraft voraus. Der Schreck fuhr mir in die Knochen. So verzweifelt wie vergeblich ruckelte ich am Hebel.

"Hardy, der Gaszug reagiert nicht", brüllte ich über Deck.

Würde uns der Anker auch bei voller Fahrt retten können?, schossen mir die Gedanken durch den Kopf.

In dem Moment öffnete sich voraus, wie von Wunderhand, langsam das Schleusentor zum hinteren Hafenbecken. Gleicher Wasserstand, Schleusungsgang nicht notwendig, nur Durchfahrt.

Aber reichte das? Würde die Öffnung groß genug sein für uns? Würden wir hindurchpassen? Wir rauschten heran und donnerten förmlich zwischen den dumpf widerhallenden Schleusenwänden hindurch.

Das war knapp. Und wieder war Hardys Noteinsatz im Maschinenraum gefragt. Bange Sekunden, Hammerschläge klangen laut nach oben, dann spürte ich die Entlastung der Schiffsschraube, Leerlauf. Wir wurden langsamer.

Klaas rief voraus: "Pan, Pan, Pan!"

Damit machte er sich bei den Matrosen eines an der Kaimauer liegenden Minensuchbootes bemerkbar. Im nächsten Augenblick zischten wir heran, waren längsseits. Festmacherleinen flogen rüber. Kräftige Hände packten zu, schmissen die Tampen blitzschnell über Klampen. Die Rhea drückte in die wie Sehnen gespannten Taue, bäumte sich auf. Die Leinen krächzten, ein harter Ruck, sie stand.

Wir ließen uns auf die Bank fallen, waren erschöpft, freuten uns, dass wieder einmal alles gut gegangen war.

Der nächste Tag stand ganz im Zeichen der anstehenden Reparatur. Wir hatten uns inzwischen auf einen freien Platz an der Kaimauer von Hand verholt. Erneut ein ähnliches Bild: Die Crew hatte Landgang. Vor allem Hardy, der Maschinenspezialist, arbeitete fast bis zum Umfallen. Murren kannte er nicht, nur kräftige Mannheimer Flüche, die mussten sein, die befreiten.

Dieses Mal ging es schneller mit der Reparatur. Nach zwei Tagen konnte es weitergehen oder hätte können, wie wir feststellen mussten.

Am Frühstückstisch im Salon herrschte noch eine lebhafte, aufgeräumte Stimmung. Die Hoffnung auf einen Segeltag hinaus auf die Nordsee beflügelte alle. Bis ich aus dem Ruderhaus zurückkehrte, wo ich den Seewetterbericht abgehört hatte. Erwartungsvoll schauten mich alle an.

"Leute, wir haben Pech. Wird heute nichts mit dem Rausfahren. Starkwindwarnung für die Deutsche Bucht, sechs bis sieben Windstärken, Schauer- und Gewitterböen."

Anneke protestierte: "Was? Die Rhea wird ja wohl mal ein bisschen Wind ertragen können. Die hat bestimmt schon viele Stürme abgewettert."

Ich widersprach: "Das wäre auf der Ostsee nicht unbedingt ein Hindernis, aber auf der Nordsee mit unserem Freizeitsegler mit mageren Segeln und einem höchst eigenwilligen Maschinenantrieb vor den Sänden und Grundseen des Wattenmeeres? Das sollten wir lieber nicht riskieren."

Allgemeine Enttäuschung. Die Mitfahrer ließen ihre Köpfe hängen, fügten sich in ihr Schicksal, respektierten das Votum der Schiffsführung.

Von Tag zu Tag schwoll der Wind an, schließlich Sturmstärke. Wir lagen fest vertäut im Hafen, dieses Mal wetterbedingt. Gelegentliches Brummeln der Crew, aber es half nichts. Cuxhaven musste von innen und außen erwandert werden.

Nach weiteren drei Tagen flaute der Wind schließlich ab.

Gespannt lauschte ich dem Seewetterbericht.

Die Mannschaft sah es schon an meinem Lächeln, als ich den Niedergang herunterkam.

"Na? Du guckst so verheißungsvoll. Ist uns Rasmus, der Wettergott, endlich gnädig gestimmt?", rief mir Klaas entgegen.

"Schwache bis mittlere Brise aus Südsüdwest. Drei bis vier Beaufort", berichtete ich. "Morgen früh laufen wir mit dem Ebbstrom aus."

"Endlich. Wir sind erlöst", freute sich Anneke.

Dies gab Anlass für Klaas, die Geselligkeit an Bord kräftig anzuheizen. Dem erfreuten Publikum präsentierte er eine Kiste Flensburger Pils und eine Flasche Chianti. Das versprach einen feuchtfröhlichen Abend.

Doch damit nicht genug. Oliver erschien mit zwei Buddeln Ballantine's unterm Arm, stellte sie auf den Salontisch und legte gleich los, sich ein Glas Whisky nach dem anderen hinter die Binde zu kippen. Er hätte seinen Liebeskummer runterzuspülen, wie er uns voller Selbstmitleid erklärte. Anneke setzte sich so weit wie möglich von ihm weg. Sie lästerte hörbar über die Trunkenbolde dieser Welt. Oliver verhielt sich zunehmend aggressiv. Nur an Klaas wagte er sich nicht ran. Dem fühlte er sich offenbar unterlegen. Bis Oliver ein hemmungsloses Heulen und Zähneklappern überkam, und er torkelnd an Deck kletterte. Unsere Reaktion schwankte zwischen Sprachlosigkeit und Genervtsein.

Auf einmal hörten wir draußen ein lautes Klatschen. Aufgeschreckt rannten wir hoch. Oliver lag im Hafenwasser, plätscherte, stöhnte.

Hardy warf ihm eine Schwimmweste zu. Diese ignorierte Oliver.

Dann einen Tampen mit der Aufforderung: "Halt dich dran fest! Wir ziehen dich an Bord."

Auch darum kümmerte er sich nicht.

Mit schwacher Stimme blubberte er etwas von "Lasst mich! Verschwindet!"

Da sprang Hardy kurzerhand hinterher, um den Spinner zu ergreifen. Dieser wehrte sich mit letzter Kraft gegen seine Rettung. Doch Hardy war stärker. Er packte Oliver am Kragen und schleppte ihn zur Leiter, die wir inzwischen an der Bordwand ausgeworfen hatten. Mit vereinten Kräften hievten wir beide an Bord.

Oliver wurde sofort an den Füßen in die Höhe gezogen. Hafenwasser, Whisky, eine übel riechende Brühe ergoss sich über Deck.

Der Notarzt wurde gerufen. Oliver wurde mit Unterkühlung ins Krankenhaus eingeliefert.

Beruhigt nahmen wir wieder unsere Plätze im Salon ein.

Hardy ließ seinem Unwillen freien Lauf: "So, der Depp ist versorgt. Jetzt können wir morgen in Ruhe lossegeln."

Ich protestierte: "Nee. Wir können den Engländer doch nicht einfach hier in der Fremde Mutterseelen allein zurücklassen."

"Mir steht´s bis da oben hin", reagierte Hardy verärgert, wobei er seine flache Hand waagerecht vor die Stirn hielt.

"Ich versteh´ ja deinen Ärger, aber so geht es nun mal nicht", blieb ich beharrlich.

Letztlich stimmten alle zu. Es sollte wohl einfach nichts mit dem Segeltörn auf der Nordsee werden.

Weitere Hafentage forderten unsere Geduld, zerrten an unseren Nerven. Das Wetter passte sich unserer Stimmung an. Es war regnerisch trübe. Das Hafenwasser, die Elbe, der Himmel, Cuxhaven, alles grau in grau.

Gerade hatten wir uns wieder einmal in den Schiffsbauch zurückgezogen, als Bärbel von draußen hereinstürmte. Aufgeregt, atemlos berichtete sie: "Die Fischer haben unser schönes Beiboot zermalmt."

Hardy sprang auf: "Wie? Wo? War einer von uns

drauf? Müssen wir jemanden aus dem Wasser fischen?"

Er lief die Treppe hoch.

Da rief ihm Bärbel hinterher: "Nein, nicht schon wieder. Kannst hier bleiben. Es hat nur das Bötchen erwischt. Ich hatte es drüben auf der anderen Seite des Hafenbeckens zwischen zwei großen Hochseetrawlern festgemacht, weil ich in die Stadt wollte. Als ich zurückkam, war unser Dinghi weg. Auf der Wasseroberfläche schwammen nur noch zersplitterte Holzteile, lugten einzelne Stücke aus der Hafenbrühe. Das abgerissene Ende der Festmacherleine hing über der Kante. Ein Bild des Jammers."

"Die Fischer mochten es wohl nicht, dass wir unsere Fährlinie zwischen ihren Schiffen mit den angestammten Liegeplätzen eingerichtet hatten."

"Aber dann macht man aus unserem weißen Dinghi doch nicht einfach Kleinholz."

"War das Absicht?"

"Ich kann mir nicht vorstellen, dass sie es unabsichtlich zerquetscht haben könnten. Wir haben doch gesehen, wie die ihre Hafenmanöver stets mit beeindruckender Präzision und Professionalität gefahren sind."

"Und keiner will es gesehen haben. Ich hab´ vergeblich rumgefragt. Die halten wohl alle zusammen", beklagte sich Bärbel.

"Schade drum, aber nicht mehr zu ändern", seufzte Hardy.

Nach drei Tagen gabelten wir Oliver wieder aus dem Krankenhaus auf. Wir verließen diesen ungastlichen, freudlosen Ort des Zwangsaufenthalts zurück in Richtung Kanal und Kiel.

Der Mittwoch ging langsam zur Neige. Malcolm genehmigte sich einen tiefen Schluck aus seinem Whiskyglas und murmelte, für mich rätselhaft, vor sich hin: "So, so, der Oliver, dieser Windhund."

Offensichtlich hatte er mir wieder aufmerksam zugehört. Ich fragte mich allerdings, warum er sich nun schon drei Tage lang derart engagiert für die Geschichte der Rhea interessierte. So ernst konnte er die Idee oder Gedankenspielerei mit der Schiffskaperung kaum genommen haben.

ξ

Mediterrane Aussichten

Am Donnerstagmorgen prasselte heftiger Regen auf das Deck der *Iolaire*. Dunkle, tiefgraue Wolken jagten über den Himmel. Scharfer Wind pfiff durch die Wanten. Der Union Jack knatterte unwillig, zerrte am Flaggenstock.

Malcolm und ich hatten uns in den Schutz der Kajüte zurückgezogen. Hier konnten wir gemütlich den frisch aufgebrühten Kaffee schlürfen. Die Petroleumlampe fauchte vor sich hin und spendete warmes Licht für die an diesem Tag eher düster wirkende Kammer. Malcolm nickte mir aufmunternd zu. Eine kleine Kunstpause, dann war ich wieder in meine Erlebniswelt entrückt.

"Isch glaab, isch bin im Hühnerstall." Hardy ruckelte im Sitz hin und her. Demonstrativ rümpfte er seine Nase.

Vielfältige, fremde Gerüche, süßliche, bittere, vermischt mit Lavendel aus der Spraydose waberten uns entgegen. Eine Reihe vor uns brach plötzlich ein aufgeregtes Gegacker aus dem mit buntem Stoff abgedeckten Käfig, den eine ältere, ganz in Schwarz gekleidete Frau auf ihrem Schoß hielt. Ruhig umfasste sie ihr Gepäckstück mit schwieligen, tief zerfurchten Händen.

Sicher hatte sie in ihrem Leben schon viel harte Landarbeit verrichtet, dachte ich bei mir und beobachtete sie verstohlen. Ihre Gesichtszüge, eingerahmt von einem ebenfalls schwarzen, mit einem schmalen Spitzenrand verzierten Kopftuch, waren glatt und klar. Stolz sprach aus ihren dunklen Augen, die irgendeine weite Ferne zu ergründen suchten. Von Hardy und mir nahm sie keine erkennbare Notiz. Offenbar schickte es sich für sie nicht, fremden Männern ins Gesicht zu schauen.

Auch meine Blicke schweiften ab, verweilten auf den türkisfarbenen, mit Zotteln besetzten Vorhängen, die inzwischen längst verblichen waren.

Draußen wanderten lange Reihen von Olivenbäumen an unseren Augen vorbei. Der Bus ächzte, klapperte die Serpentinenstraße bergan und schraubte sich immer höher in das kretische Gebirge hinein.

Am Wegesrand in einer Nische standen einige matt glänzende Mahnsteine, die an die Gräuel aus der deutschen Besatzungszeit während der Nazi-Ära erinnern sollen. Betroffenheit, Nachdenklichkeit, Demut beschwerten meinen Kopf, hielten mich in Gedanken gefangen.

Erinnerungen erwachten an den Schrecken, der mich zehn Jahre zuvor aus dem Schlaf gerissen hatte. Ich hatte mich damals gerade in einem Hotelzimmer am Omoniaplatz im Zentrum Athens müde und zufrieden schlafen gelegt, träumte von Platon und Aristophanes, als plötzlich ein Höllenlärm, lautes Kettengerassel, Quietschen, aufheulende Motoren an meine Ohren drangen. Elektrisiert war ich aufgesprungen, hatte den Vorhang aufgerissen. Im fahlen Licht der Straßenlaternen sah ich eine Kolonne schwerer Panzer in hohem Tempo auf den Platz zurasen, dort einen nach dem anderen mit ruckartigen Lenkbewegungen einen Dreiviertelkreis vollziehen und hinter einer Häuserecke genauso plötzlich wieder verschwinden. Zurück blieben umgerissene Verkehrsschilder, seitlich aufgeschlitzte Autos, platt gewalzte Mülltonnen, Rauchschwaden, beißender Benzingeruch. Eine Machtdemonstration des damaligen Obristenregimes, Einschüchterung der Bevölkerung, sinnlose Staatsgewalt. Die Wiege der Demokratie, Vorbilder der Antike unterdrückt und missachtet, der Parthenon zur Ruine verkommen, seit er unter osmanischer Besatzung nur noch als Munitionslager gedient hatte und dieses irgendwann in die Luft gegangen war.

Immerhin hatte ich auf meiner Reise im Jahre 1972 ein paar Tage später auch wieder einen Funken Hoffnung schöpfen können, als ich in dem kleinen Dorf Palekastron im äußersten Osten Kretas in das Kafenion an der Busstation einkehrte. Der Gastraum war gut gefüllt. An einfachen Holztischen wurde Tafli gespielt. Es herrschte eine lebhafte Stimmung unter den Einheimischen. Ein Lied von Mikis Theodorakis klang aus dem Lautsprecher. Unter den Blicken der mir wohlwollend zunickenden Anwesenden setzte ich mich an einen der beiden noch freien Tische und bestellte mir einen Kaffee. Plötzlich war die Musik aus. Jegliche Kommunikation erstarb, Totenstille. Interessiert drehte ich mich um. In dem Moment wurde die Eingangstüre geöffnet, und zwei uniformierte Polizisten traten ein. Ihr Gruß blieb unerwidert. Um mich herum stierten die Gäste mit ernsten Gesichtern vor sich hin. Die Ankömmlinge setzten sich linkisch an den noch freien Tisch und riefen dem Wirt eine Bestellung zu. Dann stand ein Besucher nach dem anderen schweigend auf und verließ das Kafenion, bis ich und die beiden Polzisten als letzte übrig blieben. Eine bedrückende Atmosphäre belegte bleiern den Raum. Im Innersten war ich jedoch von diesem stummen, gewaltfreien Protest beeindruckt. Meine idealisierende Sichtweise von Menschlichkeit und Stolz, die nach meiner Vorstellung das griechische Volk seit Jahrtausenden geprägt haben musste, war gerettet.

Noch immer meinen Gedanken und Erinnerungen nachhängend bemerkte ich, dass wir inzwischen die Passhöhe erreicht hatten. Vor uns öffnete sich ein weites Tal. Der Busfahrer ließ unser Gefährt rollen, mehr als mir lieb war. Mit lautem Trompetenhorn nahm er die letzten Kurven und Serpentinen, bis wir in das hübsche, kleine Örtchen Palaiochora an der Südküste Kretas einliefen.

Üppige Vegetation, ein- bis zweigeschossige, weiß getünchte Häuser, eine Hauptstraße rechts und links gesäumt von zahlreichen Kafenions, kleinen Restaurants, am Ende das Rathaus, dahinter aufragend eine Burgruine auf einer Anhöhe, wenige Meter weiter nach links ein betonierter, einfacher Anlegesteg.

Mit zielorientierten Augen hielten wir Ausschau nach einem Hafen, in dem wir - uns bildlich vorgestellt - die Rhea festgetäut dümpeln lassen könnten. Vergeblich. Erst später konnten wir feststellen, dass sich hinter dem Burgberg eine Landzunge erstreckte, die keilförmig weit ins Meer hineinragte. An deren Spitze gut einen Kilometer außerhalb des Ortes öffnete sich ein kleiner, kreisrunder Hafen, in dem einfache, bunt bemalte

Fischerboote der Einheimischen lagen. Die Rhea wäre dazwischen ein wahrer Riese. Aber warum nicht? Ist das Hafenbecken denn tief genug?

Erst später erfuhren wir Einzelheiten über die Hafeneinfahrt, Tiefe 2,20 m bis 2,50 m, neigt ständig zur Versandung, besonders im Winter, gefährliche Steine, Ausbaggern nur sporadisch, nicht verlässlich. Die Fischer lavieren ihre Boote mit einem kräftigen Schub Gas über flache Stellen, rutschen meistens erfolgreich rüber - oha. Wäre also ein riskantes Unterfangen für uns, umso weniger vorstellbar bei starkem Seegang und Sturm.

Vorerst suchten wir nach einer festen Unterkunft. Wir wurden an Stavros verwiesen. Der könne uns bestimmt weiterhelfen. Nur, ihn zu finden, erwies sich als nicht ganz einfach. Mit unseren Rucksäcken auf dem Rücken durchstreiften wir das Dorf, fragten hier und da, fanden ihn schließlich am Ortsrand in einem Kafenion in ein Spiel vertieft. Als wir ihn ansprachen, reagierte er unwirsch, fühlte sich offenbar in seiner Partie gestört. Erst mit einer Runde Ouzo gelang es Hardy, das Eis zu brechen. Mit einer lässigen Handbewegung schnippte er die Würfel über das Spielbrett, erhob sich träge und wandte sich uns zu.

Rabenschwarze Haare, in langen Strähnen in das braun gegerbte Gesicht fallend, kleine, wachsame, ebenso schwarze Augen, dunkler Kittel, T-Shirt, schwarze Pluderhose, die in engen gleichfarbigen Schaftstiefeln steckten, die fast bis zum Knie gingen. So trat er uns gegenüber. Faszinierend, wie aus dem Bilderbuch, dachte ich und schaute ihm offen ins Gesicht.

"Was kann ich für euch tun?", fragte er uns mit

sonorer, voller Stimme.

"Wir suchen eine einfache Unterkunft für ein paar Tage. Wir haben da so einige Ideen und wollen uns etwas umschauen, ob hier vielleicht ein geeigneter Platz dafür wäre," entgegnete ich ihm, ohne Einzelheiten zu nennen.

Stavros hob seine buschigen Augenbrauen. Er schien sichtlich neugierig geworden zu sein, forschte aber zunächst nicht weiter nach, sondern gab uns Zeichen, dass wir ihm folgen sollten. Er führte uns zu einem in frischer, weißer Farbe leuchtenden Häuschen, öffnete die Eingangstüre und wies uns ein Zimmer zu, wo wir unsere Rucksäcke ablegen und übernachten könnten. Dann dirigierte er uns in ein kleines Restaurant am Strand, bestellte drei Tassen Kaffee und schaute uns erwartungsvoll an. Es war eindeutig, dass er nunmehr unser eigentliches Anliegen hören wollte.

Wir zögerten nicht lange und erzählten ihm von unserem Segelschiff, der Rhea, die zukünftig von kretischen Gestaden auf Charterfahrt gehen solle. Palaiochora könne vielleicht die Basisstation für dieses Unternehmen werden. Stavros war augenblicklich Feuer und Flamme. Phantasievoll malte er aus, wie sich sein Ort mit der Rhea als Blickfang und Anziehungspunkt für touristische Zwecke nutzen ließe.

Als wir Vorbehalte äußerten, dass der von uns schon besichtigte Hafen wohl etwas zu klein sei und wegen der geringen Fahrwassertiefe bei Sturm nicht angelaufen werden könne, sah er keinerlei Probleme. Wir könnten doch einfach in der Bucht von Palaiochora, am besten vor seiner romantisch am Strand gelegenen Diskothek auf der Ostseite des Ortes vor Anker gehen, was zweifellos eine reizvolle Silhouette vor der Tanzfläche bilden würde, zumal diese ohnehin optisch scheinbar ins Meer rage.

Indes, uns stimmte dieser Vorschlag von Stavros, der eigentlich in allen Dingen grundsätzlich keine Probleme zu sehen schien, eher bedenklich. Der Traum von Palaiochora als Zielort war angekratzt, ja im Sommer vielleicht mal, aber als fester Liegeplatz sommers wie winters sollte es vernünftigerweise ein anderer Hafen werden.

Vorerst genossen Hardy und ich aber den Spätsommer am Mittelmeer. Sonne, Strand, griechische Küche, zahllose Gespräche mit Stavros, mit Einheimischen, als würden wir quasi schon übermorgen einlaufen, Perspektiven mit Träumen und Leutseligkeiten verwoben. Auch genossen wir die uns zuerkannte Sonderrolle, waren wir doch nicht als gewöhnliche Touristen gekommen, sondern als künftige Mitbürger, na? -, so schien es uns jedenfalls. Stavros stellte uns überall vor. Wir waren seine Günstlinge.

Eines Abends - Hardy und ich saßen gedankenverloren am Strand - zog eine gewaltige Gewitterfront von Süden her auf. Donnergrollen, erste Blitze zuckten über See. Es schien ratsam, sich rechtzeitig zurückzuziehen. Die ersten dicken Tropfen fielen, als wir unsere Unterkunft betraten. Da begegnete uns Stavros, der umgekehrt gerade im Aufbruch inbegriffen war, ein langes Gewehr geschultert, noch finsterer wirkend als ohnehin schon. Auf die Jagd wolle er gehen, in die Berge. Die aufzuckenden Blitze würden ihm genau das richtige Licht geben, um das Wild auf

Kimme und Korn zu nehmen. Ich musste schmunzeln. Das entsprach genau meinem Vorstellungsbild von Stavros.

Zum Ende unserer Erkundungsreise erwartete uns noch ein verabredeter Termin bei einem griechischen Anwalt, der sich auf Seerecht spezialisiert hatte, und zwar in Piräus.

Doch am Abend vor unserem Aufbruch sollte ich noch ein wirklich denkwürdiges Erlebnis erfahren. Im Sommer hatte ich Hartwig in der Kieler Szenenkneipe Club 68 getroffen und ihm natürlich von unseren rhealistischen Träumen vorgeschwärmt, so auch über unseren Wunschzielort Palaiochora.

Dieser Hartwig saß nun am Abend des 27. Oktober 1982 zusammen mit Helena, Ida und Rainer aus Schönhagener Wohngemeinschaftszeiten auf Urlaubsreise just in diesem Ort im Restaurant. Sie schwelgten mit Retsina, Souflaki, Choriatiki und sinnierten übermütig, wen sie denn nun mal treffen könnten.

Hartwig meinte prompt: "Na, Kalle vielleicht. Der wollte doch mit seinem Schiff hierher, wie er mir erzählte." Sprach's, und noch keine fünf Minuten waren vergangen, und es kam so unwahrscheinlich, wie nicht ernsthaft erwartet. Ich schlenderte mit Hardy die Straße entlang und nahm Kurs genau auf dieses Restaurant.

"Huch, da kommt er ja," stieß Hartwig erstaunt, fast schon entsetzt aus.

Schnell verständigten sie sich darauf: "Komm, wir tun jetzt so, als wären wir gar nicht überrascht."

Fast beiläufig wurde ich begrüßt. Ich freute mich,

Bekannte getroffen zu haben, und kündigte an, mich später, wenn ich gegessen hätte, noch etwas zu ihnen setzen zu wollen. Hardy und ich suchten uns einen freien Tisch. Gyros und der obligatorische Ouzo stärkten Leib und Seele. Wir schmiedeten weitere Pläne in mediterranem Flair.

Schließlich rückte ich einen Stuhl an die Schönhagener heran.

Sofort wurde die Frage an mich gerichtet: "Wo ist dein Schiff? Das haben wir hier noch gar nicht entdeckt. Können wir dich da besuchen?"

Da musste ich passen. Aber ich erzählte von unseren Abenteuern. Dabei bemerkte ich, wie mich Ida heftigst in ihren Bann zog. Irgendetwas schwang da hin und her, Kribbeln kam auf. Schnell verwarf ich diese Gedanken, verbarg diese Gefühle. Ich dachte bei mir, ich spinne wohl. Da sind zwei Pärchen, die dir gegenübersitzen. Mach dir keine Illusionen, hat doch keinen Sinn. Bis etwas Merkwürdiges geschah, was mich sehr aufhorchen ließ. Plötzlich, ganz unvermittelt und ohne jeden Gesprächszusammenhang erklärte mir Ida, dass ihre Reisegruppe eigentlich eher zufällig zusammengefunden hätte. Helena und Hartwig waren ein Paar. Das war klar. Aber sie und Rainer hätten die Reise nach Kreta nur deshalb mitgemacht, weil sie früher mal zusammen in der Wohngemeinschaft gelebt hätten. Sofort klickte es bei mir.

Was wollte mir Ida damit sagen?

Hatte ich vorher schon etwas Müdigkeit verspürt, war ich nun wieder hellwach. Jetzt brauchte ich mein Interesse nicht mehr zu verbergen: Ich lenkte das

Gespräch auf die örtlichen Diskotheken, erzählte von der romantischen Stranddisko von Stavros, die aber bereits seit zwei Tagen geschlossen hätte, und schlug dann vor, eine der beiden anderen aufzusuchen. Ida war gleich Feuer und Flamme.

Aha, dachte ich, das läuft ja gut an. Ob die anderen sich jetzt zum Schlafen abmelden?

Nichts von alledem, alle wollten mit. Nun denn. Zu fünft betraten wir die Disko. Schiebeblues zu zweit kam schon ganz gut.

Dann neuer Anlauf. Vorschlag von mir: eine weitere Disko.

Ida begeistert, die anderen diskutierten, ob es nicht langsam an der Zeit wäre, ins Bett zu gehen, kamen aber wieder mit. Offenbar hatte nur Ida verstanden, was hier geläutet hatte. Also weiter durchhalten, durchhalten.

Irgendwann war es dann so weit. Wir beide waren allein. Bis in die Morgenstunden spazierten wir am Strand, saßen auf der Mole, fühlten uns füreinander bestimmt.

Malcolm beugte sich über den Tisch und lächelte mich gönnerhaft an.

"In puncto Liebe zu einer schönen Frau hatte sich diese Reise für dich also schon gelohnt. Aber was war mit deiner Liebe zum Schiff und euren Plänen für Griechenland? Sprachst du nicht vorhin von einer Verabredung mit einem Rechtsanwalt in Piräus? Das interessiert mich", lenkte Malcolm meine Erzählung zum eigentlichen Grund unserer Reise.

"Das lief gar nicht gut", entgegnete ich. "Der

194

griechische Anwalt erklärte uns, ein griechischer Staatsbürger müsse als Miteigentümer mindestens 51 % besitzen, damit wir mit unserem Schiff in ihren Gewässern Charterfahrten unternehmen dürften. Als unser Freund Stavros das hörte, war dieser sofort bereit, den Anteil zu übernehmen, vorausgesetzt natürlich, er müsse nichts bezahlen."

"Und habt ihr das so geregelt?", fragte Malcolm.

"Wir diskutierten das Angebot gar nicht erst. Das war viel zu gewagt. Hardy und mir war schlagartig bewusst geworden, dass ein griechischer Hafen damit nicht mehr in Frage kam. Denn natürlich wollten und konnten wir uns nicht in Abhängigkeit eines Griechen begeben, mochte dieser uns auch noch so freundschaftlich gesonnen sein. Mit einem Miteigentum von 51 %, also mehr als der Hälfte, hätte er bei jeder internen Abstimmung die Mehrheit. - Undenkbar. Und zu unserem Modell einer Kommanditgesellschaft mit Anteils- und Mitfahrrechten passte das sowieso nicht."

"Aber das war doch nicht das Ende eurer Mittelmeerträume oder?"

"Nein, natürlich nicht. So schnell gaben wir nicht auf. Es galt nur, neue Pläne zu entwerfen und andere, sonnige Ziele anzupeilen. So wägten wir auf unserer Heimfahrt Chancen und Möglichkeiten ab, ohne zu wissen, welch bahnbrechende Veränderungen uns schon wenige Wochen später bevorstehen würden."

Der Untergang der Hernil

Im Hafen von Whitstable hatte es aufgehört zu regnen. Malcolm kletterte hinaus und kürzte die Festmacherleinen, da sich die *Iolaire* inzwischen aus dem Schlickgrund gelöst hatte. Der einsetzende Flutstrom ließ sie aufschwimmen. Ich nutzte die Gelegenheit, um frische Seeluft zu tanken. Aber Malcolm drängte mich zur Fortsetzung meines Berichts.

Er fragte: "Was gab es denn so Bahnbrechendes bei euch? Eure erste Segelsaison war doch vorbei. Im November/Oktober werden die Schiffe bei uns winterfest gemacht."

Ich freute mich über seine Neugier und fuhr fort.

Ein sonniger Herbstnachmittag tauchte Laboe, den kleinen Ferien- und ehemaligen Fischerort an der Kieler Förde, in ein freundlich klares Licht. Fest vertäut im Hafen lag der Traditionssegler, die Gaffelketsch *Hernil*.

Mit viel Speed steuerte ein Kapitän seinen Butterdampfer durch die Einfahrt. Er hatte seinen Liegeplatz im nördlichen Becken des engen Hafens schon fast erreicht, bekam aber die Kurve nicht und rauschte in die Breitseite der *Hernil*, die dort unschuldig am Steg lag. Krachend berstendes Holz, und im nächsten Moment klaffte im achterlichen Bereich der Steuerbordseite ein großes, kegelförmiges Loch. Die *Hernil* zog kräftig Wasser und begann auf Tiefe zu gehen.

Der sofort herbeigerufene Eigner Lothar schaffte es gerade noch, die Fallen des Groß- und des Besanmastes zum Steg abzuspannen. So konnte er verhindern, dass sich das Schiff mitsamt den Masten zum Wasser hin vollends auf die Seite legte.

Ansonsten sank die *Hernil* bis knapp unter Deckshöhe. Dann lag sie auf Grund auf. Das Hafenbecken war hier nicht sehr tief.

Das änderte aber nichts an dem traurigen Bild, das die geschundene *Hernil* nun abgab.

Und es änderte auch nichts daran, dass diesem vormals so eleganten und stolzen Segler ein paar Tage später durch den Havariekommissar der wirtschaftliche Totalschaden attestiert wurde. Eine Reparatur des Schiffes wäre zu teuer.

Jener 17. November, an dem die *Hernil* Schiffbruch erlitt, sollte für die Rhea ein so denkwürdiger, wie alles verändernder Herbsttag werden. Es war der Tag, an dem das Pech des einen zum Glück des anderen, der Rhea nämlich, wurde.

π

Abtakeln

Die *Hernil* wartete auf den Abwracker. Da war es nur ein schlechter Trost, dass der Haftpflichtversicherer des Butterdampfers eine Entschädigungssumme bereitstellte.

Aber in diesem Moment kam ich ins Spiel, war ich doch in den Vor-Rhea-Zeiten auf der *Hernil* mitgefahren, hatte mitgearbeitet und mich meine Begeisterung die Einlage eines Teils meiner Ersparnisse kosten lassen, die immer noch in diesem Schiff steckten. Jetzt stellte mich Lothar vor die Wahl. Entweder ich bekäme die 17.000,- DM zurück, oder wir könnten die *Hernil* ausschlachten, alles ausbauen und mitnehmen, was wir für die Rhea bräuchten.

Unsere Chance! Das ließ ich mir nicht zweimal sagen. Die Wahl war augenblicklich klar. Bis auf den Rumpf konnten wir so gut wie alles gebrauchen. Masten, Rigg, also das gesamte stehende und laufende Gut, Segel, Klüverbaum mit Netz, Anker, Ketten, Ankerspill, Wasserpumpen und vieles mehr schienen uns nützlich und erhaltenswert.

Wir machten uns an die Arbeit. Zeit zum Überlegen war sowieso nicht da. Das Schiffswrack sollte so schnell wie möglich zerlegt werden. Hierfür wurde es auf die Slipanlage der nur ein paar Schiffslängen entfernten Knierim-Werft gezogen. Das erleichterte uns die Arbeit. Aber wir mussten uns sputen. Denn das Abwrackunternehmen würde bald zur Stelle sein.

Also hatten wir unseren Einsatzort zunächst auf der *Hernil* im Laboer Hafen. Wir bauten alles ab, was nicht niet- und nagelfest war. Unter anderem hievten wir ungefähr sieben Tonnen Eisenballast aus dem Schiffsrumpf an Deck, dann rüber auf die längsseits gelegte Rhea, die kurzfristig zum Transportschiff umfunktioniert wurde. Schnell türmten sich Berge an Material auf der Rhea. Auch Teile der Aufbauten, wie den kompletten Niedergang und die Skylights, sägten wir heraus und nahmen sie mit.

Wir bestellten einen Autokran bei der Firma Sünkler. Dieser zog die Masten und legte sie ins Wasser, wo wir sie fest laschten, damit sie nicht wegschwammen. Wir fuhren mit der Rhea wiederum nach Laboe, befestigten die Masten längsseits am Rumpf und flößten sie so zu unserem Liegeplatz am Kieler Seefischmarkt. Dort fuhr der Autokran vor, zog die Masten aus dem Wasser und hievte sie auf die Kaifläche, bereit für winterliche Arbeiten, bevor sie im Frühjahr auf der Rhea aufgestellt werden sollten. Gleichzeitig ließen wir mit dem Autokran die mehr oder weniger maroden alten Masten der Rhea und bei dieser Gelegenheit auch gleich das gesamte stählerne Ruderhaus mit abbauen und auf der Kaianlage absetzen.

Jetzt lag da nur noch der nackte Schiffsrumpf der Rhea und daneben, an Land, war alles mit großen Schiffsteilen vollgestellt.

Die Seefischmarktverwaltung, die uns ja nur ein paar Wochen auf der Durchreise ins Mittelmeer hatte beherbergen wollen, schäumte. Es kostete uns viele, viele Beschwichtigungen, bis sich die Hafenverwaltung in das sowieso Unabänderliche fügte, natürlich nicht ohne unsere Beteuerungen, dass wir diesen haltlosen Zustand bald wieder ändern wollten. Ein hartes Stück Winterarbeit lag vor uns.

Wir mieteten gegenüber im Verwaltungsgebäude einen Raum an. Dort richteten wir ein Materiallager ein, unser "Kabelgatt" für den bevorstehenden Winter. Nicht enden wollende Tragestafetten waren notwendig, bis alles in diesem Lagerraum untergebracht war. Zuerst schleppten wir alles aus dem Schiffsbauch an Deck. Von dort hievten wir die Sachen die gut zwei Meter hohe Kaimauer hoch an Land und weiter über den Vorplatz seitlich in das Hauptgebäude durch Schwenktüren, einen Flur entlang, dann rechts in unseren Raum. Hier häuften sich allmählich Berge dickeren und dünneren Tauwerks, kilometerlang. Eine über hundert Meter lange, armdicke Schlepptrosse, Fallen, Klau- und Piekfall für Groß- und Besansegel, weitere für zwei Toppsegel, Fock, Klüver, Flieger, dazu Dirk, Niederholer und so weiter, schließlich die Schoten, mit denen die Segel dicht geholt und gefiert, also beim Segeln bedient werden, bis hin zu den Flaggenleinen.

In einer anderen Ecke stapelten wir unzählige Segel, dickes, robustes gelblich grauweißes Tuch, bei dem wir vor allem darauf achten mussten, dass sie trocken eingelagert wurden, um keine Überraschungen zu erleben, wenn sie im Frühjahr zum Einsatz kommen.

Sorgfältig aufgerollt und zusammen gebänselt hingen an einer Wand sämtliche Wanten der *Hernil*, starke Drahtgeflechte, bereit, die Masten zu halten und dem stärksten Winddruck zu trotzen.

Ein Bord war gefüllt mit Dutzenden ein-, zwei- und dreischeibigen Holzblöcken. Es sammelten sich da Berge von Beschlägen aller Art und Größen an, Kauschen und tausenderlei andere Nützlichkeiten für die traditionelle Seefahrt.

Hier unterbrach mich Malcolm, der mir immer noch aufmerksam zugehört hatte:

"Na, da hättet ihr ja rechtzeitig umschwenken und ein Ladengeschäft als Schiffsausrüster für Traditionssegler eröffnen können."

"Ja, du hast Recht. Aber natürlich zogen wir das nicht in Erwägung. Unser Motiv blieb die Seefahrt, und dafür brauchten wir einfach all die nützlichen Einzelteile, wollten wir diese doch zu einem "neuen", schönen Oldtimer zusammenfügen."

ρ

Jack Holborn

Intensiver Geruch nach Salzwasser, Seetang gemischt mit Teerdünsten und einem Hauch von Moder erfüllte den Stauraum an Land, unsere Schatzkammer - Arbeitsraum, angereichert mit Seefahrtsaura. Und gut geheizt war es in dem Raum auch, ganz im Gegensatz zu unserem Bordleben.

In der Weihnachtszeit trieben wir einen alten Fernseher auf, räkelten uns mit einer Pulle Rum auf den Segelhaufen und genossen begeistert die sechsteilige Fernsehserie mit *Jack Holborn*, innerlich und äußerlich eine perfekte Kulisse zum Mitfiebern.

Jack Holborn, der Waisenjunge, der im Hafen von Bristol erst beim Reepschläger arbeitet, dann heimlich auf einen Frachtsegler klettert und so als Schiffsjunge auf abenteuerliche Fahrt geht.

Auf der Rhea war es mittlerweile empfindlich kalt geworden. Irgendeine Heizung musste dringend her. Wir besorgten uns einen einfachen Industrieofen, der eigentlich aus nicht mehr als einer Eisentonne mit Klappöffnung und Ofenrohr bestand. Bei einem Stellmacher in Todenbüttel sammelten wir günstig das Abfallholz ein, transportierten es auf einem geliehenen Hänger zum Seefischmarkt und stapelten diese Brennholzvorräte an Deck unter einer Plastikplane. Schön sah das nicht aus.

Ansonsten lagerten an Deck vier große Haufen leicht angerosteter Ankerketten, diverse Anker, sieben Tonnen Eisenballast, bestehend aus rostig braunen Zentnerblöcken, die aus der *Hernil* herausgesägten Deckaufbauten, zwei Handpumpen mit jeweils zweieinhalb Metern Ansaugrohren, eine Motorpumpe äußerlich von Grünspan und Rost eingefärbt.

Den Bugspriet hatten wir komplett mit den im Bordbereich bis zum Poller reichenden Bänken abgebaut. Also klaffte im Bugbereich ein großes Loch. Der elegante Rumpf der Rhea sah mit all diesen Gegenständen an Deck und ohne Masten, ohne Bugspriet und ohne Ruderhaus aus, als solle er selbst bald abgewrackt werden.

In dieser Situation saß ich eines Vormittags gemütlich im Salon und schrieb Briefe, als ich durch ein klickendes Geräusch, das von außen hereindrang, abgelenkt wurde. Fotografiert da jemand unser Schiff? Ich öffnete das Luk und kletterte an Deck. Auf der Kaimauer stand eine stattliche, modisch gekleidete, ältere Dame, die mich freundlich anlächelte, mit einer großformatigen, professionell wirkenden Kamera in der Hand. Auf meine Frage, was sie wolle, antwortete sie unbefangen, sie sei Redakteurin der Seglerzeitschrift "*Yacht*" und sei gerade dabei, eine Reportage über das Seglerleben am Kieler Seefischmarkt zu konzipieren.

Ausgerechnet in diesem ungünstigen Moment, schoss es mir durch den Kopf. Unwillkürlich breitete ich meine Arme aus, als wollte ich etwas verstecken. Hätte ich doch unsere ganze Habe, die an Deck gestapelt lag, blitzschnell unter einer Tarnkappe verschwinden lassen können. Also beeilte ich mich, wortreich über unsere

Restaurierungspläne zu berichten. Aber die Dame hoch oben über mir auf der Kaimauer schien schon gar nicht mehr so recht zuzuhören und driftete weiter zu anderen Schiffsobjekten. Offenbar glaubte sie, genug gesehen zu haben. Wer konnte es ihr auch verdenken? Die Geschichten der Schiffseigner aus ihren verlotterten Schiffsbäuchen, das sind ja doch alles die gleichen Träumereien. Was war da schon anders an meiner Erzählung?

Prompt erschien ein grausamer Bericht in der "*Yacht*" unter dem so klangvollen wie niederschmetternden Titel "*Leben im Wrack - Existenzen in Rost und Rott*", natürlich mit einem Foto unseres nackten Schiffsrumpfes ohne Masten, aber voller Gerümpel an Deck.

Und doch gab es in dieser Zeit auch Menschen, die unseren hochfliegenden Plänen und unserer Schaffenskraft vertrauten. Aufgrund irgendeiner Empfehlung kletterten eines Tages fünf fröhliche Schüler und Studenten, drei Mädchen und zwei Jungs an Deck und fragten nach, ob sie unser Schiff im kommenden Sommer für ungefähr sechs Wochen zum Segeln chartern könnten. Unsere Augen leuchteten begeistert auf. Die Bordkasse musste in jedem Fall vor einem Aufbruch ins Mittelmeer aufgefüllt werden.

"Aber natürlich", sprangen die Worte aus Hardy und mir wie aus einem Munde heraus.

Es folgte aber doch die skeptische Nachfrage, ob wir es uns denn wirklich zutrauen würden, das Schiff bis dahin segelfertig und seeklar zu haben, und ob wir den Charterauftrag auch zuverlässig und absolut verbindlich zusagen könnten.

Dann erzählten uns die Fünf, was sie vorhatten.

Gespannt hörten wir zu.

Eine Demonstrationsfahrt gegen die Verschmutzung der Ostsee mit umfangreichem Programm, mit Presse und Fernsehen. Das Schiff, ein schöner Oldtimer als Blickfang – vorstellbar im Augenblick nur mit fest verschlossenen Augen. Fahrt entlang der deutschen Ostseeküste zu allen größeren Häfen, dann eine Sternfahrt mit traditionellen Seglern aus anderen Ostseeanrainerstaaten, in denen dies politisch möglich war, nämlich Schweden, Dänemark, Finnland und sogar Polen, nach Stockholm, dort ein internationales Treffen mit Symposion zum Zustand der Ostsee, alles organisiert vom Deutschen Jugendbund für Naturbeobachtung, dem DJN, in Zusammenarbeit mit dem Deutschen Bund für Vogelschutz, dem DBV.

Es klang geradezu phantastisch. Welches Glück bescherte uns die Aussicht auf ein solch grandioses Sommerprogramm mit unserer Rhea? Aber würde das auch klappen? Dieser fahr- und demonstrationsbereite Traditionssegler musste zunächst noch erschaffen werden. Das lag an uns.

Feierlicher Handschlag. Soeben hatten wir voller Begeisterung und Selbstvertrauen zugesagt.

Ob wir damit ernst genommen werden könnten, das sollte sich erst noch herausstellen. Vorerst ließen wir uns tragen von dem Vertrauensvorschuss unserer Auftraggeber, von unserem Mut und Tatendrang, möglicherweise ja auch von einer gehörigen Portion Naivität und Leichtsinn. On verra.

ç

Winternacht

Es war einer der ersten frühwinterlich frostig kalten
Abende, als Ida sich aus ihrem gemütlich warmen
Zimmer auf den Weg zu mir auf die Rhea machte. In der
Küche saßen die Mitbewohner ihrer WG. Sie hatten eine
Flasche preiswerten Lambrusco, italienischen
Rotweinfusel, geöffnet und lästerten amüsiert über die
beiden Brüder ihrer Mitbewohnerin Ulrike, die auf keiner
Fete fehlten, sich aber stets gegen 10:00 Uhr abends unter
einem der Tische ablegten und friedlich schliefen, mochte
die Musikanlage neben ihnen auch bis zum Anschlag
aufgedreht sein, so dass jede Unterhaltung unter dem
harten Beat der Rolling Stones, der Doors oder Johnny
Winters völlig chancenlos blieb. Irgendwie ließ sich der
Tagesrhythmus der beiden Brüder, die täglich schon um
halb fünf im Stall standen, um das Vieh zu melken, mit
dem Fetenleben nicht unter einen Hut bringen. Aber
dabei sein war alles.

Es schlief sich mitten im Partyrummel wohl auch
einfach besser. So hatten sie zumindest nicht das Gefühl,
etwas zu verpassen. Und sie störten niemand.

Sie waren die Fetengäste, nach denen sich Ulrike am
frühen Abend stets erkundigte: "Liegen meine Brüder
eigentlich schon unter dem Tisch?" Eine Frage, die bei
manch einem Zuhörer auf Erstaunen stieß, bei den Insi-
dern aber nur mildes Lächeln und Kopfnicken hervorrief.

So bot dies Anlass zu fröhlichen Nachbetrachtungen

in der Küche der Wohngemeinschaft im Negenharrier Haus von Bauer Neuhaus.

Ida steckte nur kurz ihren Kopf in die Küche, rief ein "Tschüs, bis morgen dann" in die Runde und eilte nach draußen zu ihrer orangefarbenen Diane, der etwas größeren 32 PS-Version der legendären Ente. Der Anlasser röchelte etwas. Die Kälte machte sich bemerkbar.

Der aufgehende Mond tauchte die Landschaft in ein aschfahles, bläuliches Licht. Ein dünner Raureifüberzug reflektierte. Ida fuhr vorsichtig. Es konnte hier und da glatt sein. Schließlich bog sie in Kiel-Wellingdorf nach links von der Werftstraße ab, dort, wo ihr immer ein hell erleuchtetes Lampengeschäft den Weg wies. Sie lenkte ihr Auto durch die Einfahrt auf das Gelände des Kieler Seefischmarktes. Hier hatte in früheren Zeiten ein Pförtner gesessen und streng darüber gewacht, wer das Fischmarktgelände betreten oder verlassen wollte. Die Pförtnerloge fristete jetzt ein trostloses, vereinsamtes Dasein. Ansonsten war der Schlagbaum längst abgebaut. Freie Ein- und Ausfahrt für Jedermann. Dennoch empfand Ida es stets als etwas Besonderes, eigenwillig Aufregendes, wenn sie sachte durch die Einfahrt auf das Gelände rollte. Sie passierte die Schwelle in eine andere Welt. Noch um eine Hallenecke gebogen, bot sich ihr auf der Kaianlage das wegweisende Panorama: das demontierte Ruderhaus, umgeben von zahlreichen Schiffsutensilien. Dicht daneben stellte Ida ihr Fahrzeug ab, stieg aus und trat erwartungsvoll an die Kaimauer heran.

Da lag die Rhea friedlich, leicht schwankend im

Mondlicht. Aus dem schmalen Rohr, das aus dem Oberdeck ragte, kräuselte sich eine weiße, bläulich schimmernde Rauchfahne.

Dann ist ja wenigstens etwas eingeheizt, dachte sie bei sich. Sie schulterte ihren kleinen Rucksack, um die Hände frei zu haben, und griff nach dem leicht angerosteten Rohrbogen, der die in die Kaimauer eingelassene Eisenleiter oben abschloss. Im ersten Moment zuckte sie zurück. Das Eisenstück war feuchtkalt, mit einer dünnen Eisschicht überzogen. Aber es half nichts, sie wollte aufs Schiff. Also griff sie nochmals, dieses Mal beherzter zu, biss die Zähne zusammen und setzte vorsichtig den rechten Fuß auf die oberste Sprosse der Leiter. Jetzt bloß nicht abrutschen! Im Zeitlupentempo, aber doch so zügig, dass ihre Hände nicht an dem eiskalten Eisen ihre Kraft verließen, aber auch nicht festfroren, hangelte sie sich mehr, als dass sie auftrat, von Sprosse zu Sprosse hinunter. Sie untersuchte mit der Fußspitze, ob sie nicht endlich das Schanzkleid der Rhea fühlen könnte.

Dabei schoss ihr durch den Kopf: Bloß nicht nach unten gucken!

Auch kamen ihr unweigerlich Zweifel, ob es nicht doch vernünftiger gewesen wäre, im wohlig warmen Zimmer zu Hause zu bleiben, anstatt sich hier auf solche Gefahren einzulassen.

Und immer diese grausame Ritze zwischen Rumpf und Kaimauer, die mal größer, mal schmaler je nach Zugkraft, die der Wind auf die Festmacherleinen brachte, hin und her schwojte. Und zu allem Überfluss gurgelte und plätscherte das Wasser ständig mit wechselnden Lauten aus diesem gefährlichen Zwischenraum, als ob dort ein Ungeheuer säße, das sein Maul aufreißt, lechzend, schäumend nur darauf wartet, dass ihm etwas Lebendiges entgegenfallen würde, um sofort mit Haut und Haar verschlungen zu werden.

Also nicht nach unten schauen, Ruhe bewahren, alle Kräfte konzentrieren. Es musste gelingen.

Und es gelang Ida auch dieses Mal wieder. Irgendwann - nach einer kleinen Ewigkeit - landete sie mit einem beherzten Sprung rückwärts an Deck. Ida rutschte etwas, egal, Hauptsache geschafft. Welch´ Glück für mich, der ich ahnungslos im Salon tief unten im geheizten Schiffsbauch verweilte.

Rasch ging sie zur Tür am Niedergang und öffnete diese.

Ein wahrlich eigenwilliger Anblick bot sich ihr. Auf dem langen Holztisch stand eine große Petroleumlampe, die rauschend, fast fauchend den Raum hell erleuchtete. Rechter Hand saß Werner auf einer alten Seemannskiste, die Ellenbogen rückwärtig auf die Klaviertasten gelehnt, bekleidet mit einer grauen, langen Unterhose - "lange Männer" - und einem ebenso grauen, langärmeligen Velourunterhemd. Aus dem vollen, schwarzen Bart quoll gerade wieder sein unbändig brüllendes Lachen, das schon fast zu seinem Markenzeichen geworden war.

"Ei, gucke mol da, wer do gekumme is."

Unverkennbar, ein weiterer waschechter Mannheimer Seebär.

Auch Werner hatte es auf dieses Schiff am Kieler Seefischmarkt verschlagen, ohne dass er dies eigentlich so richtig vorgehabt hätte. Er hatte seinen Beruf als Erzieher an den Nagel gehängt und wollte seinen Traum verwirklichen, mit dem Motorrad, seiner schweren BMW, durch die Mittelmeerländer zu reisen, zeit- und planlos, ganz wie es ihm in den Sinn kommen würde. Bescheidene Ersparnisse würden ihm dabei helfen, über die Runden zu kommen.

Natürlich hatte er seine Träume, seine Pläne in seiner Mannheimer Stammkneipe, dem "Blauen Elefanten", monatelang zur Debatte gestellt. Sehnsucht und Neid der anderen beflügelten ihn in seinem Vorhaben. Dabei hörte er auch von dem Rhea-Projekt in Griechenland. Wiegald, ein Kommanditist und Gönner der Rhea, erzählte ihm begeistert über seine baldigen Aussichten, in der Ägäis und rund Kreta segeln und kostenlos urlauben zu können.

Das passte hervorragend in Werners Konzept. Er vergewisserte sich, dass genug Platz an Deck wäre, um dort sein Motorrad fest laschen zu können und sah sich zum Inselhopping schon an Bord, wie traumhaft herrlich, segelnd neue Ufer zu erreichen, das Motorrad zu besteigen und die Inseln zu erkunden. Werner geriet bei diesen Vorstellungsbildern förmlich in Verzückung.

Doch dann hörte er kurz vor Beginn seiner phantastischen Reise, dass es mit der Rhea und Griechenland noch nicht so recht geklappt hätte. Kurz entschlossen schwang er sich auf sein Motorrad und brauste nach Kiel, um sich ein eigenes Bild zu machen. Er bräuchte sich dort ja, sofern ihm Schiff und Crew zusagen würden, nur kurz für spätere Treffen in Griechenland zu verabreden und könnte dann zurück in Richtung Süden der Sonne entgegen durchstarten.

Aber es kam, wie es kommen musste, wie es Vielen

erging. Die Rhea zog ihn in ihren Bann und ließ ihn so schnell nicht wieder los. Werner mutierte vom Motorradtramp zum Macker, wie der Schiffer sagt, also zum Decksmann an Bord – durch dick und dünn und ohne Bezahlung, versteht sich. Fortan schraubte und hämmerte, entrostete und ölte, arbeitete er unermüdlich.

Offensichtlich reichte ihm das Gefühl der Freiheit, jeden Tag auf sein Motorrad steigen und losfahren zu können. Im Laufe der Wochen und Monate verblasste die Sehnsucht immer mehr. Er hatte sich im feuchtkalten Norden auf einer Schiffsbaustelle eingefunden und lebte dort zufrieden, als hätte das Schicksal dies so von ihm gefordert.

Immerhin wurden auch dort Mittelmeerträume in endlosen Gesprächsrunden geschmiedet, hatten wir doch unser Vorhaben trotz aller Widrigkeiten längst noch nicht aufgegeben. So begnügte sich Werner mit dem realen Leben am Seefischmarkt, das auch für ihn schon zur "Rhealität" geworden war. Dabei ahnte er noch nicht, dass er viele Monate später einmal bei schwerem Sturm und peitschendem Regen eine gesamte Nacht lang im Hafen von Rhodos am Steuer der Rhea stehen würde. Und dies keineswegs untätig, sondern unter Maschine mit dem Gashebel auf mittlere Fahrt voraus gegen unglaublich harte Böen an auf der Stelle fahrend, nur, um die Festmacherleinen zu entlasten, die er quer über das ganze Hafenbecken zahlreich ausgebracht hatte. Nur so würde er verhindern können, dass diese brechen und das Schiff auf das überflutete Hafenvorfeld aufsetzen würde.

Vorerst stand Ida erwartungsvoll lächelnd im

Niedergang auf der Treppe. Ich befand mich unten am Kopfende des Tisches. Neben mir hatte ich eine Staffelei aufgebaut, auf der große Blätter angeheftet waren, bespickt mit Skizzen und geometrischen Figuren, dem Schiffsriss und Detailansichten, überwiegend Seitenansichten der Rhea. Auf dem Tisch lagen diverse Zettel mit Berechnungen, Zirkel, Schreibutensilien, dazu einige Bücher, eines mit dem so klangvollen, wie eindringlichen Titel "*Seetüchtigkeit, der vergessene Faktor*". Den aber wollten wir gerade nicht vergessen. Ich war Tage und Wochen damit beschäftigt, mir aus allen möglichen Quellen das nötige Wissen anzueignen und dann zu berechnen, wo genau, wie und mit welchen Veränderungen das neu erworbene Rigg mit den Masten der *Hernil* montiert werden könnte. Die Rhea sollte damit sicher und gut segeln können.

Jetzt aber freute ich mich erstmal über den abendlichen Besuch. Ida trat an mich heran. Herzliche Umarmung. Neugierig beugte sie sich über die vor mir ausgebreiteten Papiere.

"Lenke ich dich jetzt von deiner Arbeit ab?", fragte Ida mich mit einem spitzbübischen Lächeln.

"Na, das war ja wohl eher rhetorisch gemeint", antwortete ich.

"Überlegt ihr gerade, wie die neuen Masten aufgestellt werden sollen?"

"Ah, das hast du ja gleich richtig erkannt. Der eine Mast ist ja länger als der andere. Jetzt fragen wir uns, welcher nach vorne, welcher nach achtern kommen soll. Die Rhea war ursprünglich als Schoner getakelt. Wenn wir sie originalgetreu restaurieren wollen, dann müsste der kürzere als Fockmast vorne stehen. Aber bei der *Hernil* war das genau umgekehrt. Sie war eine Ketsch mit dem längeren, dem Großmast, vorne."

Ida stutzte: "Ist das denn schwierig? Ihr könnt die beiden Masten doch einfach tauschen."

"Schön wär´s. Das ist gerade die Frage, mit der ich mich hier die ganze Zeit beschäftigt habe. Ob das möglich ist, hängt nämlich von ganz vielen Faktoren ab, so von der Rumpfform, der Länge, Breite, Verdrängung des Unterwasserschiffes, vom Kiel, Deckssprung und nicht zuletzt dem Standort des Motors. Der Großmast sollte durch das Deck geführt auf dem Kielschwein stehen. Das geht aber nicht, wenn dort genau der Motorblock sitzt."

Und weil Ida mich immer noch interessiert anschaute, fuhr ich fort: "Außerdem muss die Segelfläche lateral so ausgewogen sein, dass das Schiff weder zu luvgierig noch zu leegierig wird."

"Was heißt das?", fragte sie dazwischen.

"Im hinteren Schiffsbereich darf nicht zu viel Segelfläche stehen, damit das Schiff nicht die Neigung hat, sich ständig mit dem Bug in den Wind zu drehen und ebenso wenig umgekehrt."

"Versteh´ ich das richtig, dass es ausbalanciert sein muss?"

"Genau, zudem soll die Rhea ein möglichst angenehmes Seegangsverhalten aufweisen. Ihre Bewegungen bestehen aus einem fortwährenden Rollen, einem rhythmischen Krängen von der einen zur anderen Seite um die Längsachse, zusätzlich aus Schwingungen um die Querachse, dem Stampfen, und aus Gieren, den schwingungsförmigen Drehbewegungen um die Hochachse. All das soll im harmonischen Gleichklang mit dem Seegang verlaufen und nicht schlackern, also nicht durch übermäßige Bewegungen zu einer ständigen Belastung für Schiff und Crew missraten."

"Ich merke schon, das scheint ja doch recht kompliziert zu sein. Aber was heißt eigentlich *schlackern*?"

"Ein Seemannsausdruck. Das ist mit anderen Worten das, was ich dir gerade erklärt habe. Jetzt fällt mir noch ein wichtiger Faktor ein, nämlich die hydrostatische Stabilität des Schiffes, die durch die Rumpfform, das Gewicht und die Gewichtsverteilung bestimmt wird, sich aber bei Schräglage des Schiffes verändert. Dadurch driften Gewichts- und Verdrängungsschwerpunkt auseinander. Hier kommt es darauf an, dass der Gewichtsschwerpunkt des Schiffes stets unterhalb der Wasserlinie des Rumpfes bleiben muss, um einen Kentereffekt zu vermeiden."

"Stopp Kalle! Es reicht für heute. Du kannst ja kaum noch was anderes denken", unterbrach Werner meinen Monolog.

Aber ich ließ mich nicht beirren und setzte fort: "Nur eines möchte ich noch zu diesem Thema sagen: Ich bin gerade zu dem Ergebnis gekommen, dass wir trotz unterschiedlicher Rumpfformen der beiden Schiffe am besten damit fahren, wenn wir alles so umsetzen, wie es auf der *Hernil* war, also auch die Rhea eine Ketschtakelung erhält. Dann ist es nicht einmal nötig, die Segel umzuschneidern. Wir müssen nur für den Fuß des Besanmastes ein Trapezgestell aus Stahlträgern bauen.

Denn ein direktes Aufsetzen auf das Kielschwein ist nicht möglich, da dort die Antriebswelle vom Motor zur Schiffsschraube verläuft. Das ist unsere Zielvorgabe für die nächsten Monate. Toi, toi, toi, dass ich mich nicht verrechnet habe."

Da öffnete Ida ihren Rucksack, und zum Vorschein kamen Würstchen mit Kartoffelsalat, dazu eine Flasche tiefroter Bordeauxwein. So gelang es ihr augenblicklich, mich aus meinen Gedankenwelten herauszuholen. Für die Dauer ihres Besuches an Bord war ich befreit von der Projektierung, ebenso von meinen Unsicherheiten, ob ich wohl auch alles richtig machen würde und mich mit dieser Materie nicht etwa übernommen hätte.

Wir vertilgten zusammen mit Werner das Mitgebrachte.

Dann zogen Ida und ich uns in meine kleine Minikajüte zurück, in das "Kischdel", wie wir es liebevoll auf mannheimerisch nannten, das Kistchen also. Das passte; denn es bestand nur aus einem in Hüfthöhe befindlichen ca. 1,20 m breiten Bett, das über zwei Drittel der Breite gerade so hoch war, dass man sich bequem drehen konnte. Lichte Höhe ungefähr 60 cm. Vor dem Bett ein freier Stehplatz mit den Maßen 50 x 50 cm, daneben ein Einbauschrank. Das reichte.

Nun war es leider so, dass die Heizwärme im Salon nicht ausreichte, um auch das Kischdel zu erwärmen. Dort war es lausig kalt. Das Bettzeug war klamm und feucht. Ida hatte sich mit dieser Segelschiffromantik offenbar schon angefreundet. Jedenfalls äußerte sie keinen Protest. Aber ich konnte mir gut vorstellen, dass sie sich in dieser Situation im Stillen doch nach ihrem eigenen Bett sehnte.

Dank unserer Körperwärme wurde es nach ein bis zwei Stunden recht behaglich.

Na, geht doch, dachte ich.

Wir genossen unsere Zweisamkeit und hatten für die Unbill des Bordlebens weiter keine Gedanken.

τ

Auftakeln

In unserer Schiffskasse für den alltäglichen Bedarf stellte sich erneut starker Ebbstrom ein. Einnahmen hatten wir nur in den Sommermonaten durch die Jugendgruppenfahrten. Aber nun lagen wir am Seefischmarkt. Die Segelsaison war abgelaufen. Es herrschte Schmalhans Küchenmeister. Wieder waren es die Kommanditisten, die uns letztlich über Wasser hielten, indem sie unermüdlich mit Ess- und Trinkbarem aufwarteten, natürlich nicht ohne die Gelegenheit zu nutzen, mit uns auf dem Schiff kräftig zu feiern. Was dann noch fehlte, das erarbeiteten wir uns durch abwechselndes Jobben in der Kieler Räucherei, einem Begegnungszentrum mit Gastronomie. Dort standen wir dann abends hinter dem Tresen, zapften Bier, mixten Cocktails oder spülten Gläser.

"Ha, ha", lachte mich Malcolm an, "willst du mir jetzt etwa erzählen, dass du ´ne Tellerwäscherkarriere gestartet hättest?"
Ich antwortete: "Nein, nein. Davon träumten wir nicht. Es reichte aber, dass wir finanziell besser über die Runden kamen. Nach jedem Abend, jeder Nacht in der verräucherten Kneipe zurück auf den leicht schwankenden Planken der Rhea wehte uns eine frische Brise ins Gesicht, mal nasskalte, mal klare Seeluft. Wir atmeten dreimal tief durch und fühlten uns frei."

Über die Wintermonate und das Frühjahr bis hinein in den April des neuen Jahres ist schnell berichtet, so jedenfalls für den Betrachter, den eher ein fertiges Werk beeindruckt. Zu arbeiten gab es an allen Ecken und Enden des Schiffes. Eine erfolgreiche Vollendung schien unerreichbar. Ein stolzer, historischer Frachtensegler in neuem Gewand, die schnittige, dänische Galeasse Rhea, davon war lange Zeit nichts zu sehen. Das konnte man allenfalls vage erahnen, wenn man - wie wir - Vorstellungsbilder und Phantasien entwickelte, während ein aufmerksamer Blick die Rumpflinie entlang wanderte und das vorhandene Potential abschätzte. Genau dieses Wunschdenken, unsere Zuversicht, bis an die Grenze zur Illusion war es, was uns Flügel verlieh, was uns die nötige Prise Motivation vermittelte, um tagein, tagaus unermüdlich an unserem Schiff zu arbeiten, etwas Neues zu schaffen.

Währenddessen begegneten uns allerdings auch einige Dinge, die uns rätselhaft blieben.

Eines Nachmittags - wir saßen gerade an Deck und legten eine Arbeitspause ein - erschien über uns an der Kaikante eine kess und selbstbewusst auftretende, gut aussehende Frau, schlank, schwarzhaarig, teure Klamotten. Sie zeigte sich sehr interessiert an der Rhea und erkundigte sich nach dem Stand des Umbaus. Offenbar hatte sie bereits Vorinformationen über unser Projekt, sprach dies aber nicht an, sondern fragte schließlich, ob sie unser Schiff für einen längeren Törn "bareboat" chartern könne. Das heißt, sie wollte die Rhea ohne Stamm-Crew mieten.

Verdutzt fragten wir sie, wie sie denn dieses große Schiff führen wolle.

Daraufhin erzählte sie uns, dass sie einen Freund habe, der Engländer sei und große Erfahrung besäße, da er durch seine Eltern und Vorfahren in der traditionellen Seefahrt tief verwurzelt sei.

Wir schauten uns an. Alle hatten in dem Moment denselben Gedanken. Das kann ja wohl nur Oliver sein? Allgemeines, nachdenkliches Schweigen.

Hardy schaltete am schnellsten. Er beschied die auf Antwort wartende Dame mit dürren Worten, Chartern sei möglich, aber einzig und allein mit uns als feste, mitgebuchte Schiffsführung.

Kaum waren wir wieder unter uns, redeten wir fast gleichzeitig los, ereiferten wir uns ob dieses Vorfalls.

Hardy meinte: "Ja schleicht der Depp denn immer noch um unser Schiff. War dem sein Auftritt auf der Cuxhavenfahrt nicht peinlich genug?"

Und Bärbel wusste uns mitzuteilen: "Mir war diese Lady schon gleich irgendwie bekannt vorgekommen. Jetzt ist es mir eingefallen. Ich hatte sie vor ein paar Tagen auf der Holstenstraße in der Innenstadt gesehen, wie sie dort eng umschlungen mit einem Freund entlang schlenderte. Von hinten konnte ich ihren Begleiter nicht erkennen, aber nach seiner Statur und Haltung hatte ich kurz überlegt, ob das nicht Oliver wäre. Diesen Gedanken hatte ich aber gleich wieder verworfen, weil ich ihn für abwegig hielt. Jetzt bin ich überzeugt, das war er. Aber was könnte er im Schilde führen?"

Hardy fragte mich: "Hast du in letzter Zeit etwas von

dem gehört? Er ist doch dein Freund?"

"Nee, überhaupt nichts. Mir kommt das auch alles irgendwie merkwürdig vor."

Wir beschlossen, auf der Hut zu sein und wandten uns wieder unserem Arbeitsalltag zu.

Hardy war der Meister aller Maschinenteile. Er zerlegte rostige Metallklumpen, deren Zweck kaum noch zu erkennen war, reinigte, fettete und ölte sie, setzte diese dann wieder zusammen, ergänzte sie mit Ersatzteilen, brachte sie frisch in Farbe und zauberte daraus schließlich funktionelle Maschinen. Dazu gehörte zum Beispiel unser "Jockel", der Stromgenerator. Keinen Mucks hatte der mehr von sich gegeben. Stundenlange, liebevolle Zuwendung brachte ihn wieder auf Trapp. Erst ein zögerliches Stottern, dann nach intensiver Bearbeitung brummte er gutmütig vor sich hin und produzierte Strom.

Hardys besondere Zuwendung aber galt der Antriebsmaschine mit allen dazugehörenden Aggregaten. Insbesondere das Getriebe sollte endlich einwandfrei arbeiten. Das Debakel des ersten Jahres sollte ein für alle Mal der Vergangenheit angehören.

Bärbel hatte ein Abonnement auf Schleif- und Malarbeiten aller Art. Stunden, Tage, Wochen, nein Monate lang rubbelte der Schwingschleifer unter ihren Händen über alle Aufbauten und sonstige Holzteile, oftmals auch oben auf der Pier über die dort bereitliegenden Masten, Bäume, Spieren. Dann schwang sie Pinsel aller Größen und leerte so einen um den anderen Farbtopf.

Ich machte mich darüber her, das gesamte Rigg, stehendes und laufendes Gut, das wir von der *Hernil* abgebaut hatten, zu überholen und zum Einsatz auf der Rhea vorzubereiten. Berge von Holzblöcken mit eingearbeiteten Eisenrollen, ein-, zwei- und dreischeibige, wurden zerlegt, gefettet, wieder zusammengesetzt, das Holz geölt. Ähnlich erging es allen Beschlägen, Kauschen, Kabelenden. Jedes Einzelteil unseres Materiallagers wollte bearbeitet, erneuert und an die veränderten Bedingungen angepasst werden.

Wir hielten es für wichtig, die Wanten aus mehradrig geschlagenem Draht, die die Masten mit der gesamten Takelage auch unter Segeldruck halten sollten, zuverlässig und langlebig zu konservieren. Sie sollten nicht nur bei Wind und Wetter, Sturm und Extremsituationen standhalten können, sondern auch den Witterungseinflüssen, Sonne, Regen, salzigem Spritzwasser widerstehen. Traditionell wurden die Wanten hierfür in geteertes Tauwerk sozusagen eingewickelt, ummantelt. Das dafür verwendete Schiemannsgarn oder Hüsing wird mit einer Kleedkeule unter Spannung auf den Draht aufgedreht - eine langwierige, Geduld einfordernde Handarbeit, aber auch gesellig, da nur zu zweit zu bewerkstelligen. Gute Gelegenheit, um Seemannsgarn zu spinnen.

Kurzer Hand verlud ich die Wanten mit dem Bekleedungshandwerkszeug in mein Auto, einen klapprigen, für 300,- DM erstandenen Ford Taunus, und fuhr in die Wohngemeinschaft zu Ida. Dort hängten wir ein ums andere Want vom Badezimmer an einem Ende der Wohnung durch Küche, Flur und Zimmer bis ans andere Ende ungefähr in einer Höhe von einem Metern auf und umwickelten es dann. In Gemeinschaftsaktion beteiligte sich im Wechsel jeder WG-Bewohner an dieser so ungewöhnlichen, wie exklusiven Tätigkeit, Heimarbeit für die Seefahrt. Bald breitete sich der spezielle Geruch aus einer Mischung von Hanffasern und Holzteer in allen Räumen aus. So mochte es früher in den Häfen und Packhäusern gerochen haben, eine eigenwillige Aura, die nicht ohne faszinierende Wirkung blieb. Das Rhea-Projekt war allgegenwärtig.

Es dauerte nicht lange, und auch Mitbewohner Matze, der als gelernter Tischler mehr wollte, als tagtäglich Fenster und Türen in Serie zu produzieren, war vom Bazillus der traditionellen Seefahrt angesteckt. Erst fertigte er kunstvoll eine Seemannskiste, die er mir schenkte und die auch heute noch mein Zimmer ziert. Später baute er für die Rhea einen kompletten, neuen Ruderstand, der im Juli ungefähr fünf Minuten, bevor Fernsehteams mit gezückten Filmkameras an Bord kletterten, geradeso eben noch fertig wurde. In den Folgejahren war Matze nur noch an Bord alter Segler zu finden. Er hatte seine Zelte an Land vollständig abgebrochen. Seefahrtsgerüche machen offenbar sehnsüchtig, dies wohl gepaart mit unserer Begeisterung und dem Eifer für das Projekt.

Mit den ersten Frühling verheißenden frischen Brisen kam der Tag, an dem wieder der Sünkler-Autokran anrückte, um die "neuen" Masten auf der Rhea aufzustellen. Die Mastfüße, aber auch viele helfende Hände waren bereit. Die Topschlaufen der Wanten waren um die Mastbeschläge gelegt, die unteren Enden am Mast provisorisch festgebändselt. Weitere Beschläge im Topp der Masten hielten Blöcke, durch die erste Leinen, spätere Fallen, geschoren waren, damit die stehenden Masten geentert werden konnten. Eine Schlaufe am langen Ende unterhalb der Wantenbeschläge in ungefähr zwei Drittel Masthöhe an den Kranhaken eingeklinkt, und langsam hob sich die Mastspitze. Fünf bis sechs Mann hielten das untere Mastende unter Kontrolle, bis auch dieses knapp über dem Boden schwebte. Vorsichtig wurde das Ende mit Hilfe von Sorgleinen von Bord aus über die Kante der Kaimauer dirigiert. Daran wurde der bedrohlich in der Luft schaukelnde Mast langsam an Bord gelassen. Wieder griffen diverse, aufgeregte Hände zu und versuchten, das Mastende in den dafür vorbereiteten Fuß zu schieben. Dabei musste der Großmast zunächst noch durch den Decksdurchlass geführt werden, bevor er am Bestimmungsort auf dem Kielschwein aufsetzen konnte. In diesen Dimensionen mit einer Gesamt-Mastlänge von zweiundzwanzig Metern ein atemberaubendes, schwieriges Unterfangen.

Neben mir stand Bärbel, die ebenso wie ich mit vollem Einsatz den Mast umfasste und so gut wie möglich festhielt, damit der Fußpunkt in die Decksöffnung geführt werden konnte.

Plötzlich rief sie aufgeregt: "Da ist sie ja wieder."

Ich schaute hoch und sah, wie Bärbel ihren Hals nach oben zu den Schaulustigen reckte, die dem Treiben von der Pier aus zuschauten.

"Was ist denn?", fragte ich.

"Na, da oben steht die Schwarzhaarige, die mal hier

war und die Rhea ohne Crew chartern wollte. Ich hatte doch den Verdacht, dass sie mit Oliver zusammenhängen würde. Moment mal! Die greif ich mir."

Sprach's, ließ den Mast los, sprang über die Reling zur Eisenleiter und verschwand in der Menge. Mit Müh' und Not hielt ich den Mastfuß weiter in Position, während der Kranfahrer diesen langsam abließ.

Zehn Minuten später tauchte Bärbel wieder auf.

"Tut mir leid, dass ich plötzlich losgelassen habe. Ich dachte, ich könne die Lady wegen Oliver befragen. Sie war aber schon verschwunden. Hab´ sie nicht mehr gefunden. Aber wie ich sehe, habt ihr es auch ohne mich geschafft, den Großmast richtig einzusetzen."

"Sag, Kalle", unterbrach Malcolm, "wohnte Oliver inzwischen in Kiel?"

"Ich weiß es nicht. An Bord gekommen war er über die Wintermonate nicht, jedenfalls nicht, wenn wir da waren, und das war eigentlich fast immer der Fall. Vielleicht hatte er nur eine neue Freundin in Kiel, die auf sein Betreiben ihre Fühler zu uns ausgestreckt hatte. Aber irgendwie muss er uns beobachtet haben. Denn natürlich lief er uns wieder über die Füße, aber erst, als wir mit den Umbauten fertig waren."

"Dann war Oliver nach wie vor euer Schatten oder? Aber erzähl erstmal weiter", zügelte Malcolm sichtlich mühsam seine Wissbegierde.

Der Besanmast war auf der Rhea nur geringfügig leichter zu positionieren. Bevor nun der Kranhaken gelöst werden konnte, mussten die Wanten und Stagen befestigt und mit den bereitliegenden Wantenspannern provisorisch vorgespannt werden. Nach zwei Stunden Kraftakt konnte der Autokran wieder abrücken. Unser Schiff hatte sein Aussehen komplett verändert. Vor unseren Augen lag wieder ein Segler. Freudige Erwartung stand uns ins Gesicht geschrieben. - Wie immer in solchen Situationen Grund zum Feiern. - Notwendigkeit zur Weiterarbeit.

Bevor die Rhea wirklich segelfertig sein würde, war noch ein weiter Weg. Unzählige Male wurden die Arbeits-Crews, meistens Hardy und Klaas, in die Masten gezogen, um die Takelage zu vervollständigen. Mehrfach ergab es sich, dass Arbeiten oberhalb der Umlenkrollen, über die die Leinen liefen, mit denen sie hochgezogen wurden, zu erledigen waren. Aber wie sollte das gehen? Beide saßen in sogenannten Bootsmannsstühlen, das sind schlichte Bretter, wie eine einfache Holzschaukel. Kurzerhand und tollkühn kletterten sie oben angekommen aus den Sitzen und stellten sich auf die Bretter. In der einen Hand hielten sie Werkzeug oder Bohrmaschine, die andere umfasste die Mastspitze. Die Sicherungsleine legten sie um den Mast. Ob dies wirklich effektive Sicherheit gab, war allerdings zweifelhaft. Fröhlich verkündete Klaas, das nenne man "*Hansa Lufthaken*", wenn man so weit oben sei, dass es gar keine Sicherungsmöglichkeit mehr gäbe. - Kurz gesagt, alles lief gut, und ich war heilfroh, dass ich von diesen so gefährlichen wie anstrengenden Arbeiten verschont wurde.

Allmählich vervollständigte sich das Bild. Der

Klüverbaum, der immerhin acht Meter über den Bug hinausragte, wurde in die dafür vorgesehene Öffnung am Vorsteven eingepasst und mit Wasserstag nach unten, sowie seitlichen Stagen abgespannt, ferner zum Masttop mit dem schon vorbereiteten Klüverstag verspannt. Das von mir schon für die *Hernil* geknüpfte Klüverbaumnetz, groß genug, dass vier Mann bequem darin liegen konnten, wurde eingefädelt. Ein gewaltiger "Spargel" war das. Jetzt verhießen die Anlegemanöver wieder einen kräftigen Adrenalinschub.

v

Phönix aus der Asche

27. April 1983. - Probefahrt. Takelage vollständig, Segel angeschlagen, ein kühler Wind, West drei Beaufort, nasskalt, diesig. Die Spannung auf dem Siedepunkt. Würde die Rhea unsere Segelerwartungen erfüllen? Hatten wir alles richtig berechnet, aufgebaut, vorbereitet?

Langsam, bedächtig steuerte ich das Schiff aus der Schwentinemündung in Richtung Kieler Außenförde. - Endlich wieder in Fahrt. Die Maschine war auf Anhieb angesprungen und surrte zuverlässig, Steuerung, Getriebe, keine verdächtigen Nebengeräusche. Fraglos hatte Hardy ganze Arbeit geleistet.

Aber was hatten uns die Segel zu sagen? Auch das würden wir gleich wissen.

"Klar bei Segel setzen!"

Hardy, Bärbel, Klaas, Ida und einige weitere Mitfahrer griffen entschlossen, erwartungsvoll nach den Fallen und hissten das schwere Tuch, bis die einzelnen Segel in voller Größe den Wind einfingen. Ich steuerte das Schiff jeweils so aus, dass die Arbeit nicht zu Kräfte zehrend wurde, drosselte dann die Maschine, stellte auf Leerlauf, und überließ die Rhea den Windkräften. Sofort setzte sich das Schiff zügig in Bewegung. Erstaunte Blicke warfen wir uns zu. Ein ganz eigenes Segelgefühl kam auf. Die Rhea lief mit diesem neuen Rigg geradezu phantastisch. Noch vorsichtig und etwas zögerlich breitete sich Euphorie unter uns aus.

Zweiter Testabschnitt: Segelmanöver: Dass es sich mit dem Schiff gut halsen, also mit dem Heck durch den Wind drehen ließ, das war keine Frage. Aber wie würde es mit dem Wenden laufen, bei dem der Bug durch den Wind geht? Hier war mit der *Hernil*, als diese noch mit demselben Rigg getakelt war, jedes Mal ein relativ umständliches Manöver gefahren worden, nämlich erst in den Wind steuern, dann die Fock back setzen, während das Schiff zum Stehen kam und schließlich, als das Schiff langsam achteraus trieb, auch das Besansegel back stellen, bis der Wind von der anderen Seite in das Groß-segel einfiel, um schließlich mit allen übergeholten Segeln allmählich wieder Fahrt voraus auf dem anderen Bug aufzunehmen, ein recht zeit- und arbeitsaufwändiges Unterfangen.

Und was machte die Rhea? Zu unserem Erstaunen wechselte sie mühelos die Fahrtrichtung, ohne wesentlich ihr Reisetempo zu verlieren.

Es lief einfach alles perfekt. Jetzt gab's kein Halten mehr. Begeistert fielen wir uns in die Arme.

Ohne jeden Zweifel hatten wir ein komplett anderes, ein neues Schiff durch den Umbau erhalten. Das monatelange Arbeiten, es hatte sich gelohnt. Wir waren einen großen, einen riesengroßen Schritt in Richtung unserer Mittelmeerträume weitergekommen, die auch sofort wieder aufflammten.

Hardy meinte: "Sollen wir nicht einfach gleich wei-terfahren?"

Lächeln, Freude, Grund zum Feiern.

Zurück am Kai, spät am Abend, dann ein Brummen an Bord.

Hardy horchte. "Was ist denn das?"

Die Bilgepumpe war angesprungen. Wasser im Schiff unter den Bodenbrettern. Hatte es uns wieder kalt erwischt? Sofort suchten wir alles ab. Nichts zu sehen. Auch am nächsten Tag nicht. Die Pumpe, die bei Erreichen eines bestimmten Wasserpegels automatisch ansprang, mahnte uns jedes Mal penetrant und unerbittlich, dass wir ein neues Problem hatten. Es half alles nichts. Das Leck musste gefunden werden. Die Bodenbretter öffnen und siebzehn Tonnen Eisenballast ausladen? Unmöglich.

Wir besannen uns auf eine traditionelle Methode, besorgten uns im Sägewerk Sägespäne und streuselten diese abschnittsweise außen entlang des Rumpfes ins Wasser. Es dauerte nicht lange, und wir konnten beobachten, wie die Späne verstärkt zu einem Punkt am Rumpf strebten, von dort offensichtlich angesogen wurden, ein leichter Sog, die Leckstelle. Hardy untersuchte die Stelle als Erster, indem er mit Neoprenanzug und Taucherbrille in das noch lausig kalte Wasser sprang. Es war ein Plankenstoß, aus dem sich augenscheinlich die Dichtung gelöst hatte und herausgefallen oder heraus gespült worden war. Das Leck musste von außen abgedichtet werden. Hierzu verwendeten wir eine Bleiplatte 30 x 30 cm und schmierten auf die Rückseite eine dicke Lage Teer. Dieses Dichtungsteil musste nun unter Wasser von außen angenagelt werden, ein nicht nur eiskaltes, sondern auch schwieriges Unterfangen. Jeder war mal an der Reihe für durchschnittlich zwei bis drei Nägel pro Tauchgang, ohne Flasche, versteht sich. Derartiges Tauchmaterial besaßen wir nicht. Nur mit Taucherbrille, Neopren, Sicherungsleine, bestückt mit Hammer und Nagel ging es abwärts in die trübe, kalte Brühe. Unangenehme Dinge schwammen da im Hafenbecken, Luft anhalten, Konzentration auf den Job. Mein erster Hammerschlag landete prompt auf dem Daumen. Das war keine Ungeschicklichkeit. Es war einfach völlig ungewohnt und schwierig, mit dem Hammer durch das Wasser Schwung und Zielrichtung richtig zu koordinieren. Aber Übung macht den Meister. Mit der Zeit klappte es immer besser, und irgendwann nach etlichen Tauchgängen in wechselnder Besetzung war die Bleiplatte fest. Der Erfolg stellte sich ein.

In dem Moment wurden Malcolm und ich plötzlich hellhörig. Ein gleichmäßiges Summen und im nächsten Augenblick zusätzlich ein Plätschern außenbords war auf der *Iolaire* zu hören. Direkt unter uns war die automatische Bilgepumpe angesprungen und beförderte Wasser aus dem Bootsinnern nach draußen. Wir schauten einander kurz an. Dann schütteten wir uns aus vor Lachen.

"Das passt ja, wie die Faust aufs Auge", kommentierte ich amüsiert.

"Ist eben auch ein Holzschiff", erwiderte Malcolm lakonisch und fügte hinzu: "Nur, wenn mein Boot hundertprozentig trocken wäre, würde ich mir Sorgen machen."

Die Pumpe schaltete sich schon nach knapp einer

Minute wieder ab.

"Da, siehst du? Sie hat nur routinemäßig etwas Wasser ausgespuckt. Da ist kein Leck. Kein Grund zur Beunruhigung."

φ

Mare Balticum

Hardy und ich standen an der Reling und hielten
Ausschau. Es war der Anreisetag für die Umweltaktivisten, die es vertrauensselig schon im vergangenen Winter
gewagt hatten, unser Schiff zu chartern, als es noch
mastenlos über und über beladen mit scheinbarem Gerümpel am Seefischmarkt lag.

Inzwischen dümpelte die Rhea stolz und frisch
herausgeputzt als restaurierter Traditionssegler an der
Stadtkade von Flensburg, schon von weitem sichtbar mit
zwei langen, dunklen Masten, sorgfältig aufgetuchten
Gaffelsegeln - Groß und Besan - sowie drei parallel
versetzt zusammen gelaschten Vorsegeln über einem
gewaltigen Klüverbaum, unter dem sich ein gleichmäßig
geknüpftes Netz spannte. An und unter Deck alles
geputzt und gestriegelt, glänzend in frischer Farbe.

Nur die Holzverkleidung des offenen Ruderstandes
an Deck passte noch nicht zum Gesamtbild. Weißes, nicht
konserviertes Holz stach dem Betrachter ins Auge.
Darüber gelehnt, Matze, der mit schnellen,
gleichmäßigen Hobelschlägen fieberhaft arbeitend letzte
Hand anlegte. In der Deckplatte gähnte ein Loch, dort,
wo der Kompass mit seiner kardanischen Aufhängung
eingepasst werden sollte.

"He, Matze, wann wirscht fertisch? Die kumme glei",
rief Hardy ungeduldig rüber.

Und ich ergänzte: "Du weißt, heute ist der 7. Juli, auf

den wir so lange hingearbeitet haben."

"Bleibt cool, ist doch fast fertig, muss die Flächen und Rundungen gleichmäßig glatt hobeln und nachschmirgeln. Dann ist der Ruderstand voll einsetzbar, fehlt nur noch die Lasur", tönte es zurück.

Wir drehten uns beruhigt wieder dem Land zu und harrten der Dinge, die da kämen.

In den letzten Monaten hatten wir voller Elan den Umbau der Rhea vorangetrieben, beseelt und frisch motiviert von den guten Segeleigenschaften, die uns die Frühjahrsprobefahrt mit dem neuen Rigg gezeigt hatte. Nochmals waren wir in Søby und hatten dort weitere Anstrengungen unternommen, Rumpf und Deck besser abzudichten, aber auch alle Funktionen fürs Segeln zu optimieren. Motor und Getriebe schienen jetzt zuverlässig zu arbeiten. 83 Jahre war die Rhea nun schon in Fahrt, die 100 sollten sich doch ohne weiteres erreichen lassen und ebenso viele Jahre darüber hinaus.

Immer häufiger woben sich um die Restaurierungsarbeiten auch wieder Gedankenspiele, ob nicht nun bald eine Schiffsüberführung nach Griechenland möglich werden würde. Weil zwar nicht unsere Arbeitskraft, aber die Materialien unendlich viel Geld verschlangen, hatten wir mit der neuen Rhea auch wieder ein- und zweiwöchige Charterfahrten über die Ostsee mit Jugendgruppen und anderen Interessenten wie schon im vergangenen Jahr unternommen. Jetzt konnten wir etwas ganz Anderes bieten. Segeln pur, mit Kraftanstrengung und gewaltigem Spaß. Auch aus der Kommanditistenschar waren einige, soweit sie ihren

Jahresurlaub nicht schon in die Arbeit am Schiff investiert hatten, begeistert mitgefahren. Sie fühlten sich entschädigt für ihre Geduld und unermüdlichen freiwilligen Arbeitseinsätze.

Nun aber waren wir an einem neuen Höhepunkt in unserem rhealistischen Leben angekommen. Wir erwarteten die Truppe, die mit uns sechs Wochen lang entlang der deutschen Ostseeküste und weiter nach Stockholm segeln wollte.

Doch es begann, dunkel zu werden und niemand war gekommen.

Frustriert beschlossen Hardy und ich, auf ein Bier in die Hansen-Brauerei-Gaststätte abzudriften. Bärbel und Matze wollten an Bord ausharren, falls noch etwas geschehen würde.

Ratlos saßen wir beide vor dem Gasthaus an einem der Tische und diskutierten hin und her, was zu tun wäre. Ob die Umweltschützer es sich anders überlegt hätten oder ohnehin nicht daran geglaubt hatten, dass unser Schiff rechtzeitig fahrbereit würde? Allein, wir wussten es nicht, hatten keine Erklärung parat.

Plötzlich sahen wir Bärbel in der Ferne im Licht der Hafenbeleuchtung mit einer weiteren Person schnellen Schrittes auf uns zukommen.

"Schau mal, die sind doch noch gekommen", schloss Hardy aus unserer Beobachtung.

Aber wenig später konnten wir Bärbels Begleiter erkennen.

"Du, ich glaube, mich trifft der Schlag. Das ist ja Oliver, der da angetigert kommt."

"Was? Der schon wieder? Wie kommt denn der jetzt hierher?"

Inzwischen waren die beiden herangekommen. Oliver begrüßte uns und setzte sich, ohne zu fragen, sofort auf einen der freien Plätze an unseren Tisch.

Und Bärbel krakelte gleich euphorisch los: "Oliver ist unsere Rettung. Hört nur, was er vorzuschlagen hat."

Hardy rümpfte seine Nase und wandte sich leicht ab, so, als wolle er das gar nicht hören. Ich lehnte mich auf meinem Stuhl zurück und forderte Oliver mit skeptischer Miene auf:

"Na, dann schieß mal los!"

"Ist euer Schiff bereit für die Biskaya?", fragte er als Erstes.

"Ich denke schon", ließ ich bei Oliver keine Zweifel aufkommen.

"Ja, dann werft die Leinen los! In einer Woche sehen wir uns in Southampton. Ab da wechselnde Mitfahrer, jeweils sechs bis zehn Personen, erste Etappe bis Brest, zweite bis La Coruña, dann Gibraltar und so weiter. Ich hab´ schon alles angeschoben. Brauche von euch nur noch grünes Licht. Ihr bekommt 8.000,- DM Vorschuss, dann pro Woche 4.000,- DM dazu."

Hardy und ich waren sprachlos. So plötzlich hatten wir uns die Umsetzung unserer Träume nicht vorgestellt.

"Endlich geht´s los", freute Bärbel sich lautstark.

Verschreckt flatterten zwei Möven hoch, die auf dem Gehweg herumstolziert waren, um sofort zur Stelle zu sein, falls etwas Essbares von einem der Tische abfallen würde.

Hardy schüttelte den Kopf. "Das geht nicht, wir

haben den Umweltschützern die Rhea ab heute verchartert. Da können wir nicht einfach abspringen und woanders hin fahren."

"Ja, das hat Bärbel mir eben schon erzählt. Aber wo sind die? Ich sehe niemanden", gab Oliver zu bedenken und fügte hinzu: "Die haben euch jedenfalls versetzt, und ich biete euch stattdessen die ganz große Chance."

"Genau, das sollte so kommen. Packen wir unser Glück bei den Hörnern", jubilierte Bärbel.

"Stopp", rief Hardy dazwischen. "Das kommt nicht in Frage. Wenn ich einen Vertrag geschlossen habe, halte ich mich auch daran. Erst will ich definitiv wissen, warum die Umweltaktivisten nicht gekommen sind."

"Heißt das, ihr schlagt mein tolles Angebot aus?"

"Müssen wir uns jetzt augenblicklich entscheiden?", fragte ich Oliver zurück.

"Ja, oder ihr könnt meinen Plan vergessen."

"Also dann eben NEIN. Du hast gehört, was Hardy gerade gesagt hat", stellte ich unsere Entscheidung klar. Unter Druck wollte auch ich mich nicht setzen lassen.

Wütend sprang Oliver auf und beschimpfte uns: "Was seid ihr doch für Träumer. Ihr werdet es nie schaffen, mit eurem Schiff ins Mittelmeer zu kommen."

Abrupt drehte er sich um und verschwand raschen Schrittes in der Tosbüystraße. Wir schwiegen, ließen uns nicht verunsichern, warfen uns lächelnd trotzige Blicke zu.

Später saßen Bärbel und ich noch im Schiffsbauch der Rhea am Salontisch und debattierten über unsere gegenwärtige Lage. Da kam Hardy mit Schwung die Niedergangstreppe herunter gesprungen, in der Hand mit einem Zettel winkend.

"Ich hab´ das Rätsel gelöst. Wir haben uns um einen Tag geirrt. Die kommen erst morgen."

"Klasse. Wir haben alles richtig gemacht", antwortete ich erleichtert.

Also hatten wir anderntags an Bord die gleiche Szenerie wie schon am Vortage.

Während ich um die Mittagszeit noch so über die Reling gebeugt vor mich hin sinnierte und die letzten Monate Revue passieren ließ, kam plötzlich Bewegung auf. Zwei, drei, nein fünf Fahrzeuge, schon von weitem an ihren großen Aufschriften "*Norddeutscher Rundfunk*" zu erkennen, steuerten in flotter Fahrt zielgerichtet direkt auf uns zu und stoppten ebenso entschlossen unmittelbar neben unserem Schiff.

Einer stieg aus, trat auf uns zu und fragte: "Ist dies das Umweltschiff?"

Als wir noch stutzten, folgte: "Ist das die Rhea?"

Da hatten wir uns gefangen.

"Ja, genau", antwortete ich.

Der Frager drehte sich um, ein Wink und sofort sprangen überall die Fahrzeugtüren auf. Geschäftigkeit machte sich breit. Kisten und Kästen, Kameras, Mikrophone, große Spiegel und vieles mehr wurden entladen.

Während wir das Treiben noch fasziniert und, ohne es genauer zu verstehen, beobachteten, entging uns, dass inzwischen weitere Fahrzeuge, VW-Busse, kleinere Autos angekommen waren, bis wir von jungen, strahlenden Gesichtern umlagert wurden.

Die Ersten enterten schon mit einem Sprung an Bord.

Andere fragten höflich: "So, da sind wir. Dürfen wir aufs Schiff kommen?"

Von dem Geschehen noch überrollt, antwortete Hardy: "Eijoh, kummt doch rübber."

Und ich: "Na klar doch, willkommen auf der Rhea."

Dann entdeckten wir einzelne, bekannte Gesichter. Da war sie also, die schon erwartete neue Mannschaft, lautstark, aktionistisch, fröhlich, entschlossen. Wir konnten uns von dem frischen Wind an Bord nur noch mitreißen lassen.

"Aber was wollen eigentlich die vom NDR", fragte ich vorsichtig nach.

"Ach, ja, das ist doch das Fernsehen, die ARD will unsere Aktion filmen. Und das ZDF kommt auch gleich noch."

Oha, so massiv, so medial hatte ich es nicht erwartet. Während ich noch überlegte, wie wir den Massenansturm an Bord bewältigen sollten, sprachen mich mehrere an:

"Können wir in die Masten klettern?"

Entsetzt rang ich nach Worten. Sollte uns die Kontrolle über unser Schiff jetzt vollends entgleiten? Mein Problem mit dieser Frage blieb wohl nicht ganz unbemerkt. Beschwichtigend kam die Erklärung:

"Wir wollen doch bloß unser großes Transparent zwischen den Masten aufspannen:

"Die Ostsee ist nicht für den Müll."

Das war okay. Wir organisierten die Installation, und bald prangte die Message weithin sichtbar über den ganzen Hafen. Auch für die ersten Fernsehbilder war nun die Losung ausgegeben. Die Rhea als Blickfang für die Demonstration. So hatte ich mir den Einsatz der Rhea vorgestellt. Ich war begeistert.

Der scheinbar mitten im Wasser stehende Leuchtturm Kalkgrund war unser Wegepunkt während der Segelfahrt aus der Flensburger Förde auf die Ostsee. Es wehte eine leichte Brise, kaum Seegang. Vereinzelt blinzelte die Sonne durch die lose am Himmel wandernden Wolken.

Die Fernsehleute traten in Aktion, Sie eilten hin und her, bauten Gestelle, Stative, Spiegel auf.

Frank, ihr Teamleiter, gab Anweisungen.

"Die Kamera muss da links positioniert werden, damit die Birk im Hintergrund vorbeizieht" und zum Kameramann hingewandt: "Achte darauf, dass du immer einen Teil des Schiffes mit im Bild hast, und sei es auch nur ein alter Tauwerksblock."

"Ist das Interview vorbereitet?"

Der Redakteur und ein jugendlicher Mitfahrer bauten sich auf dem Poopdeck im Heckbereich auf.

Kommando, Klappe, Film ab.

Bericht über das Naturschutzgebiet, die Birk, mit Pflanzenvielfalt und Wildpferden, dann Kameraschwenk zur Seeseite.

"Dort lauert ein riesiges Munitionsversenkungsgebiet auf dem Ostseegrund, gar nicht weit von der Idylle, schätzungsweise sechs Seemeilen, eine tickende Zeitbombe. Bomben, die einst versenkt wurden, um sie unschädlich zu machen. Inzwischen, nach mehreren Jahrzehnten, rottet das Ganze vor sich hin, beginnt sich aufzulösen, drohen die giftigen Inhalte dieser

Tötungsmaschinerien ins Freie zu gelangen, sich mit dem Salzwasser zu vermischen. Wird sich das Ganze genügend verdünnen und zersetzen? Oder als giftige Soße an die Ufer der Birk und anderswo schwappen?"

Aus gutem Grunde machten sich die Jugendlichen an Bord darüber Gedanken, nahmen Wasserproben, hatten Referate ausgearbeitet und trugen nun ihre Warnungen, ihren Protest vor laufender Kamera vor, während die Rhea entlang der Küste friedlich ihre Bahn zog.

Das romantische Erlebnis des Segelns auf diesem ehemaligen Frachtensegler, so kam es mir vor, war ein verführerischer Gegenpol. Lenkte dies nicht von der allgegenwärtig lauernden Bedrohung des empfindlichen Ökosystems der Ostsee ab? Zumindest ließ die Rhea alles im milderen Lichte erscheinen.

Die kabbelige See vor der Schleimündung, durch die die Rhea der schmalen Öffnung des flachen Küstenstreifens entgegenstampfte, weckte die Mitfahrer aus ihren Träumen. Winkende Hände vor der "Giftbude", dem beliebten Seglertreffpunkt hinter dem Leuchtturm Schleimünde, dann noch drei Seemeilen durch das Fahrwasser bis zur Ansteuerungstonne zum Hafen von Maasholm. Aus der Ferne über das Wasser schwebender Gesang, begleitet von Gitarrenklängen, beflügelte auf den letzten Metern. Eine riesige Menschenmenge stand dicht gedrängt auf der Pier und erwartete unsere Ankunft. Vorsichtig, ganz langsam steuerte ich die Rhea längsseits an die Kaimauer.

"Wahrschau", der Warnruf der Seefahrer erscholl über Deck. Die Festmachertaue flogen. Viele, fast zu viele Hände packten zu. Wenig später Begrüßung der Mitstreiter, die parallel zu unserer Segelroute mit Fahrrädern die Küste entlang geradelt waren. Rund ums Thema dieser Fahrten folgten Darbietungen, Straßentheater, Diskussionsrunden, Demonstrationen. Sorgfältig recherchierte Informationen für Einheimische und Touristen.

Überall entlang der Küste, ob in Maasholm, Eckernförde, Kiel oder Heiligenhafen erregten die Aktionen großes Aufsehen, sammelten sich Scharen von Neugierigen und Interessierten, denen die Aktivisten ihr vielfältiges Programm darboten. Die Fernsehteams drehten ihre Spots und machten Unterwasseraufnahmen über den desolaten Zustand der Ostsee.

Es begann schon dunkel zu werden, als wir in Heiligenhafen ablegten. Zur Rechten öffnete sich der Fehmarnsund mit der geschwungenen Brücke der Vogelfluglinie nach Puttgarden, der direkte Weg in die Lübecker Bucht. - Aber nichts für uns. Mit 22 Metern Durchfahrthöhe bei mittlerem Wasserstand hätte es gerade so eben klappen können oder auch gerade eben nicht, zu knapp für den Großmast. Unser Weg führte deshalb über den nördlich liegenden Fehmarnbelt - Nachtfahrt rund Fehmarn bei steifer Brise aus Nordnordost. Aufkreuzen gegen den Wind war angesagt.

Als der Belt erreicht war, fiel der Wind prompt östlicher ein, passte sich der Küstenformation an, also mit vielen Kreuzschlägen weiter gegenan. Überdies schob der östliche Wind eine üble Hackwelle durch den Belt. Dort stauten sich die Wassermassen in der Verengung. Wir

segelten in wechselnder Schräglage wie mit einem Fahr-
stuhl rauf und runter durch tiefschwarze Nacht. Die Crew
war gefordert. Seekrankheit und Müdigkeit zählten nicht,
Angst schon gar nicht. Ächzend schob das Schiff sich mit
klappernden, klirrenden Masten durch die Wellen und
legte sich bei jedem stärkeren Heulen des Windes
ruckartig weiter auf die Seite, erklomm den nächsten
Wellenberg, tauchte in das nachfolgende Wellental ein.
Welle um Welle spritzte gegen die Bordwand oder
krachte über Deck, fegte, gurgelte, schmatzte, plätscherte
eine schwarze, sich ständig verändernde Masse entlang
des Rumpfes.

Dazwischen Kommandos von Hardy: "Fock dichter,
eine Hand für die Schot, die andere zum Sichfesthalten
am Schiff."

Angespannte Gesichter. Bärbel vollzog Rundgang für
Rundgang, kontrollierte den Sitz der Schwimmwesten,
die Sicherheitsleinen, die angelegten Lifebelts auf
gesicherte Verbindung zum Schiff.

Ich steuerte konzentriert, die Fahrwassertonnen und
Leuchtfeuer ständig im Blick, dazwischen rote, grüne,
weiße Lichter angepeilt - Berufsschifffahrt, deren Routen
und Geschwindigkeiten es möglichst genau einzuschät-
zen galt, immer auf der Hut, keinen Kollisionskurs zu
riskieren.

Dann Backbord voraus eine riesige weiß leuchtende
Wand. Die Fähre von Rødby nach Puttgarden schnitt uns
in schneller Fahrt den Weg ab.

"Klar zur Wende", rief ich laut in die Nacht.

Augenblicklich sammelten sich die Mitfahrer an
Deck, ließen sie sich von Hardy und Bärbel ihre Plätze an

den Schoten zuweisen.

Mit dem Ausruf "Re" gab ich das Kommando für das Wendemanöver.

Die Rhea drehte ihren Rumpf nach Steuerbord. Die Fähre rauschte etwa eine Seemeile vor uns vorüber. Mit dem neuen Kurs müssten wir mit ausreichendem Abstand die Hafeneinfahrt von Puttgarden passieren können. Doch je dichter wir kamen, desto deutlicher konnte ich sehen, dass sich im Hafenbecken Lichter langsam in Bewegung setzten. Die nächste Fähre, sie legte gerade in Puttgarden ab. Zunächst schien es, als würde sie vor uns auslaufen, aber dann kam mir die Erkenntnis, dass sie außerhalb des Hafens drehen würde. Es half alles nichts. Wieder wenden, raus in die Mitte des Belts segeln und dort erneut die Durchfahrt durch die Fährroute versuchen, und zwar, bevor wieder eine Fähre ankommen würde. Das gelang. Knapp hinter uns rauschte die dritte Fähre vorbei.

Im Morgengrauen sahen wir das Leuchtfeuer Staberhuk drei Strich Steuerbord voraus. Wir waren der betriebsamen Wasserstraße entkommen, Segel auffieren, halber Wind, Kurs Travemünde. Ein Großteil der von der stundenlangen, nächtlichen Segelarbeit erschöpften Crew wurde in die Kojen geschickt und konnte sich dort eine Mütze voll Schlaf holen. Der Rest, darunter Hardy, Bärbel und ich segelten mit leuchtenden Augen in den neuen Tag hinein.

Tiefe Zufriedenheit über die erfolgreich geschlagene Segelschlacht machte sich breit. Auch die See hatte sich beruhigt. Morgenrot, silbrig weißer Glanz breitete sich aus. Die Rhea strebte dem neuen Ziel entgegen.

In dem Moment haute Malcolm seine Faust krachend auf den Kajüttisch.

"Darauf habe ich die ganze Zeit gewartet. Es scheint so, als hättet ihr endlich ein zuverlässiges Schiff."

"Stimmt. Der Lohn der Arbeit. Die Rhea bis in die hintersten Ecken durchleuchtet. Alles und jedes Teil erneuert, das nicht wollte oder nicht konnte. Alle Malleschen beseitigt. Die alte Dame war wieder topfit in ihrem Element."

"Und keine Leckagen mehr?", hakte Malcolm nach.

"Null. Das kleine Leck nach der Probefahrt im Frühjahr war das Letzte. Die im Wasser aufgequollene Eiche pottendicht und steinhart," entgegnete ich.

Zufrieden, als habe er selbst dafür gesorgt, ließ Malcolm sich in seinen Sitz zurückfallen.

Um die Mittagszeit lief die Rhea in Travemünde ein. Hafenbetriebsamkeit. Zur Linken streckte sich uns die Passat mit ihrem schwarzen schlanken Rumpf majestätisch friedlich entgegen, allerdings nur noch als Museumsschiff fest vertäut an ihrem Dauerliegeplatz. Erinnerung an die Frachtensegelei - Salpeterfahrt aus Chile rund Cap Hoorn als schneller *Flying P-Liner* der legendären Hamburger Reederei Laeisz, bis der Untergang des Schwesterschiffs Pamir im Jahre 1957 diese so abrupt wie konsequent beendet hatte. Zur Rechten Fähren, die ihre Fracht nach Trelleborg in Schweden oder Turku in Finnland lieferten.

Wo sollten wir hin? Erstmal zum Priwall, hieß es, also auf die Travemünde gegenüberliegende Seite. Aber da gab es für uns keinen Anlegeplatz. Der Yachthafen zu klein. Längsseits an die Passat? Das würde passen, war aber verboten. Also hinter der Halbinsel ankern.

Wir fuhren langsam in die Pötenitzer Wiek. Eine unheimliche Stille empfing uns. Überall Wachtürme, einzelne graue Wachboote der DDR. Die Grenze verlief unsichtbar quer durch die Bucht. - Jetzt nur nicht zu weit rüber kommen. Irgendwo da drüben war Niemandsland, drohte Verhaftung, Verhör, Beschlagnahme des Schiffes - Gänsehaut zog mir ob dieser Gedanken über den Rücken. Kurz entschlossen entschieden wir: Hier bleiben wir nicht. Enge Wende, flugs wieder raus aus dieser feindselig wirkenden Bucht, zurück ins pralle Leben des Travemünder Hafens.

Zwischen den Fähren ein Anlegeplatz, knapp, aber gerade eben ausreichend für die Rhea, dorthin manövrierte ich das Schiff. Mit kurzen kräftigen Motorschüben vor und zurück hielt ich den Segler möglichst parallel zur Pier und ließ uns vom Seitenwind langsam an die Kaimauer treiben. Kurz vor Erreichen des Liegeplatzes drückte eine heftige Böe den Bug dann doch etwas zu schnell heran. Der Klüverbaum ragte über die Kante, presste sich an den dort stehenden Laternenmast, scheinbar ganz sanft, aber mit dem Winddruck und der Größe des Schiffes zu stark. Ich konnte trotz heftigen Gegensteuerns nicht verhindern, dass dieser in leichte Schieflage geriet. Mit besorgter Miene, welch' große Rechnung jetzt wieder auf uns zukommen würde, meldete ich dies beim Hafenmeister. Der brach in schallendes Gelächter aus, klopfte mir beruhigend auf die Schulter und fragte mich, ob ich schon jemals irgendwo an der Kaimauer einen wirklich senkrecht stehenden Laternenmast gesehen hätte.

"Die haben doch alle Schlagseite. Hauptsache, sie leuchten noch."

Im Hafen von Travemünde wieder ein umfangreiches Programm unserer Umweltschützer an Bord und an Land, aber auch Vorbereitung der weiteren Reise nach Stockholm. Ich rechnete mit vier Wochen, an sich keine Zeit, wenn man an die Abschiedssituationen unzähliger Seefahrer für Monate und Jahre und die Gefahren bei Sturm und Wetter auf allen Weltmeeren denkt. Demgegenüber war unser Törnplan geradezu eine beschauliche Fahrt über die sommerliche Ostsee, zwar ernst zu nehmendes Hochseesegeln, die gute Ausrüstung und Kenntnisse erforderte, aber keine wirklich drohenden unwägbaren Gefahren. Mit Spannung und innerlicher Aufregung freute ich mich auf diesen bis dahin größten Törn mit unserer Rhea.

Nordwestliche Winde um drei Windstärken, Groß, Besan, Fock, Klüver, Flieger dicht geholt. Die Segel standen wie 'ne Eins. Hoch am Wind ging es in die Lübecker Bucht hinaus. Hinter uns das Hafenpanorama wurde zunehmend kleiner. Die Küstenstreifen zogen sich mehr und mehr zurück. Das Meer öffnete sich. 38 Grad Kompasskurs mit Ziel Gedser lag an. Doch immer öfter einzelne Winddreher nach rechts. Flatternde Segel. Wir mussten weiter abfallen, konnten unseren Kurs nicht ganz halten.

Die sich im Dunstschleier in der Ferne schwach abzeichnende mecklenburgische Küste an unserer

Steuerbordseite näherte sich geringfügig. Noch war sie weit entfernt, waren keinerlei Einzelheiten an der Küste erkennbar. Wieder tauchte für uns die bange Frage auf, wo das Hoheitsgebiet der DDR beginnen würde.

"Schaffen wir es, genügend Abstand zu halten?"

"Guck mal, da drüben. Da sind die schon," steigerte Hardy unsere Sorgen.

Quasi aus dem Nichts formte sich die graue Silhouette eines Schiffes mit den Konturen eines Küstenwachbootes, das nicht mehr von unserer Seite wich, stets etwa zwei Seemeilen entfernt parallel leicht schräg hinter uns. Wir hatten die DDR-Volkspolizisten im Nacken. Kurz entschlossen wendeten wir nach Backbord und segelten südwestlich - zwar nicht zurück, aber wieder rein in den Trichter der Lübecker Bucht. Nach ungefähr acht Seemeilen dann ein zweiter Versuch, Weg nach Norden gut zu machen, dieses Mal mit genügend Abstand zum sogenannten "Eisernen Vorhang", der uns zuvor bedrohlich nahegekommen war, unsichtbar zwar, aber vielleicht gerade deshalb so unheimlich.

Tief in der Nacht drückte uns hoher Seegang mit Wucht durch die enge Hafeneinfahrt von Gedser. Wir suchten nach einer Anlegemöglichkeit. Es blieb uns nur, längsseits an einem großen Fisch-Trawler festzumachen. Erschöpft sanken wir in die Kojen.

Gerade war ich wohlig in die erste Tiefschlafphase versunken, da weckte mich ein lautes Gepolter an Deck. Mechanisch rollte ich mich schlaftrunken aus der Koje und sprang an Deck. Nebenan der Fisch-Trawler in voller Beleuchtung mit laufender Maschine. Ein dänischer

Seebär brüllte mir unverständliche Schimpfkanonaden entgegen. Ich wollte ihm erklären, dass wir sofort den Motor anschmeißen und ablegen würden, damit er los könne. Da merkte ich zu meinem Entsetzen, dass wir bereits von dem Trawler wegtrieben. Hatte der aufgebrachte Fischer doch einfach unsere Festmacher gelöst und bei uns an Bord geworfen. Jetzt war höchste Eile geboten. Mit einem Satz war ich am Ruderstand. Zündung ein, das Vorglühen des Dieselmotors. Es schien eine Ewigkeit zu dauern, dunkle Umrisse anderer Schiffe näherten sich bedrohlich. Dazwischen kleine Yachten an der Kaimauer friedlich dümpelnd. Jetzt bloß keine Kunststoff-Yacht rammen. Mit unserem achtzig Tonnen verdrängenden, schweren Eichenschiff würde es wie eine Seifenblase zerplatzen. Gutmütig brummte der Motor los. Dies wiederum rief Hardy auf den Plan. Im nächsten Moment stand er neben mir, erfasste sofort die Lage. Gemeinsam schafften wir es, unser Schiff unter Kontrolle zu bringen. Wohin jetzt? Da neben den Kümo. Der würde nicht nachts um 3:00 Uhr zum Fischfang auslaufen wollen. An dem Frachter fanden wir einen neuen Platz.

Die nächste angepeilte Station war Visby auf der Insel Gotland. Dort wollten die Fernsehteams wieder zu uns stoßen.

Wacheinteilung für ungefähr drei Tage im Vier-Stundentakt rund um die Uhr, also wie in der traditionellen Seefahrt üblich, vier Stunden Wachdienst an Deck, anschließend zwei Freiwachen. Diese waren für den gesamten Dienst unter Deck zuständig, wurden für größere Segelmanöver, wenn nötig, an Deck gerufen

("All hands on deck") und konnten im Übrigen schlafen und relaxen.

Die Rhea nahm zügig Fahrt auf. Bald hatten wir die *Kadettrinne* nördlich umfahren. Wir befanden uns auf offener See. Achterliche Winde um sieben Beaufort. Starkwind und lange, heranrollende Wellen trieben die Rhea mit Höchstgeschwindigkeit (zehn, zwölf, vierzehn Knoten pro Stunde) über die Ostsee. Mit strahlenden Gesichtern und einer tiefen Zufriedenheit dirigierten wir Schiff und Crew. Die Rhea reagierte geradezu traumhaft auf See und Wind, war unübersehbar in ihrem Element und führte uns sicher zu neuen Ufern.

Das hatten Hardy und ich uns lange gewünscht. Dafür hatte sich die viele Arbeit gelohnt. Die kraftvolle Eleganz, mit der der große, schwere Segler über die Ostsee jagte, riss uns wie im Rausch mit. Unsere Mannschaft fühlte das auch. Das überwältigende Erlebnis war deutlich in ihren Gesichtern abzulesen. Mit der Zeit allerdings wechselten viele die Farbe, wurden grüner und einsilbiger. Offensichtlich schlug die Seekrankheit immer erbarmungsloser zu. Schwimmwestenpflicht und Lifebelts sorgten dafür, dass keiner verloren gehen konnte. Ansonsten konnten wir nur unser Bestes versuchen, sie mit unserer guten Stimmung so weit wie möglich anzustecken und ihnen die Angst zu nehmen.

Morgens um 4:00 Uhr übernahm ich meine Wache. Ich registrierte höchst zufrieden das nach wie vor grandiose Segelwetter. Hardy übergab mir die Schiffsführung, informierte mich über den Stand der Dinge, die Logbucheintragungen und unsere ungefähre Position und verabschiedete sich in die Koje. Ich griff mir eine Flasche

Bier und gesellte mich zu zwei Mitseglern an die Reling, um das Rauschen der See, die brechenden Wellen an der Bordwand, die überkommenden Spritzer, das Heulen des Windes und den erwachenden Morgen zu genießen.

Als ich die Buddel genüsslich zum Mund führte, neben mir ein Aufschrei: "Was, du trinkst Bier? So früh am Morgen?"

Der entsetzte Segelgast erbrach sich hemmungslos in die weite See. Ich gab ihm Halt, klopfte ihm tröstend auf die dicken Wulste seiner Schwimmweste und dachte bei mir: wie gut, dass wir auf der Leeseite des Schiffes stehen.

Zuerst schemenhaft, dann allmählich Konturen gewinnend wuchs ein Küstenstreifen aus dem Horizont.

Bornholm ließen wir zur Rechten, die Ruine Hammershus hoch oben über der Steilküste schwach zu erkennen, eher zu ahnen, die schwedische Küste um Ystad, Simrishamn in weiter Ferne links am Horizont.

Nach der folgenden Nacht in den Morgen hinein plötzlich dichter Nebel, schwachwindig, kaltfeuchte Luft kroch in jede Ritze. Die felsige Schärenküste war nicht mehr weit; vorsichtiges Segeln, regelmäßiges Nebelhornsignal, Radar-Navigation waren angesagt. Es war unheimlich und schön zugleich. Nach unseren Berechnungen müssten wir in Kürze den Leuchtturm *Utklippan* südlich von Karlskrona umrunden. Bange Minuten. Das Echolot lief, würde uns aber kaum nutzen, da es fast überall sehr tief war, nur nicht dort, wo mächtige Felsen als Schäreninsel punktuell aus dem Wasser ragten oder auch gerade nicht, sondern kurz unterhalb der Wasseroberfläche im Wege lagen. Wenn das Echolot die Untiefe anzeigen würde, säßen wir schon drauf. Solange wir unsere Position auf der Seekarte richtig bestimmten, kein Problem. Aber näherten wir uns nach zwei Tagen und zwei Nächten wirklich der von uns berechneten Stelle der zerklüfteten Felsenlandschaft an der südlichsten Stelle, die es zu umrunden galt, um in die nördliche Ostsee zu gelangen? - Im Nebel eine spannende Frage.

Zu sehen war jedenfalls nichts, keine Insel, kein Leuchtturm, nur das Radarbild, Reflexionen der Überwasserformationen, aber nicht als Seekartenprojektion von oben, sondern aus dem Blickwinkel des Radar-Scanners, immerhin mit Distanzangabe zu allem, was aus dem Wasser ragt. Unwillkürlich schoss mir durch den Kopf, welche unglaublichen Gefahren alle früheren Seefahrer zu bestehen hatten, als es noch kein Radar gab.

Und auch das ist inzwischen schon graue Vergangenheit. Im Zeitalter der GPS-Satellitennavigation ist jeder Standort sofort punktgenau auf der Seekarte abgleichbar.

Wir tasteten uns in den dichten Nebelschwaden langsam vor, den Ausguck im Bug zu ständiger, höchster Aufmerksamkeit anhaltend, bis sich ungefähr zwei Strich Backbord voraus etwas Gegenständliches aus dem Grau herausschälte.

"Ist er das?" Hardy zeigte mit ausgestrecktem Arm nach vorne.

Angestrengt, konzentriert versuchten wir, die graue Suppe zu durchdringen und das allmählich auftauchende Monstrum zu erkennen. - Ja, eindeutig, der Leuchtturm

Utklippan, wie er im Seehandbuch abgebildet ist, ein rotes Metallgerippe, nicht sonderlich groß, nur im Topp ummantelt, daneben mehrere gelbe Hütten.

Freudig sprangen wir in die Höhe. Hardy selbstgefällig und stolz: "Ist doch klar, hätte gar nicht anders sein können."

In dem Moment lichtete sich der Nebel, brach die noch niedrig stehende Sonne mit ersten Strahlen durch die Nebelwand und löste sie wenig später auf.

"Hätte das nicht früher kommen können?", sinnierte Hardy.

"Wieso? Alles ist gut, war doch kein Problem", kommentierte ich und zuckte mit den Schultern.

"Hast auch wieder recht und jetzt erst mal frühstücken."

Wenig später hatte Hardy ein Frühstück mit Speckeiern, Gurken, Roter Beete und allem Drum und Dran aufgetischt. Wir schwelgten.

Der Wind schob die Rhea weiter voran. Vorbei an Schleppnetzfischern, die kreisend durchs Wasser pflügten und von uns sorgsam zu umfahren waren. Später vorbei an kilometerlangen Treibnetzen, deren schmale, gekennzeichnete Durchfahrten von uns gefunden werden mussten. Ansonsten die Weiten der Ostsee von ihrer friedlichen Seite.

Irgendwann Stunden später ertönte der Ruf "Land in Sicht". Am Horizont voraus zeichneten sich schwach die ersten Umrisse der Insel Gotland ab.

Visby, das St. Tropez des Nordens. Schon bald würde ich merken, was es mit dieser Namensgebung für eine

Bewandtnis hat. Dazu verhalf sicherlich auch der Umstand, dass wir bei unserer Ankunft strahlenden Sonnenschein mit milden sommerlichen, fast schon mediterranen Temperaturen hatten.

Visby, die Hansestadt auf Gotland, an der Westküste der Insel ungefähr in der Mitte gelegen, eine Stadt mit einer über tausendjährigen Geschichte und einer quirlig lebendigen Gegenwart.

Uns empfing ein eher schmuckloser Hafen, Abfertigungsanlagen für Fährschiffe zum Festland. Fracht- und Versorgungsschiffe, Lagerhallen, Öltanks.

Uns wurde ein Logenplatz zugewiesen, ganz am inneren Ende des Hafenbeckens gleich neben der Hafenpromenade, auf der junge Schweden mit ihren heißen Schlitten hin und her flanierten, schrill lackierte, riesige amerikanische Straßenkreuzer. Mitfahrende Ladies saßen drapiert auf heruntergeklappten Verdecken. Aus offenen Kofferraumklappen ragten gewaltige Lautsprecher, die sich gegenseitig mit Beat- oder schwedischer Folkloremusik bekämpften. Dazwischen schwarze Limousinen, vorne tiefer gelegt, hinten fast doppelt so große Bereifung. Diese fuhren in der Regel langsam und beschleunigten ab und zu, so dass die Räder aufquietschten, die überdimensionierten Auspuffrohre dröhnten und röhrten. Eine skurrile Szenerie von Sehen und Gesehenwerden. Kontrastprogramm zu unserer Imitation traditioneller Seefahrt, wie es extremer wohl kaum sein könnte, sich aber konfliktfrei in gegenseitiger Neugier und Beachtung ergötzte.

Diesen einzigartigen Liegeplatz hatten uns die Fernsehleute organisiert, die - schon vor uns angekommen - den Hafenmeister auf unsere baldige Ankunft vorbereitet hatten.

Nach dem Aufklaren der Rhea gab es die Gelegenheit für einen Stadtrundgang. Die Stadtmauer, eine Zeitreise ins Mittelalter. Dem Betrachter bot sich eine nahezu unversehrte, gewaltige Befestigungsanlage. Neugierig geworden und magisch angezogen stieg ich an der nördlichen Seite entlang der Mauer den Berg hinauf. Kein Mauerfragment, mehr als zehn Meter hoch, gut drei Kilometer lang zog sie sich mit 38 Wehrtürmen in einem Halbkreis um die gesamte Altstadt, nur zur Seeseite offen, was sicherlich einmal anders war. Dann durchkreuzte ich das Städtchen, unzählige Restaurants, die Außenplätze dicht belagert, fröhlich laut feiernde Schweden, Sommerurlaub intensiv gelebt.

"Unschuldig wie 'ne Braut", wie Astrid Lindgren den Landstreicher und Weggefährten von Rasmus leichtfertig und unbekümmert seine Unschuld beteuern ließ, wie meisterlich klar sie mit kurzen Sätzen, wenigen Worten die schwedische Seele, das schwedische Landschaftsbild offenbarte.

"Unschuldig wie 'ne Braut", so präsentierte sich die vor uns ausgebreitete See in den frühen Morgenstunden, spiegelblank, platt wie 'ne Flunder, kein Windhauch. Vereinzelt schwebende, zarte Frühnebelfelder lösten sich sachte auf. Am Horizont voraus bildeten sich hier und da gräulich dunkle Rundungen aus. Es waren die ersten Inseln des Stockholmer Schärengartens.

Rasch stieg ich die in Visby frisch geknüpften Webeleinen in den Großmast hinauf. Hier war der Blick über die Weite der See noch großartiger. Tief unter mir an Deck der Rhea lagen verstreut bunte Schlafsack-Knäuel, in denen Crew-Mitglieder vor sich hinschlummerten.

Am Vorabend hatten wir in Visby abgelegt und Kurs in Richtung Stockholm genommen. Da sich kein Lufthauch regte, war Maschinenfahrt angesagt, gleichmäßiges Brummen und Vibrieren des Schiffskörpers die ganze Nacht hindurch. Das war kein Vergnügen für die verwöhnte Seglerseele, die normalerweise alle Sinne nach dem Pfeifen oder Heulen des Windes in der Takelage, den Schiffsbewegungen, Himmel, Licht und Wetter richtete, nun aber dem eintönigen Rattern des Motors ausgeliefert war. Es half nichts. Es galt, pünktlich zum vorgesehenen Umwelt-Symposion in Stockholm einzutreffen. Da musste der Motor ran, der uns nun zuverlässig und ohne Zeitverzögerung über die offene Ostsee zum Stockholmer Schärengarten schob.

Allmählich tauchten immer mehr dieser rundlichen, kleinen Felseninseln auf und nahmen uns alsbald in ihre Mitte. Wir befanden uns in der schmalen Durchfahrt zwischen den Inseln Mällsten und Nattarö, die nach der Seekarte eine genügende Wassertiefe für unser Schiff aufwies. Zwei Mann am Bug im Ausguck, Maschine gedrosselt. Vorsichtig schoben wir uns durch das unbekannte Terrain von betörender Schönheit. Als Seezeichen dienten mal ein mit heller Farbe angestrichener Steinhaufen, zu einer kleinen Pyramide aufgehäufelt, mal ein weißes Leuchttürmchen mit rotem Pilzdach, das sich auf einer niedrigen Felsnase duckte. Später passierten wir die Inseln Utö und Muskö. Zur Mittagszeit suchten wir uns einen Ankerplatz für ein

Entspannungsbad der Mannschaft, Urlaub auf See. Die Lebensgeister erwachten. Weiterfahrt durch das Inselmeer, inzwischen mit dichtem Baumbestand. Wiesen, vereinzelt Ferienhäuser, am Ufer Privatstege mit oder ohne Boot. Die Zivilisation kam näher. Am späten Nachmittag steuerten wir unser Tagesziel an, den kleinen Hafen von Vaxholm, mitten im Ort, buntes Treiben, sonnenhungrige, feierfreudige Schweden.

An Bord entwickelte sich spontan eine Jam-Session mit ohrenbetäubendem Lärm. Ich hämmerte auf dem Klavier, Hardy auf seinen Congas, dazu Gitarre, Saxophon, Ziehharmonika und immer mehr Küchengeräte, Töpfe, Pfannen, Löffel, bis plötzlich von draußen Trompetenklänge erschallten. Wir hielten kurz inne, schauten raus und sahen einen Trompeter auf dem Balkon im dritten Stock eines Mietshauses uns zuspielen. Kurze Zeit später integrierten er und andere Schweden sich als neue Bandmitglieder - lautes Musizieren bis in die Morgenstunden, unternehmungslustige Gesichter, Gruppen von Schweden ließen sich an Bord nieder. Über Deck verstreut Bier-, Wein- und Schnapsflaschen. Die Rhea war zur Kulisse eines feuchtfröhlichen Mitsommerfestes geworden, eine Belagerung mit überall freundschaftlich lachenden Gesichtern. Der kurze skandinavische Sommer aktiv, intensiv gelebt, mitreißend, ausgelassen.

Der Morgen danach. Ruhe an Bord. Die Rhea wog sich leise im Schwell der in den Hafen einlaufenden Wellen.

Die Festmacherleinen knarrten im Wechsel unter Spannung geraten, dann wieder lose durchhängend. Auf

Deck kullerten noch ein paar leere Flaschen hin und her, Mövengeschrei. Die Crew schlief. Hardy und ich planten den Tag.

"Nur zwölf Seemeilen bis Stockholm."

"Wir haben den ganzen Tag Zeit. Da können wir den Rest schön segeln."

"Das ist aber Schwerstarbeit im engen Fahrwasser. Sobald die Windrichtung vorlicher als querab einfällt, kommt er um die Inseln herum direkt auf uns zu gefegt."

"Dann müssen wir eben kreuzen."

"Wenn jede Wende klappt, wird das ein herrlicher Segeltag. Sonst sitzen wir auf den Rockies."

"Nix da, jedes Wendemanöver muss eben gelingen."

Bei mittlerer Brise und herrlichem Sommerwetter ging es in südwestlicher Richtung in ständigem Wechsel zwischen dem rechten und dem linken Ufer hin und her.

"Klar zur Wende", schnelles Kurbeln des Ruderrades, "Re", Loswerfen der Segel auf der einen und Dichtholen auf der anderen Seite. Unterstützend kurzzeitig jeweils das Besansegel back gesetzt, um die Drehbewegung des Schiffsrumpfes zu beschleunigen. Sobald wir wieder Fahrt aufgenommen hatten, stand meistens schon das nächste Segelmanöver an.

Bis wir einen hohen Felsvorsprung rundeten und sich nordwestlich vor uns urplötzlich das gesamte Panorama Stockholms ausbreitete. Unter Segeln mitten in die Stadt hinein, Treffpunkt der Ostsee-Sternfahrt auf der Insel Skeppsholmen, dort unser reservierter Liegeplatz am Slupskjulvägan direkt vis a vis des "Vasa"-Museums. Neben uns platzierten sich die anderen Umweltsegler aus Dänemark, Schweden, Finnland. Wir waren am Zielort dieser Reise angekommen.

Und nach einer kleinen Kunstpause sagte ich zu Malcolm:

"Lass uns für heute meinen Bericht beenden! Ich schlage vor, wir gehen in die Winebar von Tissy und Mike. Ist sehr gemütlich dort. Vielleicht gibt es sogar Life-Musik. Magst du Jazz?"

"Aber gerne doch, auch wenn du es kaum glauben kannst. Bin ja leidenschaftlicher Dudelsackspieler. Komm, lass uns losziehen!"

Als wir wenig später die Highstreet von Whitstable entlang schlenderten und in die Nähe des Lokals kamen, hörten wir schon Klavierklänge aus der offenen Eingangstür.

Malcolm verharrte kurz: "Spielt da etwa Joe Zawinul?"

"Nein, leider nicht. Der ist 2007 verstorben, zwei Monate, nachdem ich ihn nochmals im Konzert erleben durfte. Aber der Sound stimmt. Klingt nach "*Born in eternity time*" von Dave Greenslade, dem großartigen Pianisten der englischen Rhythm-and-Blues-Band Colosseum", relativierte ich Malcolms Vermutung.

Dieser erwiderte: "Vielleicht eine Hommage an Zawinul?"

"Gut möglich."

Wir traten ein und genossen die gesellige Atmosphäre, die eindringliche Musik, den vorzüglichen Wein aus Umbrien.

Unauffällig beobachtete ich Malcolm. Eben hatte er mir noch scheinbar fröhlich zugeprostet, im nächsten

Moment senkte er wieder seinen Kopf, starrte vor sich hin, wirkte abwesend. Das ist nicht die Musik, die ihn trägt, dachte ich bei mir und grübelte, was ihn wohl gerade bewegen mochte.

Warum saß er überhaupt tagelang allein auf dieser Segelyacht? Hatte er keine andere Beschäftigung? Keinen Job? Keine Familie? Warum hörte er sich meine Geschichte so hingebungsvoll an, ja steigerte meine Erzählbereitschaft noch mit vielen Fragen? Nur wegen dieser fixen Idee, dem Engländer die Rhea abzujagen? Das schien mir kaum vorstellbar. Nur wegen der Bordgemütlichkeit? Das war schon eher möglich. Je mehr Fragen ich mir stellte, desto mehr spürte ich den Drang, dies zu ergründen.

Ich wandte mich Malcolm zu und redete drauf los.

"Sag mal, was hast du eigentlich vor, wenn du hier die Leinen loswirfst und den Hafen verlässt? Segelst du dann nach Hause? Zu deiner Frau, deiner Familie?"

Malcolm schaute mich erstaunt an, schwieg aber zunächst.

Dann fragte er ganz unvermittelt: "Wo hast du die Original-Schiffspapiere der Rhea?"

Gut von sich abgelenkt, dachte ich bei mir. Über sich will er wohl nicht reden. Da haben wir doch wieder unser Thema Nummer Eins am Wickel.

"Wie kommst du jetzt plötzlich darauf?", fragte ich irritiert zurück.

"In Preston Court erwähntest du, die Urkunden seien noch in deinem Besitz. Die brauch´ ich jetzt."

"Wieso jetzt?", fragte ich verdutzt.

"Das Rollkommando steht parat. Soll es nun

losgehen oder nicht?"

Er schob mir einen Zettel mit einer Adresse über den Tisch.

"Da kannst du die Unterlagen über die Rhea per Express hinschicken. Wenn wir mit dem Schiff in griechischen Gewässern einlaufen, müssen wir sie an Bord haben. Wir brauchen sie dann zum Einklarieren als dein Schiff aus Deutschland."

In dem Moment war ich es, der sich überrollt fühlte. Was führte Malcolm hier wohl im Schilde? Hatte er die Kaperung der Rhea mit seinen Kumpanen etwa schon konkreter geplant, als ich wusste? Wollte er mich da vielleicht nicht mehr mit einbeziehen? Misstrauen wuchs. Ich beschloss, vorsichtig zu agieren.

Fürs Erste gab ich den Versuch auf, mehr über Malcolm zu erfahren. Es war mir nicht gelungen, ihn aus der Reserve zu locken. Zweifelsohne beschäftigte ihn etwas, was er mir nicht sagen wollte. Sei es drum.

"Morgen erzähl´ ich dir den Rest meiner Rhea-Story. Dann kannst du deine schottischen Freunde auf Trab bringen", ließ ich seine Fragen nach den Schiffspapieren vorläufig unbeantwortet.

χ

Wüstensand

Malcolms strahlende Augen lugten mir schon aus dem Niedergang entgegen, als ich am Freitag in der Frühe zwischen den Fischhallen hindurchlief und auf die Kaimauer zusteuerte.

Es war nun schon der fünfte Tag, an dem ich Malcolm im Hafen von Whitstable traf, um ihn in die Welt der Rhea vor drei Jahrzehnten zu entführen.

Dies schien ihn immer noch brennend zu interessieren.

Freudig winkte er mir zu und rief mir an diesem Tag sogar ein "Welcome on Board. Heute ist ein Festtag." zu.

Innerlich stutzte ich, zumal wir uns am Abend zuvor eher etwas unterkühlt voneinander verabschiedet hatten. Und überhaupt hatte ich von ihm eine Herzlichkeit noch nicht erfahren. Aber warum nicht?, dachte ich bei mir.

Mein Erstaunen über Malcolms überraschendes Verhalten steigerte sich noch, als ich die Kajüte seiner *Iolaire* betrat. Vor mir ausgebreitet empfing mich ein rustikal gedeckter Frühstückstisch. Seitlich in der Kombüse brutzelten zwei Fischfilets in der Pfanne. Ihr Bratgeruch vermischte sich mit frischem Kaffeeduft.

"Hab´ ich heute Morgen direkt vom Kutter gekauft. Die beiden Haddocks schwammen gestern noch in der See", präsentierte mir Malcolm stolz seine Bemühungen.

Ich staunte und freute mich auf die deftige Mahlzeit.

"Am liebsten hätte ich dir "Haggis", unser

schottisches Nationalgericht, serviert. Aber ich konnte die Zutaten dafür nicht finden. Wahrscheinlich ist sowieso kein Engländer bereit, dieses vorzügliche Gericht freiwillig zu kochen und zu essen. Es besteht nämlich aus Schafsmagen gefüllt mit Hafermehl, Herz, Lunge, Leber, Niere mit gestampften Rüben und fein mit Muskatnuss abgeschmecktem Kartoffelbrei", ergänzte Malcolm, dem bei dieser Aufzählung sichtlich das Wasser im Munde zusammenlief. Ich war mit dem, was vor mir stand, voll und ganz zufrieden, genoss das Essen.

Dann griff ich in meine Brusttasche, zog daraus einen zusammengefalteten Briefumschlag, öffnete diesen und entnahm ihm mehrere, vergilbte Blätter.

Zu Malcolm gewandt, sagte ich: "Hier hab´ ich einen Brief, den mir Klaas, unser Kapitänsfreund, im September 1984 geschickt hat. Den will ich dir gerne vorlesen."

Lieber Kalle,

erstmal eine Positionsmeldung der Rhea: Sie liegt auf 39° 13´ Nord, 9° 7´ Ost. Merkst du es? Die Rhea hat es geschafft. Sie tanzt auf den Wogen des Mittelmeeres.

Ich selbst sitze etwa zwei Kabellängen von der Rhea entfernt in nordöstlicher Richtung in einem Café, schaue auf die Uferpromenade der Stadt Cagliari, dahinter das Hafenbecken, in der Ferne die Südspitze Sardiniens. Neben mir bei Fuß wartet meine Reisetasche, prall gefüllt mit meinen sieben Sachen und einigen Mitbringseln für meine Familie. Gerade schlürfe ich die dritte Tasse Espresso. Etwas Wehmut beschleicht mich.

Heute Morgen hab´ ich Hardy gewünscht, er möge immer eine Handbreit Wasser unterm Kiel der Rhea haben, Mast- und Schotbruch, alles Gute für die Zukunft mit diesem treuen und zuverlässigen Schiff. - Weißt du, was das bedeutet? -

Ich habe abgemustert. Der Lotse geht von Bord oder treffender: Der Segelflüsterer fährt nach Hause. Und das mit absolut gutem Gefühl. Denn Kalle, ich kann dir versichern, aus Hardy ist ein waschechter Seemann geworden. Grandios, wie souverän er das Schiff führt. Er hat alle praktischen Prüfungen der Seefahrt mit Bravour bestanden, zuletzt einen schweren Sturm, der alles hätte in Frage stellen können, wenn Hardy nicht besonnen, umsichtig und immer genau im richtigen Zeitpunkt die nötigen Entscheidungen getroffen hätte.

Wir hatten die sardische Küste schon in Sichtweite. Da kam innerhalb kürzester Zeit ein heftiger Sturm auf. Der Himmel färbte sich bräunlich gelb. Die See begann augenblicklich zu kochen. Die Rhea schlingerte, tanzte über die sich auftürmenden Wellen. Ein Brecher nach dem anderen ergoss sich über das Deck. Aber alles war rechtzeitig niet- und nagelfest gestaut, die Segel geborgen. Der Wind, die scharfen Böen fielen von Südsüdost ein und trieben das Schiff genau auf die Klippen Sardiniens zu, eine gefährliche Legerwallsituation. Hardy warf die Maschine an, aber der Motor stotterte nur, hatte immer wieder Aussetzer, lief nur auf zwei oder drei Zylindern. Es konnte so nicht weiter gehen. Ein Einlaufen in den Hafen von Cagliari war unmöglich. Also gab Hardy das Kommando zum Wenden und ein Sturmsegel zu setzen. Wir segelten so gut, wie es ging, zurück, weg von der Küste. Nun peitschte uns der Sturm in die Gesichter, trockene, warme Luft mit feinem Wüstensand der Sahara. Wir glaubten, mitten in einem Sandstrahlgebläse zu stehen. Trotz Kopfbedeckung, vermummter Gesichter und Brille brannte es wie von tausend Nadelstichen auf unserer Haut. Der Scirocco peinigte uns.

Hardy ermutigte die Crew, sicherte alles ab, vertrieb unermüdlich Ängste.

Irgendwann rief er mir zu: "Jetzt versteh´ ich, warum Odysseus so lange brauchte, um nach Hause zu kommen."

Lächelnd entgegnete ich: "Willkommen in seiner Heimat!"

Das neue Segelrevier hatte sich auf seine Weise vorgestellt. Poseidon hatte uns sein ganz spezielles Süppchen gekocht und aufgetischt.

Zwölf Stunden durchhalten, dann hatte sich der Sturm genauso schnell verzogen, wie er gekommen war. Wir konnten uns wieder dem Land, dem schützenden Hafen nähern. Ein immer noch stotternder Motor mit rabenschwarzen Wolken aus dem Auspuff und die Fock als Hilfssegel erlaubten uns ein Anlegemanöver, sozusagen mit letzter Kraft.

Jetzt ist auf der Rhea Aufräumen und Großreinemachen angesagt. Alle Ecken und Ritzen sind mit Salzwasser und feinem Wüstensand verklebt. Und der störrischen Maschine ist Hardy auch schon auf die Spur gekommen. Im Dieseltank war Wasser. Diese Mischung hatte uns der Tankwart in Palma de Mallorca eingefüllt. Offenbar eine Reaktion auf unsere leutselige Mitteilung, wir seien auf der Durchreise nach Griechenland. Da dachte er wohl, die kommen sowieso nicht wieder. Da könne er mit dem Verkauf von Wasser als Diesel schnelle Kasse machen. Aber wir hatten wieder Glück im Unglück.

Ich sage dir: Kein Unwetter, nichts ist gefährlicher als der gemeine Mensch.

Aber nun sitze ich hier, freue mich, dass die Rhea ein hochseetüchtiger Traditionssegler geworden ist, mit ihren vierundachtzig Jahren eine beeindruckende Dame.

Eine lange Überführungsfahrt liegt hinter uns. Nordsee, Englischer Kanal, Biskaya, portugiesische Küste, die Straße von Gibraltar, spanische Küste und zuletzt die stürmische Überfahrt hierher an die Südspitze Sardiniens. Alles klappte. Ich bin überzeugt, Hardy wird zweifellos auch den letzten Abschnitt vorbei an Sizilien bis Griechenland meistern können.

Ach ja, auch der mehrfache Crew-Wechsel während der Reise in Brest, Vigo, Gibraltar und hier in Cagliari verlief reibungslos, wie geplant.

So Kalle, das kann ich Dir berichten. Sicher fieberst du in Gedanken mit, wenn du schon nicht dabei sein kannst. Dein Beruf hat dich ja wieder fest im Griff. Aber wie du hier lesen kannst, gibt es keinen Grund zur Aufregung. Lehn dich entspannt auf deinem Schreibtischstuhl zurück und träume von der Seefahrt! Sie ist schön und schrecklich zugleich.

Viele Grüße,

Dein Klaas

ψ

Portes, Plakoto, Fevga

Seit drei Stunden saß Stavros im Kafenion an der Ecke des Hafens von Chania auf Kreta. Es war der 13. Oktober 1984.

Wie jedes Mal, wenn Stavros von Palaiochora in die Stadt gereist war, hatte er sich auch dieses Mal wieder nach Abschluss seiner Geschäfte an einen der einfachen Holztische vor dem Kafenion am Hafen gesetzt. Von seinem Platz aus konnte er das gesamte Geschehen überschauen. Mehrere Fischer flickten ihre Netze, die sie auf dem Hafenvorfeld ausgebreitet hatten. Eine Gruppe Touristen ging neugierig auf und ab, vereinzelt Passanten und ein unruhig umherschnüffelnder Hund.

Gegenüber von Stavros hatte sich ein großer, kräftiger Mann mit düsterem Blick niedergelassen. Es war Alexis, der Hafenmeister.

Klackernd flogen die kleinen weißen Würfel mit einer lässigen Drehbewegung aus der Hand geschleudert über das Spielfeld. Der aufgeklappte Holzkasten mit dem eingearbeiteten Muster, auf dem die Spielsteine aufgereiht waren, verstärkte den Sound der aufschlagenden, gegen die Seitenwände purzelnden Würfel. Musik in den Ohren von Stavros. Doch an diesem Tag hatten sich seine Gesichtszüge zunehmend verdüstert. Viele tausend Male hatte er die Tafli-Runden dominiert, doch nun schien ihn jegliches Glück verlassen zu haben. Vier Runden in Folge waren schon an seinen

Gegner gegangen. Der Ouzo floss in Strömen. Alexis frohlockte immer ungehemmter und lauter. Dies hatte andere Kaffeehaus-Besucher neugierig werden lassen. Eine wachsende Traube bildete sich um die beiden Spieler.

Da erhob sich Stavros, baute sich breitbeinig vor Alexis auf und hielt ihm seine große Pranke hin.

"Revanche! Jetzt gewinn´ ich. Schlag ein! Der Sieger, der zuerst drei Punkte holt, erhält eine Ziege. Schlag ein!"

Lächelnd fragte Alexis zurück: "Lebend oder am Holzfeuer gegrillt?"

"Lebend. Die kann in meinem Stall stehen und mich mit Milch und Käse versorgen."

"Oh, ich fänd´ es nicht schlecht, zu einem Grillfest am Strand zu Dir nach Palaiochora zu kommen."

"Egal, eine Ziege. Der Spieleinsatz steht", entgegnete Stavros unwirsch.

Grimmig, entschlossen nahm Stavros wieder Platz. Wie immer begannen sie mit dem Portes-Spiel. Zwei, drei Spielzüge auf beiden Seiten, gerade war es dem Herausforderer gelungen, einen Spielstein seines Gegners herauszuschmeißen, da ging ein Raunen durch die Zuschauer. Stavros hob seinen Kopf und merkte, dass alle ihre Blicke in Richtung Hafeneinfahrt gewandt hatten. Zwischen mehreren, neben ihm stehenden Personen hindurch konnte er erkennen, wie ein großer Zweimastsegler langsam majestätisch zur Hafeneinfahrt hineinglitt und auf das rechte Becken zu hielt. Allgemeines Gemurmel der Anerkennung, dann die skeptische Frage an Alexis: "Musst Du da jetzt hin?"

"Zuerst beenden wir unser Spiel. Erst muss ich meinen Siegeszug komplettieren."

Beide hingen wieder mit rauchenden Köpfen über ihren Spielzügen. Aber irgendwie ließ dieses Schiff Stavros keine Ruhe. Er merkte, dass er unkonzentriert wurde. Unaufhaltsam flogen seine Gedanken zu dem eingelaufenen Segler, bis er wieder einen Blick durch die um den Tisch drängenden Zuschauer erhaschen konnte. Der Zweimaster war jetzt dichter herangekommen. Er hatte gewendet und lag an der Tankstation. Jetzt sah er es am Heck: Die deutsche Flagge wehte ruhig hin und her. Das ließ ihn genauer hinschauen. Nun konnte er die Schriftzüge am Heck entziffern: "*RHEA Kiel*".

Ein Adrenalinschub durchzog ihn. Nur mit größter Mühe konnte er seine Aufregung verbergen.

Nie hatte er ernsthaft daran geglaubt. Aber gefallen hatten ihm die Geschichten, die seine Freunde Hardy und Kalle ihm erzählt hatten, schon. Aus Deutschland wollten diese mit einem großen schwarzen Segelschiff kommen und seinen Ort Palaiochora an der Südküste Kretas als Basisstation für Ausflugsfahrten wählen. Abende lang hatten sie sich an der Bar ausgemalt, wie die Rhea quasi vor seiner Haustüre vor Anker liegend eine wunderbare Kulisse für die Touristen abgeben könnte. Und jetzt lag eben dieses Schiff - daran gab es keinen Zweifel - ganz unverhofft nur wenige Meter leibhaftig vor seinen Augen. Stavros holte tief Luft.

Dann merkte er fast beiläufig mit einem seitlichen Kopfnicken an: "Übrigens Leute, das da ist mein Schiff, meine neue Touristenattraktion."

Ungläubiges Staunen.

"Haha", hub Alexis an, "kannst uns ja viel erzählen, aber Du bist doch eine Landratte durch und durch. Wirst ja schon seekrank, wenn Du nur auf der Fähre nach Athen sitzt. Und dann auch noch gleich ein prächtiger Segler. Und zu allem Überfluss unter deutscher Flagge. Jetzt erzähl mir noch, Du hättest heute jedes Spiel gewonnen."

Allgemeine Erheiterung, doch Stavros fuhr unbeirrt fort: "Von wegen. Mir gehören 51 Prozent des Schiffes, wird morgen notariell besiegelt. Der Deutsche ist mein Kapitän. Das wird der größte Touristenmagnet Kretas. Und wenn die Deutschen Zicken machen, dann werden sie eben nach Hause geschickt, aber mein Schiff bleibt hier. So, und jetzt wird weitergespielt."

Stavros nahm die beiden Würfel zwischen Zeigefinger und Daumen und schleuderte diese noch heftiger und entschlossener auf das Tableau. Der Zuschauerring schloss sich wieder. Konzentriert verfolgten die Anwesenden den weiteren Spielverlauf. Schon wieder waren zwei Spiele zu Ungunsten von Stavros ausgegangen. Im Ersten, dem Portes, hatte Alexis gnadenlos einen Spielstein nach dem anderen rausgeworfen. Stavros hatte sich weitgehend vergeblich bemüht, seine Steine zurück auf das Spielfeld zu bringen. Und beim zweiten Spiel, dem Plakoto, wurden seine Plättchen beharrlich festgesetzt. Es stand 0 : 2 gegen ihn. Aber jetzt folgte die dritte Spielvariante, Fevga. Hier fühlte sich Stavros in seinem Element und fasste neuen Mut. Jetzt würde er seinen Gegner konsequent blockieren und besiegen, bevor Alexis überhaupt einen einzigen Stein aus dem Spiel nehmen könnte. Das wären zwei

Punkte und damit Gleichstand. Weitere Runde, neues Glück. Doch bald zeichnete sich ab, dass Stavros immer noch vom Pech verfolgt wurde. Auch der dritte Sieg ging an Alexis, drei Punkte, Spielende.

Stavros war chancenlos, verzog keine Miene und stand langsam auf.

"Übermorgen bei Sonnenuntergang Grillfest an Bord meines Schiffes mit Ziegenbraten, Kokinelli, Ouzo in der Bucht vor meinem Haus, alles klar?"

Stavros drehte sich um und wollte demonstrieren, wie er auf den stolzen Segler steigt. Doch da sah er gerade noch, wie die Rhea hinter der Hafenausfahrt Kurs auf die offene See nahm. Sie war wohl nur zum Tanken in den Hafen eingelaufen.

Spöttisches Grinsen, aber Stavros bewahrte Haltung.

"Ah, sie hat schon abgelegt. Ich muss schnell los, damit ich vor ihr zu Hause bin und sie angemessen willkommen heißen kann."

Doch die Rhea kam niemals an Stravros Wunschzielort Palaiochora an.

ω

Meuterei

Gut vier Jahre waren vergangen, seit ich mich vom Leben an Bord der Rhea verabschiedet und wieder festen Boden unter den Füßen gespürt hatte. In dieser Zeit war die Rhea weitergesegelt, hatte Hardy das Schiff zu neuen Ufern gesteuert. Ihm war es gelungen, unsere oftmals beschworenen Mittelmeerträume in die Wirklichkeit zu rücken. Und da uns der Anwalt in Piräus die Augen geöffnet hatte, dass ein Chartergeschäft von griechischen Gestaden aus zu risikobehaftet wäre, ging die Reise nach kurzer Stippvisite auf Kreta weiter nach Osten, dümpelte die Rhea schon bald an der lieblich milden türkischen Küste. Fortan schallte der Ruf des Muezzin in beständiger Regelmäßigkeit von Land aus herüber, komplettierten orientalische Gerüche das neue Lebensgefühl auf der Rhea. Die Sonne brannte erbarmungslos auf die nackten Planken, die deshalb laufend feucht gehalten werden mussten. Der schwarze Schiffsrumpf heizte sich stark auf, und es dürstete ihn eigentlich nahezu ständig nach frischer Farbe. Aber dies alles vermochte das Glück nicht zu schmälern, das Hardy, seine Crew, die mitfahrenden Kommanditisten und Gäste empfanden, wenn sie entlang der Küste von einer traumhaft schönen Bucht zur nächsten oder zu einer der griechischen Inseln wie Rhodos, Symi, Chalki segelten.

In Marmaris hatte Hardy schnell die entscheidenden Kontakte geknüpft, war der örtliche Reisebüro-Inhaber

Süleyman sein Protegé geworden, der alle staatlichen Genehmigungen für den Charterbetrieb mit der Rhea besorgte und scheinbar seine schützende Hand über Hardys Unternehmen hielt.

Der türkische Küstenort Marmaris war zum neuen Heimathafen der Rhea geworden. So gänzlich *neu* war das inzwischen auch nicht mehr, schwamm die Rhea doch nun schon einige Jahre in diesen sonnigen Gefilden.

Rhea, die Gutmütige, schien sich im Mittelmeer ausgesprochen wohl zu fühlen. Sie hielt ihre Schiffsbesatzung nicht mehr nennenswert in Atem, sondern segelte willig zu jedem Ziel, das Hardy mit seinen Gästen ansteuerte. So hätte es noch Jahre lang - ja zweifellos bis heute - weitergehen können, wenn sich nicht plötzlich und völlig unvermittelt die Ereignisse überschlagen hätten.

Es war der 14. September 1987. Tiefblauer Himmel. 26 Grad Celsius. Die Vormittagssonne begann, die weitläufige Bucht von Marmaris kräftig einzuheizen. Die Rhea lag ruhig mit dem Heck zur Kaimauer vor Anker zentral an der Promenade des Ortes, rechts und links neben ihr einige Gülets. Als Landgang diente eine alte Tür, die am Heck befestigt mit zwei Tampen an der Besannock hängend knapp über dem Kai schwebte.

Schon am frühen Morgen, als ich aufgewacht war, spürte ich eine innere Unruhe. Das Laissez-faire-Gefühl der letzten Tage war schlagartig vorbei. Vorbereitungen für den nächsten Törn mit zahlenden Gästen standen an. Und das lag nun in meiner Hand. Hardy hatte die gesamte abgelaufene Saison wie auch schon in den beiden

Vorjahren als Skipper der Rhea fungiert. Gestern war er zu einer griechischen Hochzeit nach Kreta abgefahren. Dafür war ich eingesprungen und hatte vorübergehend wieder das altvertraute Kommando an Bord.

Mit mir bildete Nolly die Stammcrew. Hardy hatte ihn ein halbes Jahr zuvor angeheuert, als er einen Koch für die Charterfahrten benötigte. Nolly war ein schlanker, drahtig gebauter junger Mann, braun gebrannt. Dies kam durch seine von der Sonne ausgebleichten Lockenhaare verstärkt zur Wirkung. Ich schätzte sein Alter auf ungefähr fünfundzwanzig Jahre. Stets trug er einen dicken, selbstgestrickten Pulli, egal, wie warm es war. Dieses Outfit schien sein Markenzeichen zu sein. Vielleicht trug er damit aber auch seinen gesamten Besitzstand ständig mit sich herum. Nolly zog plan- und ziellos durch die Weltgeschichte. Seine Heimat lag auf der Schwäbischen Alb. Nur dorthin zurückkehren mochte er vorläufig nicht. Er war nämlich Totalverweigerer, lehnte sowohl den Kriegsdienst als auch den zivilen Ersatzdienst ab und musste deshalb mit Verhaftung und Gefängnis rechnen, wenn er westdeutschen Boden betreten würde. Nur nach West-Berlin hätte er wegen des dort damals geltenden Sonderstatus sorglos einreisen können. Aber danach stand Nolly nun mal nicht der Sinn. Also trieb er sich am Mittelmeer herum, immer auf der Suche nach kleinen Jobs. Er war auf der Rhea gelandet, erst als Smutje, mit der Zeit auch als Decksmann. Er stand mir für den bevorstehenden Segeltörn zur Seite.

Der Urlaubsflieger sollte in den Nachmittagsstunden im nahen Dalaman landen. Dann würde es vorbei sein mit der beschaulichen Ruhe an Bord. Alle zwölf Kojen waren ausgebucht. Das hieß: Die nächsten Mitsegler würden gegen Abend mit dem Bus-Shuttle vorfahren.

Ich war gerade damit beschäftigt, an Deck der Rhea das Sonnensegel über den Großbaum zu ziehen und seitlich an den Wanten, sowie den Backstagen einzubinden, als mir jemand vom Land her ein laut vernehmliches "Merhaba" zurief. Ich drehte mich um und erkannte Süleyman mit zwei weiteren Personen.

Augenblicklich war mir klar: Da stand wichtiger Besuch, den ich aufmerksam zu würdigen hatte. Denn Hardy hatte mir Süleyman vor seiner Abreise noch kurz als seinen Verbindungsmann vorgestellt. Dazu hatten wir ihn in seinem kleinen Reisebüro aufgesucht. Süleyman sprach fließend deutsch. Er schien alles zu wissen und jeden zu kennen. Für den einen oder anderen Segeltörn vermittelte er auch zahlende Gäste. Er war für das Rhea-Projekt unverzichtbar.

Ich mochte ihn nicht. Er wirkte auf mich selbstherrlich und arrogant. Aber das war in dem Moment, in dem der türkische Gruß zu mir herüberschallte, ohne jede Bedeutung. Ich musste meiner Rolle als Ersatzmann von Hardy gerecht werden.

Ich grüßte deshalb die Ankömmlinge freundlich zurück und bat sie, an Bord zu kommen. Dann verschwand ich kurz unter Deck, um gleich darauf mit einer Flasche Raki und mehreren Gläsern wieder zu erscheinen. Wie passend, dass Hardy im Café gegenüber Tisch und Stühle ausgeliehen und so einen geselligen Platz an Deck für die Tage im Hafen von Marmaris geschaffen hatte. Ich tischte für die unverhofft erschienenen, einheimischen Gäste auf.

Süleyman und seine Begleiter schlenderten übers Deck. Sie ließen sich betont lässig, fast etwas gelangweilt wirkend auf den ihnen angebotenen Plätzen nieder. Small Talk war angesagt. Der Raki schmeckte. Im Stillen bildete ich mir ein, dass wir uns schon recht gut akklimatisiert hätten. Unser Wortwechsel führte zu allseitiger Zustimmung, der Ort Marmaris habe für den Tourismus ein einmalig schönes Plätzchen zu bieten.

Und Süleyman fügte hinzu:

"Ausflugsschiffe, wie die einheimischen Gülets, die gibt es ja entlang der Küste in Hülle und Fülle, aber so etwas Besonderes, wie die Rhea, einen traditionellen Zweimastsegler, das haben nur wir hier bei uns in Marmaris. Ein richtiger Blickfang für die Touristen."

Ich nickte beifällig und zufrieden.

Nach einer kleinen Kunstpause setzte Süleyman fort: "Ihr segelt doch mit euren Gästen immer rüber zu den griechischen Inseln."

"Na und?", reagierte ich scheinbar gelassen, fragte mich aber, worauf diese Feststellung meines Gegenübers wohl hinauslaufen sollte.

"Du weißt ja, dass wir uns vor dem Hegemoniestreben der Griechen schützen müssen. Auf den Inseln Rhodos, Symi, Kos sind überall militärische Beobachtungsstationen. Die griechische Marine patrouilliert ständig entlang des türkischen Hoheitsgebiets dicht vor unserer Küste", kam Süleyman allmählich zur Sache.

Aha, da liegt der Hase im Pfeffer, dachte ich bei mir, schwieg aber zunächst.

"Wenn du da mit eurer Rhea längs segelst, mach für mich doch mal ein paar Fotos."

Schroff fuhr ich hoch: "Soll das ein Spionageauftrag werden?"

Süleyman lächelte linkisch seinen Begleitern zu und antwortete dann beschwichtigend: "Wer spricht denn gleich von sowas? Ich würde sagen: nur eine Gefälligkeit."

"Kommt nicht in Frage. Lasst mich mit so ´was in Ruhe!"

Süleyman blieb beharrlich: "Du solltest dir das aber nochmals gut überlegen. Schließlich wäscht eine Hand die andere."

Nach diesen Worten standen die drei Besucher auf, ohne mich noch eines Blickes zu würdigen. Gelassenen Schrittes, als wollten sie ihre Überlegenheit demonstrieren, verließen sie das Schiff. Ich fühlte mich äußerst unangenehm in die Enge getrieben. Nachdenklich, verärgert saß ich noch lange auf meinem Platz. Dann hatte mich der Alltag zurück.

Am Folgetag stach ich mit der neuen Urlaubsmannschaft in See. Wie bei jeder Fahrt war es eine vielseitige Woche, in der auf alle möglichen oder auch unmöglichen Befindlichkeiten und Wünsche der zahlenden Gäste Rücksicht zu nehmen war. Fast alle waren überglücklich, freuten sich über das Segeln, die Hafenstädte, die stillen Ankerbuchten. Begeistert legten sie Hand mit an, halfen beim Segelsetzen und Bergen, fügten sich in das Bordleben ein. Aber auch dieses Mal gab es, wie eigentlich immer, wieder einen Quertreiber, der unzufrieden den Laden aufzumischen versuchte. Das galt es, nicht sonderlich ernst zu nehmen und mit guter Laune zu kompensieren.

Nach einer Woche Rückkehr der Rhea an die Mole von Marmaris. Die Urlauber - wohlbehalten an Land gesetzt - rüsteten sich zur Abreise.

Anschließend schaute ich, wie sonst Hardy es nach jedem Törn zu tun pflegte, in dem kleinen Einmann-Reisebüro von Süleyman ein, um zu erfahren, ob es schon Neuanmeldungen für die nächste Reise gäbe. Nach einem belanglos neutralen Wortwechsel wollte ich gehen und wandte mich um zur Tür. Da sprach mich Süleyman von hinten an.

"Und? Hast du mir etwas von deiner Tour mitgebracht?"

"Was meinst du?", fragte ich Naivität spielend zurück.

"Na ja, ein paar Fotos, einige Beschreibungen. Du weißt schon, wovon."

Darauf reagierte ich empört: "Was soll das denn? Ich hab´ dir doch klipp und klar gesagt, dass Spionieren nicht mein Ding ist."

Nach kurzer Pause fügte ich hinzu: "Und wenn du das Hardy zuvor auch schon gefragt haben solltest, dann hat er mit Sicherheit ganz genauso reagiert wie ich."

Süleyman antwortete jetzt in schärferem Ton: "Du solltest meine Wünsche ernst nehmen. Schließlich habe ich hier alles für euer Chartergeschäft geregelt, seid ihr inzwischen seit mehreren Jahren am Start. Da können ich und der türkische Staat durchaus etwas mehr Dankbarkeit von euch erwarten."

Innerlich aufgewühlt verließ ich wortlos das kleine Büro. Da hörte ich Süleyman hinter mir herrufen: "Deine Sturheit wird dir noch leidtun."

Meine Laune war gründlich im Keller. Gedankenversunken und ziellos irrte ich eine Weile durch die Straßen von Marmaris, trank einen türkischen Kaffee und gab mir dann einen Ruck. Anstehende Besorgungen mussten erledigt werden.

Nach ungefähr einer Stunde kehrte ich zum Schiff zurück. Erschrocken sah ich: An Bord warteten bereits mehrere uniformierte Zöllner.

"Sie waren im Ausland?"

Und weiter, ohne eine Antwort abzuwarten: "Sie müssen ordnungsgemäß einklarieren. Legen Sie eine Crewliste aller eingereisten Personen vor!"

"Okay, mach´ ich, bring´ ich gleich im Zollbüro vorbei."

Mit ausdrucksloser Miene zogen die Zöllner von dannen. Ich beeilte mich, die Formalitäten zu erledigen, fertigte die angeforderte Liste mit den Namen aller Chartergäste, die bei mir an Bord gewesen waren, und ergänzte sie mit dem Namen des Decksmannes Nolly und meinem eigenen. Dann lieferte ich die ausgefüllten Formulare beim Zoll ab. Nun konnte ich mir ein Glas Löwenmilch, Raki mit Wasser verdünnt, gönnen.

Gemütlich schlürfte ich das Getränk in einem der zahllosen Cafés an der belebten Uferstraße und beobachtete entspannt das dortige Treiben. Da sah ich auf der gegenüberliegenden Straßenseite dicht am Ufer eine Person laufen, die mir irgendwie bekannt vorkam. Angestrengt dachte ich darüber nach, bis mir plötzlich einfiel, dass ich diesen Menschen doch gerade erst am Vortage im Hafen von Rhodos auf der Rhea beim Kartoffelschälen entdeckt hatte. Nolly hatte dort mein Erstaunen bemerkt und mich sofort aufgeklärt, er habe Stoffi, wie er heiße, aus der Bordküche etwas zu essen gegeben. Dafür habe dieser sich als Gegenleistung erkenntlich zeigen können und den kleinen Job erhalten. Ich war überrascht gewesen, wie Nolly geschickt seinen Kombüsendienst delegierte, sich sozusagen mehr Freizeit mit Bordmitteln verschaffte, die ihm nicht gehörten. Ich hatte dies aber auf sich beruhen lassen. Stoffi war ein offensichtlich mittelloser Vagabund mit fettigen, zotteligen Haaren und heruntergekommenen Klamotten. Nolly hatte ihn wohl irgendwo aufgegabelt. Ebenso würde dieser Freak auch wieder von dannen ziehen, spätestens, wenn wir ablegten. So hatte ich jedenfalls gedacht.

Nun aber ratterte es in meinem Kopf. Wie konnte diese Person so schnell nach Marmaris gekommen sein? Zwischen diesen beiden Häfen gab es doch gar keine Fährverbindung. Und meines Wissens war die Rhea das einzige Schiff, das diese Passage am gestrigen Tage zurückgelegt hatte. Bei mir regte sich auf einmal ein arger Verdacht. Schnell kehrte ich zur Rhea zurück. Dort stellte ich Nolly zur Rede.

"Hast du etwa einen blinden Passagier von Rhodos hierher mitgenommen?"

Er stritt dies ab. Ich trat näher auf ihn zu und verschärfte meinen Ton: "Und was ist mit dem Kartoffelschäler Stoffi?"

Kleinlaut gab Nolly zu. Er sei darum gebeten

worden, ihn mitzunehmen, und da habe er nicht Nein sagen können. Im Kabelgatt habe er ihn untergebracht.

Ich steckte in der Bredouille. Denn damit war klar. Ich hatte dem Zoll eine unvollständige Crewliste vorgelegt. Sollte ich das nachholen? Meine Unwissenheit würde mir allerdings sicherlich nicht geglaubt werden. Das Risiko war zu groß.

Ich fragte Nolly: "Hat das jemand nach unserer Ankunft hier gemerkt?"

Er antwortete schnell: "Keinesfalls."

Darauf wies ich ihn eindringlich zurecht: "Also, dann hat niemand etwas gesehen, du auch nicht. Verstanden?"

Zwei Tage später ergab es sich unerwartet, dass ich wegen eines Todesfalles ganz kurzfristig nach Deutschland reisen musste. Deshalb konnte ich nicht mehr an Bord bleiben, bis Hardy zurückkehren würde. Nolly erklärte sich in dieser Situation sofort bereit, während unser beider Abwesenheit die Schiffswache zu übernehmen. Erleichtert ging ich auf sein Angebot ein.

Kurz vor meiner Abreise begegnete mir zufällig Süleyman. Dieser lächelte mir verschmitzt zu und sprach mich mit den Worten an:

"Also, wenn ich euch einen guten Rat geben darf: Fahrt mit eurem Schiff zwischen Griechenland und der Türkei niemals mit einem blinden Passagier! Sonst sitzt ihr schneller im Knast, als ihr euch umsehen könnt."

Sprach's und ging seiner Wege.

Als hätte mich der Blitzschlag getroffen, verharrte ich kreidebleich. Was wurde da gespielt? Jetzt würde Süleyman mich in der Hand haben. Sollte ich erpresst werden?

Ratlos kehrte ich an Bord zurück und dachte über die prekäre Lage nach.

Konnte ich es jetzt noch verantworten, Nolly allein auf das Schiff aufpassen zu lassen? War auf ihn überhaupt noch in irgendeiner Weise Verlass? Zu spät. Ich hatte keine Zeit mehr, weder für Veränderungen noch, um die Lage zu klären. Der Last-Minute-Flug war gebucht. Der Flieger wartete, die Trauergesellschaft auch. Ich musste einfach alles Weitere auf die Zeit nach meiner Rückkehr verschieben.

Mit Nolly verholte ich die Rhea, wie geplant, in eine geschützte Bucht hinter die südöstlich des Ortes gelegene Insel. Sorgfältig positioniert warfen wir drei Anker in verschiedene Richtungen aus, so, dass die Rhea auch im Falle eines Sturmes friedlich und sicher vor sich hin dümpeln könnte. Nolly brachte mich mit dem Beiboot zurück nach Marmaris.

Mit ungutem Gefühl im Magen reiste ich ab, nicht ohne Nolly zuvor nochmals ausgiebig ins Gewissen geredet zu haben. Er möge das Schiff sorgfältig bewachen, regelmäßig das Ankergeschirr und die Lenzpumpen kontrollieren und niemanden an Bord lassen.

Doch kaum war ich abgereist, ging alles wie von Geisterhand Schlag auf Schlag.

Schon drei Tage später erreichte mich in Deutschland der Anruf eines Türken, der sich gut deutsch sprechend mit den Worten meldete:

"Hallo, ich bin Ali, du kennst mich. Wir haben letzte

Woche im Café mit anderen zusammengesessen. Ich hatte dir erzählt, dass ich in München Archäologie studiert habe und nun als Fremdenführer für deutsche Touristen in Marmaris arbeite."

Stille. Ich dachte intensiv nach, aber es gelang mir auch beim besten Willen nicht, den Anrufer in meine letzten Erlebnisse einzuordnen.

Dieser fuhr fort: "Dein Steuermann Nolly bat mich, auf dein Schiff aufzupassen. Er müsse Besorgungen in Marmaris und Mugla erledigen. Natürlich habe ich gerne zugesagt. Dieses wunderbare Schiff kann man doch nicht unbewacht liegen lassen. Aber wenn du mir 600,- DM überweisen könntest, wäre das gut. Kannst du auf das Konto von Süleyman überweisen."

Konstatiert stammelte ich ein kurzes "Ja".

Dann war das Telefonat abrupt beendet. Wieder ratterte es in meinem Kopf. Was wurde da gespielt? Welche Rolle hatte Nolly in dieser Situation?

Ich dachte bei mir: Das hätte ich wissen müssen. Auf Nolly war eben kein Verlass.

Aber welche Chance hatte ich? Hätte ich den Flug absagen sollen? Und warum sollte ich auf das Konto von Süleyman überweisen? Hatte der da etwa seine Finger mit drin? Ich zermarterte mir mein Hirn. Einen Reim vermochte ich mir aus diesen Informationen nicht zu machen. Und Anrufversuche nach Kreta scheiterten. Ich konnte Hardy einfach nicht erreichen. Also überwies ich in meiner Unsicherheit die geforderte Summe und hoffte, dass Ruhe einkehren und die Rhea weiter friedlich am Ankerplatz hin und her schwojen könne.

Doch zwei Tage später die nächste Aufforderung, ein

weiteres stolzes Salär für die Schiffswache zur Anweisung zu bringen. War das Schiff denn überhaupt in sicheren, in guten Händen? Was war mit Nolly? Von ihm hörte ich nichts.

Ich rief Orhan, den Inhaber unseres Lieblingsrestaurants, in Marmaris an. Schon bei dem Gedanken lief mir das Wasser im Munde zusammen; er fabrizierte mit Abstand die besten Teigtaschen. Ich bat ihn, mal nach dem Rechten zu schauen. Und er möge Nolly sagen, dass dieser mich anrufen solle.

Drei Stunden später eine aufgeregte Stimme am Telefon.

"Hallo Kalle, hier Orhan, hab´ die Rhea nicht gefunden. Lag sie nicht hinter der Insel vor Anker? Bin mit meinem Boot einmal komplett um das Eiland herumgekurvt. Nichts zu sehen."

Sprachlosigkeit. Blitz und Donner. Schlimmer konnte es kaum kommen. Worst Case?

"Und weißt du ´was über Nolly?", fragte ich zögernd nach.

"Ich hörte, der sei über Land abgereist, mit dem Bus nach Mugla."

Mehr als ein "Danke" brachte ich in dem Moment nicht mehr hervor.

Es half nichts. Ich müsste so schnell wie möglich zurückfliegen oder Hardy erreichen, damit wir uns entlang der türkischen Küste auf die Suche nach der Rhea begeben könnten. Doch dies war noch nicht zu Ende gedacht. Da klingelte es an der Tür. Ein Telegramm wurde abgegeben. Hastig riss ich den Umschlag auf, las den Inhalt:

"Warnung. Stop.
Zoll sucht dich. Stop.
Bei Einreise droht Haft. Stop.
Süleyman. Stop."

Ich war erstaunt und erschrocken zugleich. Woher die unerwartete Loyalität? Oder war dies nur eine Finte? Sollte ich vom Ort des Geschehens ferngehalten werden?

Bevor ich eine Entscheidung - Flug ja oder nein - treffen konnte, klingelte das Telefon.

"This is Oliver."

"Wie bitte? Wer ist da?", glaubte ich, mich gerade verhört zu haben. Denn mit einem Anruf von Oliver hatte ich in dem Moment am allerwenigsten gerechnet.

Oliver fuhr fort: "Ich habe zufällig deine Rhea in Bozborum an der Kaimauer liegen sehen. Bin natürlich sofort dahin, war aber niemand an Bord. Als ich durch die unverschlossene Niedergangstür in den Salon hinabstieg, sah ich Wasser auf den Bodenbrettern. Die Pumpen waren ausgefallen. Das Schiff drohte abzusaufen. Hab sofort die Maschine angeworfen. Das ging problemlos. Dann die Leinen losgeworfen und die Rhea auf eine flache, sandige Stelle vor dem Strand dirigiert. Da liegt sie jetzt gerade so eben auf Grund. Es kann nix passieren."

Das war der Moment, an dem ich nichts und niemanden mehr auch nur irgendetwas glaubte.

Wie oder warum sollte Oliver, ausgerechnet Oliver, und noch dazu rein zufällig, wie er sagte, genau an den Ort gekommen sein, in den die Rhea von einem Unbekannten gesteuert worden war? Der kleine, unspektakuläre Ort Bozborum zweiunddreißig Seemeilen westlich von Marmaris. Und die Rhea angeblich gerade eben noch rechtzeitig auf Grund gesetzt und ihren Untergang verhindert haben? Das glaube, wer will.

"Ruf später nochmal an", mehr brachte ich nicht über die Lippen. Das Telefonat war beendet.

Zwei Stunden intensiven Nachdenkens schlossen sich an. Ich fragte mich, ob Oliver vielleicht schon Tage oder Wochen zuvor auf der Lauer gelegen, also sozusagen auf Beobachtungsposten in Marmaris gewesen sein könnte, ob er das Ganze möglicherweise sogar selbst eingefädelt hatte. Auch schien es mir plötzlich durchaus denkbar, dass er mit Nolly, vielleicht sogar mit dessen merkwürdigen Kartoffelschäler Stoffi in Verbindung gestanden hatte. Und auch mit Süleyman schien dies nicht ausgeschlossen. Allein, ich wusste es nicht

Dann rief Oliver ein zweites Mal an:

"So, hier bin ich nochmal. Als ich mich nach unserem Telefonat von einem Einheimischen zur Rhea zurückfahren ließ, hatte dort ein Zollboot angelegt. Die Zöllner saßen an Deck, als warteten sie auf mich. Sie fragten sofort, ob ich der Eigner sei. Ich verneinte und erklärte den Sachverhalt. Sie meinten, ein Türke habe die Rhea von Marmaris nach Bozborum gefahren, sei dann aber verschwunden, vermutlich, um seiner Festnahme zu entgehen. Es sei nämlich bei Strafe verboten, dass ein türkischer Staatsbürger ein Schiff unter fremder Flagge in ihren nationalen Gewässern führe. Jetzt würde sich der Schiffseigner dafür zu verantworten haben, dass er dies zugelassen habe."

Gänsehaut lief mir über den Rücken. Also war die

Warnung von Süleyman in seinem Telegramm wohl doch nicht frei erfunden. Oliver redete noch eine Zeitlang weiter, aber ich hörte schon gar nicht mehr zu.

Am nächsten Tag meldete sich Oliver von Neuem. Er warnte mich eindringlich, türkischen Boden zu betreten. Und für meinen Kompagnon Hardy würde dies genauso gelten. Wortreich malte er aus, dass die Zöllner schon die Handschellen parat hätten. Und überhaupt, der türkische Knast sei für Ausländer die reine Hölle. Dann wechselte er geschickt das Thema und schlug schließlich vor, dass wir ihm die Rhea überlassen könnten.

"Selbstverständlich für einen angemessenen Preis", wie er es formulierte.

Ich konterte: "Das kannst du gar nicht bezahlen. Wir haben schon 150000,- DM für den Schiffskauf bezahlt und inzwischen nochmals mehr als dieselbe Summe in die Restaurierung der Rhea hineingesteckt."

"Du vergisst den Bergelohn, den ich für die Schiffsrettung beanspruchen kann", erwiderte er mit harter, geschäftsmäßiger Stimme.

"Und, wie du weißt, kann der Bergelohn bis zur Höhe des Schiffswertes betragen", fuhr er bissig fort. "Wäre ich nicht rechtzeitig gekommen, läge die Rhea jetzt auf dem Meeresgrund. Ein Wrack mehr in den historisch bewegten Gewässern des Mittelmeeres. Aber ich bin nicht so. Ich überweis´ euch was. Eure Bankverbindung kenn´ ich ja aus dem Reiseprospekt."

Sprach´s und legte, ohne eine Antwort von mir zu erwarten, auf. Zwei Wochen später waren 9000,- DM auf unserem Konto eingegangen. Das war´s.

Malcolm hatte die ganze letzte Phase meines Berichts mit aufgerissenen Augen zugehört und ergriff nunmehr das Wort:

"Darauf lass uns einen Whisky nehmen. Deine Story ist mir heute meinen besten schottischen Tropfen wert."

Er griff wieder in sein Schapp. Dort holte er aus der hintersten Ecke eine Flasche "Ardbeg Uigeadail" und stellte diese, mich herausfordernd anlächelnd, auf den Tisch.

"Teufelszeug von der Isle of Islay. Wenn du den probiert hast, kann dir nichts mehr passieren. Dann weißt du, warum die Schotten ein starkes Volk sind."

Wir prosteten uns zu. Vorsichtig schob ich meine Nase in das Glas. Ein intensiver Geruch nach Seetang, Salzwasser, Torf, Rauch, Leder schwebte mir aus dem tiefbraunen Gebräu entgegen. Ein kleiner Schluck, und ich fühlte mich zurückversetzt in die Zeiten in Søby, spürte den Geschmack, der sich mir aus dem dampfenden Pechkessel auf die Zunge gelegt hatte, roch das Schiemannsgarn an meinen Händen und das Eichenholz der Rhea. Der Ardbeg-Whisky entfachte in mir einen wahren Sturm im Wasserglas.

Beseelt verließ ich die *Iolaire*.

Ebbstrom

Als ich am nächsten Morgen am Hafen erschien, war es diesig und kühl, feuchte Luft, die mir unter die Jacke kroch. Ich nahm meine Hände ans Revers, zog sie enger an mich heran. Schnellen Schrittes steuerte ich das innere Hafenbecken an. Nur wenige Menschen waren unterwegs. Die meisten hatten es wohl vorgezogen, an diesem Samstag lieber zu Hause zu bleiben.

Ich erreichte die Kaimauer und schaute aufs Wasser. Nur einige Fischerboote dümpelten vor sich hin. Malcolms *Iolaire* war verschwunden. Von ihm selbst keine Spur.

Ich fragte einen Fischer.

Dieser wusste zu sagen: "Den Segler, ja den hab´ ich heute Morgen gegen 4:30 Uhr auslaufen sehen, mit der ablaufenden Tide, genau zur richtigen Zeit."

Ich fühlte mich maßlos leer und enttäuscht.

Auch wenn ich nun Malcolm alles Weitere nicht mehr mitteilen konnte, wanderten meine Gedanken doch unwillkürlich zu dem Punkt zurück, an dem mein Bericht geendet hatte. Das war der dramatische Augenblick, als uns bewusst wurde, dass plötzlich Oliver in den Besitz der Rhea gelangt war.

Es gab keinen Zweifel mehr, er hatte uns unser Schiff abgejagt.

Eigentlich merkwürdig, schoss es mir fast gleichzeitig durch den Kopf, dass Malcolm sich offenbar nicht mehr dafür interessierte, wie wir auf die alles verändernde Attacke Olivers reagiert hatten. Er war einfach auf und davon gesegelt, nachdem er gehört hatte, dass Oliver sich der Rhea bemächtigt hatte. War sein Interesse erloschen, seine Neugier befriedigt? Oder reichte ihm das Gehörte, um selbst aktiv zu werden? Wollte er vielleicht immer noch das Schiff zurückholen und in meine Hände legen, wie er dies bei unserer ersten Begegnung in Preston Court so generös ausposaunt hatte? Oder hatte er etwa eigene Begehrlichkeiten entwickelt? Sein Verhalten blieb für mich rätselhaft.

Einen Moment lang verweilte ich noch unschlüssig an der Kaikante. Mein Blick wanderte über das Hafenbecken, die Einfahrt hinaus auf die See, verlor sich draußen im Seenebel, der mit dem Grau der Wasserfläche zu einer undurchsichtigen Masse verschmolz, einem Vorhang, der den Horizont verhüllt hatte. Er blieb für mich unsichtbar.

Ich griff nach einem Kieselstein, schleuderte ihn in das Hafenbecken, drehte mich weg, verließ den Ort.

Tabula rasa

Unglaublich - die Rhea war uns plötzlich und völlig unerwartet abhandengekommen. Hardy, einem Großteil der Kommanditisten und mir stand die Aufregung ins Gesicht geschrieben.

Bärbel war schon zuvor von Bord gegangen. Sie hatte ihre Liebe für Palaiochora auf Kreta entdeckt und hatte sich dort niedergelassen.

Auch einige der Kommanditisten hatten alsbald nach Überführung der Rhea ins Mittelmeer nichts mehr von sich hören lassen. Ihr Schiff war hinter der Kimm verschwunden und damit außer Sichtweite geraten. Sie hatten das Projekt für sich wohl abgeschrieben.

Wir anderen aber waren fassungslos. Unsere Köpfe ratterten, ob und wie wir die Rhea wieder in unseren Besitz zurückbringen könnten.

Die Telefondrähte liefen heiß.

Eiligst wurde eine Kommanditistensitzung einberufen.

Am Sonnabend, den 14. November 1987, saßen wir uns in der Kieler Gaststätte *"Lammers Eck"* gegenüber.

Grabesstille wie in einer Trauergesellschaft, bis Hardy das Wort ergriff und die letzten Ereignisse, die sich natürlich schon herumgesprochen hatten, nochmals zusammenfasste.

Zögernd folgten erste Fragen.

"Wenn Oliver sich darauf beruft, er könne Bergelohn

verlangen, was heißt das überhaupt?", wollte Janina wissen.

"Nun, wenn sich ein Schiff in Gefahr befindet und jemand hilft, dann spricht man von einer Bergung. Für eine solche Maßnahme ist dann Bergelohn zu zahlen", erläuterte ich ohne großen Informationsgehalt eher etwas banalisierend.

"Aber die Rhea lag doch gut bewacht in der Bucht von Marmaris vor Anker. Irgendein Dieb hat sie dann unerlaubt nach Bozborum gefahren. Was haben wir damit zu tun?", schaltete sich Anneke ein.

"Stimmt, jedoch ist immer der Eigentümer, in unserem Falle die Kommanditgesellschaft, verantwortlich. Außerdem wissen wir nicht, wer da mit der Rhea spazieren gefahren ist."

"Spricht man nicht dann von einer Bergung, wenn ein Schiff auf hoher See in Not gerät?", hakte Janina nach, "Und berichtete Oliver nicht, dass die Rhea an der Kaimauer von Bozborum lag, als er angeblich die Leckage entdeckte?"

"Leider hilft uns das nicht weiter. Denn eine Bergung ist in allen schiffbaren Gewässern möglich, also auch im Hafen. Es genügt, wenn Umweltschäden drohen", antwortete ich.

"Nach Olivers Darstellung wäre die Rhea untergegangen, wenn er sie nicht schnell in flacheres Wasser dirigiert hätte. Dann wäre Öl in den Hafen von Bozborum ausgelaufen. Eine Bergung wird es wohl gewesen sein, egal, ob wir das nun wahrhaben wollen oder nicht", ergänzte Hardy.

"Und wenn schon. Meines Wissens ist es in der

Sportschifffahrt üblich, Berge- und Schlepphilfe kostenlos durchzuführen", wandte jetzt Niklas ein.

"Ha, ha Leute, ist das Verchartern der Rhea noch reine Sportsegelei?", brummelte ein Kommanditist aus dem Hintergrund und nahm mir damit die unangenehme Aufgabe ab, laufend rechtliche Einschätzungen abgeben zu müssen, die für unsere Lage nur unvorteilhaft waren.

"Aber eines ist uns, glaube ich, klar: der Bergelohn, den Oliver für sich beansprucht, ist völlig absurd und horrend hoch", stellte Hardy mit grimmiger Miene fest.

Alle nickten zustimmend.

Einzelne schimpften "Schweinerei", "Betrug", "der nutzt unsere Lage schamlos aus".

"Gibt es dafür keine Bestimmung, wie hoch der Bergelohn sein darf?", brachte Janina die Diskussion wieder in Gang.

"Doch, schon. Im Gesetz - das ist bei uns das Handelsgesetzbuch - steht ein ganzer Katalog an Beurteilungskriterien, wie der Wert des Schiffes, Umfang der Hilfe, Schwere der Gefahr und, und, und, aber letztlich berufen sich alle auf den einzigen, allgemein gültigen Passus, der Bergelohn dürfe den Wert des geborgenen Schiffes nicht übersteigen. Auch Oliver hat sich ja bekanntlich darauf bezogen", erläuterte ich.

"Dieser Halsabschneider", brandete wieder Protest und Ärger in der Runde hoch.

"Los! Lasst uns Oliver verklagen! Der Richter wird sicherlich nur einen geringen Bergelohn für seine kurze Spazierfahrt zum Strand anerkennen."

"Das können wir machen. Aber dann müssen wir uns auch im Klaren darüber sein, welche Folgen das hat. Im günstigsten Fall wird die Rhea richterlich beschlagnahmt und dümpelt dann in einem türkischen Hafen, bis der Prozess vorüber ist. Mit drei bis fünf Jahren Verfahrensdauer können wir ohne weiteres rechnen. Die Küsten- und Strandpiraten haben dann Hochkonjunktur. Danach wird nicht mehr viel vom Schiff übrig sein. Und bestimmt meldet sich niemand, der genügend Geld auf den Tisch legt, damit die Prozesskosten gedeckt sind. Wie viel wüsste ich im Augenblick nicht zu sagen."

Betretenes Schweigen.

Nach einer Weile meinte eine Kommanditistin: "Dann müssen wir wohl unser schönes Rhea-Projekt begraben."

"Ich fürchte, das ist so", stimmte ich zu.

Da erhob Niklas seine Stimme: "Ich sehe hier in unserer Runde nur Trübsal, Enttäuschung, Ärger. Klar, dieses Mal müssen wir uns wohl geschlagen geben. Aber bevor ihr nun alle bedröppelt nach Hause geht, muss ich doch nochmal eine Lanze brechen für unsere Zeit, die wir mit und auf unserer Rhea hatten. Es waren doch fünf aufregende Jahre mit vielen Highlights, traumhaften Segeltörns, nächtelangen Feiern, Spannung, Abenteuer pur. Wir haben unser Schiff geliebt, daran gearbeitet bis zum Umfallen. Wir hatten immer eine Handbreit Wasser unterm Kiel. Wir ließen uns tragen von einer Welle der Solidarität, des Zusammenhalts, echter Freundschaften."

"Amen!", tönte Janina trotzig dazwischen.

Niklas stutzte, runzelte kurz die Stirn. Dann lächelte er wieder und fuhr unbeirrt fort: "Vielleicht war es auch einfach ein bisschen zu schön, zu harmonisch, was wir mit der Rhea gelebt und erlebt haben. Da hat Poseidon halt kurzerhand Blitz und Donner über unser Projekt geschickt und dieser ganzen Herrlichkeit ein plötzliches Ende bereitet."

Und ich ergänzte: "Immerhin, die Rhea segelt weiter zu neuen Ufern. Nur wir, Harmonie besessener, menschlicher Ballast, sind mal eben über Bord geworfen worden."

"Lass es uns mit dem schlauen Konfuzius halten. Der hatte unser Schicksal schon vor zweieinhalb Tausend Jahren im Blick, als er die Losung ausgab: Leuchtende Tage, weine nicht, dass sie vorüber sind, lächle, dass sie gewesen."

So ging jeder seiner Wege.

Goldesel

Es war der 26. Juni 2013. Kieler Woche. Elliot und ich standen an Deck der holländischen Tjalk "*De vliegende Eenhorn*" und beobachteten fasziniert das Geschehen um uns herum. Der schwere Stahlrumpf des Seglers schob sich entlang der Fahrrinne, strebte hinaus zur offenen See.

Die Kieler Förde wirkte wie der Trafalgar-Platz zur Rushhour. Tausende von Booten, klein, groß, in beruflicher Mission oder just for fun, fuhren kreuz und quer, scheinbar ohne Rast und Ziel, durcheinander, jedes für sich seinen Weg suchend, die alten Windjammer behäbig majestätisch, die Berufsschifffahrt zielstrebig, die Jollen und Motorboote hektisch zwischendurch.

Ein Schwall von Erinnerungen schwappte über mich und entführte mich zurück in meinen rhealistischen Lebensabschnitt. Entrückt und mit einem verzückten Lächeln schaute ich in die Ferne übers Meer. Das ganze Geschehen um mich herum schien vergessen. Sie flammte wieder auf - die Sehnsucht, die Faszination der See, des Segelns, des Abenteuers - so, wie vor dreißig Jahren.

Irgendwann bemerkte ich, dass Elliot mich amüsiert beobachtete. Ihm war wohl klar, wohin sich meine Gedanken verflüchtigt hatten. Jetzt kam mir wieder in den Sinn, wie großspurig Malcolm über die beabsichtigte Rückholung der Rhea mit seinen schottischen Freunden herumgetönt hatte. Seit meiner Abreise aus Whitstable war nichts mehr von ihm zu hören. Sämtliche Bemühungen von meiner Seite, ihn telefonisch oder brieflich zu erreichen, waren fehlgeschlagen.

Inzwischen war mein Freund Elliot meiner Einladung gefolgt und zur Kieler Woche angereist. Ich hatte für uns diese Regatta-Begleitfahrt gebucht. So standen wir nun träumend, beobachtend am Bug des holländischen Traditionsseglers.

Das ist die Gelegenheit, dachte ich mir, war ich doch über Elliot mit Malcolm in Kontakt gekommen. Deshalb fragte ich ihn scheinbar beiläufig:

"Stehst du eigentlich noch in Verbindung zu Malcolm? Er ist ja ein rätselhafter Mensch. Tagelang hatte er größtes Interesse gezeigt, alles über die Rhea zu erfahren. Dann war plötzlich Funkstille - bis heute."

Elliot schaute erstaunt auf: "Ja, hast du denn nichts davon gehört? Malcolm sagte mir vor etwa zwei Monaten, jetzt wolle er sich die Rhea holen. Im Internet habe er eine Verkaufsanzeige des Engländers gefunden. 380000 englische Pfund solle die Rhea kosten. Auf Geld käme es ihm aber nicht mehr an. Er habe genug auf der hohen Kante. Jetzt könne er sie sogar kaufen. Kurze Zeit danach ist er Richtung Kontinent abgereist."

Ich ließ mir meine Überraschung nicht anmerken, wechselte das Thema.

"Kann ich dich zu einem Drink an Bord einladen?", brachte ich Elliot auf andere Gedanken. Mir selbst gelang das nicht. Fragen, Phantasien um Malcolm und die Rhea bewegten mich weiter.

Ich suchte Ablenkung mit dem Regattageschehen.

Trau, schau, wem

Fünf Monate später: Ich hatte mich zu Hause auf dem Kanapee ausgestreckt und ließ mir von Colosseum den Blues einträufeln. Gerade trällerte Chris Farlowe den Stormy Monday Blues, Clem Clempsen ließ seine Gitarre vibrieren, Dave Greenslade erst verspielt auf dem Klavier, dann explosionsartig mit der Orgel in meiner Seele rührend, schwermütig und leichtfüßig zugleich, und immer wieder nach zwölf Takten konsequent geerdet.

Da riss mich das schrille Läuten des Telefons erbarmungslos aus meinen Träumen. Erschreckt richtete ich mich auf, griff nach dem Hörer.

"This is Oliver."

Konsterniert reagierte ich: "Wie bitte? Du wagst es noch, mich anzurufen?"

Oliver antwortete: "Wieso? Was ist denn? Warum nicht?"

"Na ja, schließlich hast du dir unsere Rhea unter den Nagel gerissen."

"Papperlapapp. Wolltet ihr damals etwa, dass die Rhea als Schiffswrack in der Bucht von Bozborum dahin rottet? Ich hab´ sie doch gerettet und ein hübsches Schiff daraus gemacht. Und außerdem sind inzwischen fast dreißig Jahre vergangen."

"Was treibt dich, mich anzurufen?", blieb ich kurz angebunden.

"*Malcolm* berichtete mir, du hättest noch die Originalpapiere der Rhea? Hast du auch die

Vermessungsprotokolle, insbesondere den Messbrief? Die bräuchte ich nämlich ganz dringend."

"Malcolm? Was hast du mit dem zu tun?", fragte ich erstaunt zurück.

"Ja, ja, ich weiß. Mein Onkel hat mir alles erzählt, als ich ihn neulich in Antalya aus dem Knast geholt hab´."

"Dein Onkel?", reagierte ich verdutzt.

"Na, Malcolm natürlich. Hat er dir das nicht gesagt? Er ist doch der Bruder meines Vaters."

In dem Moment fiel bei mir der Groschen: "Dann wäre wohl Jerry dein Vater."

"Ja, genau. Er war über Bord gegangen und hatte den Frachtsegler meines Großvaters in den Grund gebohrt."

Skeptisch erstaunt versuchte ich, ihn zu verstehen. Dann forschte ich weiter: "Aber Malcolm ist ein leidenschaftlicher Schotte und du meines Wissens ein Engländer. Wie passt das zusammen?"

"Ganz einfach. Mein Großvater war Schotte, kam aus Greenock, und meine Großmutter Engländerin aus Peterborough. Mein Vater hatte sich immer zu meiner Oma hingezogen gefühlt, war ein richtiges Muttersöhnchen. Und Malcolm hing Opa stets an den Lippen, wenn dieser die keltische Tradition hochhielt und zum Dudelsack griff. Den hat Malcolm immer mit Inbrunst nachgeahmt."

"Und wieso hat dein Großvater sein Frachtschiff nicht an Malcolm vermacht?"

"Der war zu aufsässig, hatte Streit mit ihm. Der hat ihm den Laufpass gegeben. Nee, das Beste wäre gewesen, er hätte eine Generation übersprungen und sein Schiff gleich an mich weiter gegeben. Dann wäre alles anders gelaufen. Aber was soll ich mich beschweren. Ich bin ja seit drei Jahrzehnten glücklicher Eigner eines ehemaligen Frachtseglers. Was will ich mehr?"

Ich schluckte. Grummeln im Bauch. Ärger kam mir hoch.

Doch wieder packte mich die Neugier.

Ich fragte Oliver: "Und wieso hast du Malcolm aus dem Knast befreit?"

"Ach ja, Malcolm hatte selbst Schuld. Er wollte mir die Rhea weg klauen, wollte mit ihr selber auf und davon segeln. Aber ich hatte es rechtzeitig gemerkt und die Küstenwache alarmiert. Die führten ihn ab und inhaftierten ihn. Später tat er mir leid. Er gehört ja schließlich zu meiner Familie. Ich hab´ ihn da raus geholt, und wir haben miteinander einen guten Deal gemacht."

"Na, na, ich hörte von Malcolms Geldsegen. Vielleicht war ja eher das dein Motiv, sich mit ihm zu einigen," hakte ich ein.

Gleichzeitig kam mir in den Sinn: "*You are arrested*", wie mich die Träume um die Rückholung der Rhea immer wieder verfolgt hatten.

"Was ist denn nun mit den Schiffspapieren", tönte Oliver mir aus dem Telefonhörer entgegen. "Wie schnell kannst du sie mir schicken?"

Mir drehte sich der Magen.

Ich legte den Hörer auf.

Epilog

Und wie ist es um die Authentizität des Erzählten bestellt? Darauf kann ich nur antworten, dass sicherlich vieles subjektiv eingefärbt dem Erlebten entsprechen mag, dass ich mich aber ebenso meiner schriftstellerischen Freiheiten besonnen und diese in vollen Zügen ausgekostet habe. So konnte ich ein Bild zeichnen, wie ich es liebe und es allein meinem Gusto entspricht. Dasselbe gilt für die Akteure der Geschichte. Die Konturen sind, soweit sie nicht einfach frei erfunden wurden, vorhanden. In der Beschreibung sind sie assoziativ ausgemalt, entfernen sich damit notwendigerweise vom Original und entwickeln so eine eigene literarische Identität, die eine Identifizierung mit den damaligen Personen nicht mehr erlaubt und für die Story schon gar nicht benötigt wird.

Für den Autor bleiben alle Vergleiche zufällig und nicht gewollt, ist nichts real, aber alles rhealistisch.

Schaut man ins Internet, so präsentiert sich die Rhea gegenwärtig in einem neuen Kleid als stattlicher Toppsegelschoner. Der heutige Eigner, den der Autor nicht kennt - er ist ihm nie begegnet -, hat offenbar ganze Arbeit geleistet und das Schiff umfassend restauriert. In einer Unterhaltungssendung des holländischen Fernsehsenders BNN ist die Rhea kürzlich vor der italienischen Riviera zu neuer Berühmtheit gelangt.

Ich wünsche der Rhea allzeit gute Fahrt und stets eine Handbreit Wasser unter dem Kiel.

Glossar

11   *In der Hitze der Nacht* - So lautet der Titel eines Spielfilms aus dem Jahre 1967 mit Sidney Poitier und Rod Steiger, der die alltäglichen Hierarchien und Rassendiskriminierungen in einer nordamerikanischen Kleinstadt einfühlsam und überzeugend auf den Kopf stellt und ad absurdum führt.

       GPS - Satellitennavigation zur Bestimmung der eigenen Position auf See.

       Die türkischen Gewässer ham wir schon lang hinner uns gelasse. Noch knapp zwee Meile... - Die türkischen Gewässer haben wir schon lange hinter uns gelassen. Noch knapp zwei Meilen ...

12   *Symi* - griechische Insel vor der türkischen Küste nördlich der Insel Rhodos.

       Sischer een griechischer Fischer, der hääm... - Sicher ein griechischer Fischer, der heim ...

       Takelage - Sammelbegriff für Masten, Segel, Tauwerk.

       you are arrested - du bist verhaftet.

13   *Preston Court* - ein Ort in der Grafschaft Kent in Südostengland zwischen Canterbury und Ramsgate.

       Stop for a moment please - Halte einen Moment an.

13   *wedding of the year 2012* - Hochzeit des Jahres 2012

14   *Galeasse* - ursprünglich ein kombiniertes Segel- und Ruderschiff, seit dem 18. Jahrhundert im Nord-Ostseeraum auch Bezeichnung für eine Ketsch.

16   *Poopdeck* - der erhöhte Decksbereich im achteren (hinteren) Teil des Segelschiffs (Heck).

17   *Whitstable* - Küstenort ca. 15 km nördlich von Canterbury am Ausgang der Themsemündung.

       Iolaire - schottisch-gälisch, bedeutet: Seeadler

19   *Hanfwerg* - kurze Faserstücke, die als Abfall-, bzw. Nebenprodukt bei der Tauwerkherstellung aus Hanf (Reepschlagen) anfallen und u.a. als Dichtstoff beim Kalfatern (siehe Seite 125-128) verwendet werden.

21   *Echolot* - Tiefenmesser eines Schiffs

       Seemeile - eine Semeile = 1,852 km

       *Ile du Levan*t und *Ile de Port Cros* - sind zwei Inseln der Inselgruppe Iles d´ Hyères an der südfranzösischen Riviera südlich von Le Lavandou.

23   *Angela Davis* - US-amerikanische Bürgerrechtlerin, die sich in den 1970er Jahren gegen Rassismus und für die Rechte politischer Gefangener engagierte.

24   *Beaufort* - Klassifizierung der Windstärken nach ihrer Geschwindigkeit in einer Skala von 0 - 12.

       Nordost-Huk - Nordostecke

       Achterlicher Wind - Wind von hinten

       (Sieben) Knoten - Geschwindigkeitsangabe für Schiffe, 1 Knoten = 1 Seemeile = 1852 m pro Std.

25   *Weescht noch im letschde Sommer... glücklisch und zufriede.* - Weißt du noch im letzten Sommer auf der Hernil? Meine harten Rocker waren auf einmal ganz zahm. Und überhaupt, so begeistert hab' ich die noch nie erlebt vorher. Als ich noch Leiter des Mannheimer Jugendzentrums der Schwetzingerstadt war, hatten die immer nur den Harten raushängen lassen, musste ich immer auf der Hut sein, dass die nicht den nächsten

Streit anzettelten. Und auf einmal auf dem Segler auf der Ostsee brauchte ich ihnen nur noch zu sagen, jetzt an diesen Leinen ziehen, jetzt da arbeiten. Gehorsam und brav wie kleine Schuljungs haben die alles gemacht, was wir ihnen gesagt haben, und waren glücklich und zufrieden.

Logger - an der Nordsee im 19./20. Jahrhundert übliche Bezeichnung für Zweimastsegler mit Ketschtakelung.

28 *Leuchtfeuer* = Leuchtturm

Ein Strich Steuerbord voraus - von der Fahrtrichtung 11,25° nach rechts abweichend (1/32 von 360° der Kompassrose).

29 *Kiekeboe* - Lockruf eines Kindes, das sich versteckt hat, in niederländischer Sprache.

SBG - Seeberufsgenossenschaft

30 *Bugspriet* - über die Spitze des Schiffes hinausragender, fest mit dem Rumpf verbundene Stenge (siehe auch *Klüverbaum*)

Gaffel - schräg vom Mast nach oben verlaufende Stenge, an der das Gaffelsegel befestigt ist.

aufgetuchtes Segel - in Buchten zusammengelegtes Segel

Besanmast - der hintere Segelmast

Spiegelheck - breit verlaufendes Schiffsheck

Reling - seitliche Begrenzung an Deck (Seezaun)

37 *Where you are heading for?* - Wo wollt ihr hin?

Up to North - nach Norden.

Allright, you are welcome - In Ordnung, willkommen.

I`m living here. I'll drop you now. Good luck! - Ich wohne hier. Ich lass euch jetzt aussteigen. Viel Glück!

Is there any parc around here? - Ist hier ein Park in der Nähe?

Do you look for a place to stay overnight? - Sucht ihr einen Ort zum Übernachten?

38 *What a surprise.* - Welch eine Überraschung.

40 *Sände* = Sandbänke

Are you hungry? - Seid ihr hungrig?

Brown Ale - englisches Dunkelbier

41 *Sleeping-bags* - Schlafsäcke

I'll show you the room on the left. - Ich zeige dir das Zimmer auf der linken Seite.

42 *Kontinent* - so bezeichnen die Engländer das europäische Festland.

43 *Promissed*? - Versprochen?

Raining cats and dogs. - Es regnet in Strömen.

Central-Station - Hauptbahnhof

44 *I´m* - Ich bin

Auld lang syne......

Die gute alte Zeit

Sollte gute Vertrautheit vergessen sein

und sie nicht mehr ins Gedächtnis zurückgerufen werden?

Und Tage der guten alten Zeit?

Der alten Zeiten wegen, mein Lieber

Lass uns zueinander etwas freundlich sein

für die Sache der guten alten Zeit.

45 *Smutje* - Schiffskoch

46 *Pentland Firth* - Meerenge zwischen Nordspitze Schottlands und Orkney-Inseln.

49 *Vorsteven* - vorderer, senkrecht verlaufender Balken (Bug)

50   *Scanner* - Antenne des Rundsichtradars

51   *verholen* - ein Schiff verlegen.

53   *pint of bitter* - Glas helles englisches Bier

        Duke of Cumberland - engl. Herzog William Augustus (1721-1765) schlug am 16.4.1746 in der Schlacht von Culloden den schottischen Jakobiter-Austand blutig nieder und wurde deshalb als der Butcher (Schlächter) von Culloden bezeichnet.

55   *Opstappen op de trein naar Duitsland! Let op! De deuren sluiten automatisch.* - Einsteigen in den Zug nach Deutschland! Vorsicht! Die Türen schließen automatisch.

58   *Kiekeboe, wij starten ...* - Hallo, wir starten morgen früh. Auf unserem Weg nach Kopenhagen fünf Tage später Halt in Vordingborg. Kennst du diesen Ort? Steig zu! Grüße, Henk.

60   *Do you remember me?* - Erinnerst du dich an mich?

61   *abmustern* - von Bord gehen.

65   *Shantys* - Seemannslieder

67   *last, but not least* - nicht zuletzt

70   *Vorspring, Achterspring* - diagonal vom Schiff an Land geführte Festmacherleinen.

        Fender - Polster, geflochtenes Tauwerk, Reifen o.ä. zum Schutz des Schiffsrumpfes vor Beschädigungen

        Steuerbord - rechts, *Backbord* - links

72   *Skylla und Charybdis* - Homers Odyssee, Kpt. XII (μ)

75   *Lee* - die dem Wind abgewandte Seite

76   *Unbelievable,...what are you doing here?* - Unglaublich, was machst du hier?

81   *HDW* - Howaldtwerke deutsche Werft.

83   *Wasserstag* - die Kette, mit der der Bugspriet vertikal

zum Bug abgespannt ist.

Seemeile)

Segel klarieren - Segel ordnen

Tampen - Tau

108   *Sun Inn* - historischer Pub aus dem 14. Jhdt. in Faversham

109   *She is confiscated, my only Lady Ann* - Sie ist beschlagnahmt worden, meine Lady Ann.

Barcley´s - engl. Bankhaus

110   *aufgeschossenes Tau* - in Buchten aufgerolltes Tau

Belegnagel - kurzes Rundholz, das in ein Brett (Nagelbank) mit Löchern gesteckt wird, um daran Leinen zu befestigen.

111   *Vorspring* auf *Slip* nehmen - den Festmacher (Vorspring) an Land so führen, dass er von Bord aus gelöst werden kann.

112   *Creek* - natürlicher Kanal (Flüsschen)

Spriet - eine Stange, mit der das Großsegel diagonal vom Mast abgespreizt wird.

113   *Gordings* - Leinen, mit denen das Sprietsegel an den Mast gezogen werden kann.

Stenge - Rundholz zur Verlängerung des Schiffsmastes

Piek - obere, hintere Ecke des Gaffel- oder Sprietsegels

Geitau - hier: Leine, mit der die Piek des Sprietsegels luvwärts geholt werden kann.

Yawl - Zweimastsegler, bei dem ein kleiner Besanmast hinter dem Ruder steht.

114   *Wind vorlicher* - Windeinfall mehr von vorne

115   *Segel kommt back* - Wind fällt rückwärtig ins Segel ein und löst damit Dreheffekt des Schiffes aus.

120   *Slipanlage* - schräg ins Hafenbecken führende Ebene,

auf der mittels Schienen ein *Slipwagen* Schiffe an Land ziehen kann.

121 *Zollstander* - dreieckige Flagge, weiß-schwarz-weiß.

123 *Plankenstöße* - die innerhalb desselben Plankenganges längsseits aneinanderstoßenden Plankenenden.

Spanten - Querrippen des Schiffssumpfes

125 *kalfatern* - Abdichten der Nähte zwischen den Planken

128 *Ausschlagen der Plankennähte* - Werg wird in die Plankennähte (Zwischenräume) hineingeschlagen.

Kalfathammer - Spezialhammer aus Hartholz, dessen Kopfenden mit Stahlringen eingefasst sind (Splitterschutz).

Kalfateisen - eine Art Meißel mit konkavförmiger, stumpfer Vorderkante mit Rille.

138 *Bilge* - Raum im Schiffsinnern unter den Bodenplanken.

Bilgepumpe - dient dem Abpumpen des Wassers, das sich in der Bilge sammelt.

abslippen - zu Wasser lassen eines Schiffes.

139 *DGzRS* - Deutsche Gesellschaft zur Rettung Schiffbrüchiger.

145 *We had a very nice time last night.* - Gestern Abend hatten wir eine sehr schöne Zeit.

And your carpet? - Und dein Teppich?

Dosen't matter ...to meet you again sometimes. - Das macht nichts. Er gehört meiner Frau. Schlecht für sie. Ich hoffe, wir treffen uns mal wieder.

146 *Ever tried? Ever failed? Doesn´t matter! Try again, fail again, fail better!* - Jemals etwas versucht? Jemals gescheitert? Macht nichts! Versuch es wieder, scheitere wieder, scheitere besser!

151 *kabbelige See* - gegenläufiger, unregelmäßiger Wellengang

Fall - Leine, mit der das Segel über einen Block im Masttopp gesetzt (nach oben gezogen) wird.

152 *Schoner* - in der Regel gaffelgetakelter Zweimaster mit einem kleineren Fockmast vorne und dem größeren Mast (Großmast) dahinter.

Reede - Ankerplatz außerhalb des Hafens.

154 *Talje* - landläufig "Flaschenzug"

171 *business as usual* - das übliche Geschäft.

171 *Rundstikker* - helle, dänische Brötchen

175 *NOK* - Nord-Ostsee-Kanal

179 *Pan Pan Pan* - Dringlichkeitsruf bei unmittelbarer Gefahr für das Schiff (eine Alarmstufe unterhalb des Seenotrufs SOS).

185 *Isch glaab, isch bin im Hühnerstall.* - Ich glaube, ich bin im Hühnerstall.

187 *Obristenregime* - In Griechenland herrschte von 1967 bis 1974 eine Militärdiktatur.

Mikis Theodorakis - griechischer Komponist und Politiker, wurde als Aktivist im Widerstand unter deutscher Besatzung inhaftiert und gefoltert, später u.a. während des Obristenregimes erneut.

192 *Retsina* - griechischer, geharzter. Wein, *Suflaki* - Fleischspieß, *Choriatiki* - Bauernsalat

196 *Butterdampfer* - ehem. Fischkutter für Angelfahrten mit Verkauf zollfreier Waren (u.a. Butter) an Bord

198 *stehendes Gut* - Wanten, Stagen zum Abstützen der Masten.

laufendes Gut - Tauwerk (Fallen, Schoten, Blöcke, Beschläge)

198 *Ankerspill* - Winde (*Winsch*) zum Hieven des Ankers

199 *Niedergang* - Treppe mit verschließbarem Eingang an Deck.

Skylight - Oberlicht im Deck oder im Aufbau

200 *Kabelgatt* - Raum zum Aufbewahren von Material (Tauwerk).

Klau- und Piekfall - Leinen zum Hochziehen des Gaffelsegel.s

Dirk - Leine zum Halten des Baumes ohne gesetztes Segel.

201 *Holzblöcke* - ca. 20 bis 30 cm lange hölzerne Blöcke, in denen metallene Rollen eingearbeitet sind, um das Tauwerk zu Taljen zu scheren.

Kausch - Eisenring für das Auge eines Taus gegen Durchscheuern

202 *Jack Holborn* - verfilmter Freibeuterroman von Leon Garfield

203 *Poller* - 1,20 m hoher Pfahl im Bugbereich für Schlepptrosse

204 *Leben in Rost und Rott* - Yacht 1983, Heft 12

205 *on verra* - man wird sehen.

209 *Ei, gucke mol da, wer do gekumme is.* - Schau mal da, wer da gekommen ist.

211 *Taue brechen* - Taue zerreißen.

212 *Rigg* - gesamte Takelage eines Segelschiffes.

213 *Deckssprung* - kurvenmäßiger Verlauf des Decks.

221 *Kleedkeule* - sie ähnelt einem Holzhammer. Im Keulenkopf befindet sich längs eine breite Nut, die auf den Draht aufgesetzt wird. Im Stielende ist eine schmale Quernut, durch die das Hüsing gelegt und um den Kopf gespannt auf Zug gehalten wird. So wird die

Kleedkeule gleichmäßig um das Want gedreht, während eine zweite Person das Knäuel mit Hüsing mitführt.

227   *Segel hissen* - Segel setzen

232   *Wann wirscht fertisch? die kumme glei* - Wann wirst du fertig? Die kommen gleich.

234   *abdriften* - seitliches Abtreiben des Schiffes vom Steuerkurs infolge des Winddrucks (hier im übertragenen Sinne).

235   *Southampton* - englische Hafenstadt an der Südküste.

245   *DDR* - Deutsche Demokratische Republik.

249   *Kadettrinne* - Tiefwasserseegebiet zw. Gedser und Rügen.

254   *Webeleinen* - zwischen die Wanten geknüpfte Strickleiter zum Aufentern in den Mast.

258   *Joe Zawinul* - österreichischer Jazzpianist (1932 - 2007), spielte u.a. im Cannonball Adderley Quintett und Weather Report.

     Born in eternity time - CD: Routes - Roots von und mit Dave Greenslade.

260   *einklarieren* - Regelung der Zollformalitäten, wenn der erste Hafen in einem anderen Land angelaufen wird.

261   *Haddock* - Schellfisch

263   *Legerwall* - wenn der Wind (und Wellen) direkt auf die Küste zu weht.

264   *Scirocco* - südlicher Wüstensturm aus der Sahara im Mittelmeer.

266   *Kafenion* - griechisches Café.

     Tafli - griechische Variante des Backgammon-Spiels.

     Portes, Plakoto, Fevga - drei Spielvarianten des

Tafli-Spiels,

Portes - die gegnerischen Spielsteine rauswerfen,

Plakoto - die gegnerischen Spielsteine festsetzen,

Fevga - die gegnerischen Spielsteine blockieren.

272 *Gület* - landestypischer, türkischer, hölzerner Motorsegler.

Laissez-faire - in den Tag leben.

274 *Merhaba* (türkisch) - Guten Tag.

275 *Small Talk* - oberflächliches Gespräch.

281 *Lenzpumpe* - Bilgepumpe, die Wasser aus dem Schiff pumpt.

283 *Worst case* - schlimmster, denkbarer Fall.

290 *Tabula rasa* - wörtl.: leere Tafel; als Metapher: noch nicht erfahrenes oder abgeschlossenes (gelöschtes) Erlebnis.

Kimm - Horizont.

295 *Trafalgar-Platz* - zentraler, verkehrsreicher Platz in London.

Rushhour - Hauptverkehrszeit.

Zeitfracht Medien GmbH
Ferdinand-Jühlke-Straße 7
99095 Erfurt, Deutschland
produktsicherheit@kolibri360.de